Orange

橘子洲

小镇做题家

赵熙之 著

江苏凤凰文艺出版社
JIANGSU PHOENIX LITERATURE AND ART PUBLISHING

图书在版编目（C I P）数据

小镇做题家 / 赵熙之著. -- 南京 ：江苏凤凰文艺出版社，2022.7（2024.6 重印）
ISBN 978-7-5594-6742-3

Ⅰ. ①小… Ⅱ. ①赵… Ⅲ. ①言情小说－中国－当代 Ⅳ. ① I247.5

中国版本图书馆 CIP 数据核字（2022）第 051589 号

小镇做题家

赵熙之 著

特约策划 橘子洲文化
特约编辑 王 婷
责任编辑 白 涵
封面设计 赵熙之 小 贾
版式设计 陆奔潮
赠品设计 白三叶
出版发行 江苏凤凰文艺出版社
南京市中央路 165 号，邮编：210009
网 址 http://www.jswenyi.com
印 刷 北京中科印刷有限公司
开 本 787mm×1092mm 1/32
印 张 12.5
字 数 237 千字
版 次 2022 年 7 月第 1 版
印 次 2024 年 6 月第 2 次印刷
书 号 ISBN 978-7-5594-6742-3
定 价 49.80 元

- 致我的母亲陈女士 -
- 致大白 -

CHAPTER 01

100日元

01

2019年。

即将到来的这个暑假注定无聊。

毕业论文初稿已过大半，连工作也没什么可愁的，意料之内的顺利，使人生出一种顺着水流就能到达彼岸的错觉。

至于彼岸是不是真正想去的，王子舟没那么在意。

随波逐流总好过停滞不前，她一边喝酒一边随意想着。

明明才七月出头，电风扇却已经被拨到了最高挡。宿舍里闷着酒气，一群人围着矮桌坐在地上喝酒闲聊，内容早从既定的主题偏离到了十万八千里外。

说是读书会，不过是一群人借读书为名聚集到东竹寮社交而已。

东竹寮是K大的学生自治寮之一，是五十多年前的建筑，外立面勉强看得过去，内里陈旧杂乱，但每月仅5100日元的住宿费，这些缺点也就不值一提了。

不过，对王子舟这种被单身公寓“惯坏了”的家伙而言，这样的空间实在与舒适攀不上多少关系——

没有空调，她就一直出汗；通风不好，她就开始犯困。加上耳畔一直嘈嘈杂杂，智能手表又突然发来久坐提醒，她决定暂时摆脱这个无聊的酒局，出去走走。

和今晚拽她过来的研究室学姐打了声招呼，王子舟起身离开了这个十六叠[①]大小的宿舍。

门一关，周遭遽黯，转而迎来夏虫更热烈的吵嚷。

长长的走廊里灯昏路狭，门边靠墙堆着几个架子，上面摆满各式各样的厨具餐具，或许还有其他杂物，但实在看不清楚。继续往前是公共厨房，王子舟敏锐地捕捉到了一点久违的故乡味道，她动动鼻子——

桂皮、八角、香叶之类的香料，又被茶香裹挟着。

她好奇地往里探了一眼，厨房局促昏昧，没有人，灶台也安安静静。

残香而已，却轻而易举勾起人胃腹中的馋虫。

王子舟饿了。

七点来的，这会已近晚十点，喝了几口酒，塞进一点下酒零食，胃里早就空空荡荡，急需一点温暖的东西填补。她遵循本能去追寻那香气的轨迹——穿过走廊，来到尽头的楼梯，盘旋往下，抵达一楼，往右走几步，遭遇两台高矮不一的破旧冰箱，再右转，就来到大厅。

与来的时候相比，此刻的大厅显然安静了许多，不过仍旧拥挤杂乱。到处叠放着纸箱、过期的宣传看板，以及摞得比人还高

① 即“畳”，可作单位量词，日本一畳相当于 1.62 平方米。

的陈旧木料——大概用来做看板的吧，上面居然还搭了条蓝色短裤和深灰色毛巾，在王子舟眼里，这些统统都是未能及时处理的垃圾。

整个东竹寮就像个巨大的垃圾场，而她正在垃圾场里搜寻食物的气味。

不小心撞到一只绿色塑料桶，王子舟弯腰扶正它，转头朝左探了一眼。玻璃门上贴满了乱七八糟的公告，贴了撕、撕了贴，斑斑驳驳宛若她老家县城无人维护的老小区楼梯间。玻璃门之内，则是东竹寮小小的食堂——灯明地净，看着比外面整洁许多。

食堂早到了停止营业的时间，里面一个人也没有，与王子舟追寻的香气也毫无关系。她正要继续往前，一个提着洗漱篮的邋遢男生忽然越过她，潇潇洒洒趿着拖鞋迈步而去，大概是要去浴室洗澡。

王子舟并不知道浴室在哪，也没有兴趣知道。她朝前走，眼角的余光瞥见左手边的那架旧钢琴，傍晚来的时候还有人弹，现在它安安静静待在那，无人打扰。

视线再转向右边，是一排垃圾桶和并排放着的……

桌子。

桌子？

王子舟抓到了桌子上的重点。

那是一只不大不小、很尴尬的锅。

一人食嫌大，二人食也许就显得小了。

锅左边立着硬纸牌，手写了“本格中国茶葉卵　百円一つ二百円三つ”，底下还有英语——

Teaegg (Chinesestyle boiled eggs with tea, sauce and spices) 100 for one, 200 for three——详细交代了原料、做法还有价格。

找到了香气的来源。

王子舟上前揭开锅盖，登时感觉到热气上腾，深色卤汁里，静悄悄地躺着十只左右的茶叶蛋。

饥肠辘辘的王子舟咽了咽口水。

一百日元一只，二百日元三只——

三只更划算，可是吃不完。

这种东西，吃一个就够了。

锅内有勺，锅外贴心地放着一摞一次性纸杯和一包餐巾纸。王子舟选中了一只裂纹完美的茶叶蛋，迅速捞起装进纸杯，正打算往边上的募集箱里投一枚百元硬币，却突然意识到自己并没有带钱包下来——

她茫然四顾。

视线忽地定格在左前方那一摞高高低低、五颜六色的看板后面。

那里确实坐了个人。

他单手举着书，书挡住了脸，只看得到漆黑的头发。

很奇怪，行动有时会领先于意识——王子舟握着盛茶叶蛋的纸杯朝那个人走过去，走到很近，她才在暗淡的光线里看清楚那本书的封面。

梶井基次郎[②]的《柠檬》。

王子舟微微俯身。

书后面微耷着的眼皮忽然抬起来。

王子舟看到了他的眼睛。

她忽然一怔。

既没有打招呼，也没有说日语，她用中文问他：“我没有带现金，或许……可不可以用手机支付？”

他看到了她手里的纸杯。

重新将视线埋进书后，他说：“我没有带手机，你拿走吃吧。”

如此好意。

身处异国他乡，来自同胞的好意。

甚至不只是同胞。

王子舟犹豫了片刻，她也说不清为什么会犹豫，总之就是不甘心就这么离开，好像非要说上几句话，但是——

算了。

王子舟忽然端着纸杯往楼梯口去，直到上了楼，她才发觉自己连句道谢的话也没说。管他呢，又不是打算白吃，一会拿了现金再下去给就是了。这样想着，她在楼梯中段平台的狭窄窗户前停下来，将纸杯搁在窗台上，从里面取出那只茶叶蛋。

只翻开一小片，轻轻松松就能剥脱下全部，露出布满深色花纹的蛋白。

---

② 梶井基次郎（1901—1932）：日本近代作家，代表作为《柠檬》。

是温热的，香气四溢的，故乡的味道。

王子舟咬了一口。

缓慢、仔细地咀嚼。

很好吃的。

真是了不起，还会煮茶叶蛋。

从窗户往下可以看到东竹寮的中庭，它被建筑半围合，连灯也没有，有人坐在黑暗中喝酒聊天，间或传来零星爆笑声，像风一样，从耳边一吹就过，什么也不会留下。

王子舟耐心地吃着茶叶蛋。

耳畔又只剩下虫鸣声。

真是热闹啊，她摇晃纸杯里破碎的蛋壳，想着怎样处理这两样垃圾。

四处寻觅了一番，终于在公共厨房看到了分类垃圾桶，王子舟顺便拧开水龙头清洗了双手，返回仍然热闹的宿舍。

年轻人无惧深夜，酒喝到脸红，还是说个不停，直到有人来敲门抱怨说太吵了，这场没什么意思的读书会才走到尽头。

众人道别，出门涌入走廊。

王子舟低头看了一眼时间，竟然快到十一点了。她边下楼边从帆布袋里翻出钱包，取了一枚百元硬币握进手心，重新来到一楼，可桌子上已经什么都没有了，连那香气也无踪影，更不必说坐在看板后面的那个人。

王子舟顿了一下，学姐拽过她的胳膊随口问怎么了，她回没什么，与众人一道走出贴满公告与海报的东竹寮楼门，在院内停车场各自取了自行车，鱼散而去。

租住的公寓在京阪电车沿线，靠祇园四条站很近，从西面阳台可以看到鸭川。因此从东竹寮出来之后，往西二百多米左转，一直沿鸭川骑行一公里多就能够到家。

到鸭川涨水的季节了，河畔夜风凉快又潮湿，感觉要下雨，王子舟骑得飞快，六七分钟就到了楼下，停好车进门上楼，满头大汗。

帆布袋搁在进门架子上，鞋子留在下沉玄关。左手边就是浴室，王子舟直接脱了衣服进去洗澡。淋浴很快，到吹干头发擦好脸也就二十分钟，她换了身干净短袖站在洗漱台前刷牙，点亮手机屏幕，开始计时。

两分钟也好，三分钟也好，刷牙是件漫长无聊的事情，但又不得不做。

于是她干脆拿起手机，打开微博。

只往下拉了三四条，她就觉得无聊，手指忽然点进搜索框——

停顿了三两秒，输入一个 ID 搜索，跳出来一个用户。

王子舟点进去。

最新一条微博，文案是“分享图片”，只有两张正方形照片——

一张是躺在锅内的茶叶蛋，正俯拍视角，锅的外缘与照片四边相切，称得上是非常强迫症的构图；另一张则是摆在桌面上的八枚百元硬币，三行三列，相当整齐，但最后一角偏偏少了一枚，让人看了很不舒服。

应收九枚硬币，但只有八枚。

王子舟不知道该做出什么表情来应对。

她吐掉牙膏泡沫，把牙刷插回原位，从脏衣篓里翻出裤子，在裤子口袋里找到了那枚没能给出去的百元硬币。

随后她放大手机图片，把硬币摆在了那个缺角的位置。

02

硬币放上去，就完整了。

但要想看整张图，就得缩小图片。图一变小，那枚贴着屏幕的硬币突然就比其他硬币大上好多倍，显得格外突兀。

突兀。

王子舟没收了那枚硬币，拿起牙刷，继续未完成的刷牙任务。

之后擦面霜、收拾浴室、关窗、熄灯，终于在十二点前躺上了床。王子舟没有在床上玩手机的习惯，今天却破天荒地把手机带到了枕边。

她找到屏蔽已久的J大日本关西校友群，在群成员列表里搜了一个名字，系统却冷酷地提示她“没有找到‘陈坞’相关成员”。

这是本科学校在日本关西地区的校友群，群成员全部实名，为什么会找不到？只有一种可能——这个人根本不在群里。

鬼使神差地，她给置顶好友发了信息。

王子舟：陈坞居然不在关西校友群里？

这位备注名为“蒋剑照”的朋友很快显示“对方正在输入”，但十秒钟之后，她只回了三个字：“很合理。”

王子舟：哪儿合理？

蒋剑照：他也不在高中校友群里。

王子舟：这么不合群？

蒋剑照：看你怎么定义合群啊。

蒋剑照：干吗？

蒋剑照：大半夜为什么突然问这个人？

王子舟往输入框里打了一句“我今天碰见他了”，还没点发送，对面已经回了新消息过来。

蒋剑照：你们又不认识。

不认识。

但王子舟知道这个人，从大一入学就知道——对方并不是什么校园风云人物，但王子舟就是知道。

一个数学系一个日语系，同校四年，几无交集，本科毕业，各自留学。王子舟知道他也来了京都，也在K大，但一年多过去，修士学业已近尾声，他们却从未在校园内任何角落碰过面，直到两个小时以前。

确实不认识。

他们连一句话都没说过。

哦，不，说过了，就在两个小时之前。

王子舟逐字删掉了输入框里的内容，重新编辑，这次只打了两个字：“还钱。”

蒋剑照没有回她。

这位蒋剑照同学直博之后，得以继续蹲在J大历史系掉头发。这个点还没睡觉，百分之九十的可能性是在赶作业。刚才手速飞快回的那几条，大概率是在文献和作业文档切换过程中点开来用电脑端随手回的。

不回消息，应该是被作业抓走了。

王子舟等了五分钟，仍旧没有收到对面的回信，也就不再等了。关系好到一定程度，不及时回消息才是常态。一条消息出去，过个半天甚至一两天收到回复都有可能——事多正忙，收到扫一眼，忘了回也很平常，当然归根结底还是因为另一方并不会计较这种“怠慢”。

王子舟打开手机睡眠模式之前，又发了一条消息过去。

再收到回复是北京时间凌晨三点二十分。

蒋剑照写完文献研读课的作业，关掉台灯，去上了个厕所，爬上床看一眼手机，对话框里突兀地躺着两条消息——

王子舟：还钱。

王子舟：把陈坞的微信名片推给我。

蒋剑照往输入框里打“什么还钱”，删掉又打“你欠他钱了？你怎么会缺钱？”，删掉“缺钱”，又补上“会问他借钱？”，拇指忽然停了一下。

刚写完作业的脑子混混沌沌，她捧着手机皱起眉头——什么乱七八糟的，完全搞不懂，于是统统删掉，回了三个字“好离谱”，点击发送。

紧接着，她搜索联系人“陈坞”，翻出这位高中同学的微信名片，推送给了王子舟。

王子舟见到这条联系人名片信息，是早上七点零一分。

闹钟一响她就起了，解锁手机就看到“蒋剑照向你推荐了陈坞”。

王子舟点进名片主页。

没有另起昵称，微信名就是本名，头像看起来一片惨白，王子舟点开大图才发现，这张图拍的似乎是大雾中的江面。

陈坞和蒋剑照是高中同学，他们都是江阴人。

山之北，水之南，是为阴。

江阴江阴，长江之南。

图上这条江是长江吗？仔细看江上好像还有条船的影子，但雾太大了，缩略图乍一看，就像一张被洗笔水晕开的白宣纸。

王子舟这样想着，拇指下移，犹豫着要不要现在点请求添加。

朝阳穿过薄薄的窗帘闯进来，蝉也勤奋地开嗓练功了，王子舟在晨光里坐了一会，决定跑完步再说。喝水、换衣、戴上降噪耳机、下楼、拉伸，穿过巷子一路小跑到河畔，放开步子沿鸭川往北跑。诊所、居酒屋、旅馆，看起来都还在沉睡，只有便利店还算热闹，迎接道旁赶去上班上学的居民。

王子舟通常会沿鸭川东岸跑到 K 大医学部附属病院西病栋，再原路返回，在川端三条的全家买水买早饭，慢悠悠地走回家，今天也不例外。

付完钱，智能手表问她“是不是结束跑步了”，她抬腕看了眼配速——今天真是状态不佳。拧开瓶盖走出便利店，王子舟从臂包里掏出手机，重新打开那张联系人名片，犹豫几秒，点击“添加到通讯录”。

太阳照射在屏幕上，反光刺目。

屏幕上弹出一大块白色方框，显示——

“由于对方的隐私设置，你无法通过名片将其添加至通讯录。”

王子舟张了张嘴，截了个图发给蒋剑照，喝着水往家走。

刚到楼上，就收到了回复。

蒋剑照：哈哈哈哈哈哈哈哈很合理！是他会干出来的事！

王子舟开锁进屋，搁下水瓶，回：那怎么办？

蒋剑照：让他加你。

王子舟：我都不知道他在哪。

蒋剑照：研究室？宿舍？你都不知道他在哪，怎么欠的钱？

王子舟没有再回。

她仰头一口气喝完了瓶子里剩下的水，进浴室冲了个澡，出来换上短袖短裤，站在空调底下吃完从全家买来的早饭，坐到电脑前开始工作。

学分一年级就修完了，二年级根本没课，她也不爱在研究室待着。导师是个崇尚诸事顺其自然的老太太，对待学生基本放养。因此除了约定的会面、组会、听讲座、去研究科的图书馆找书查资料，王子舟一般不会特地跑到学校，哪怕住得很近。

社交也很少。

这么一想，她在 K 大一年多，碰不到陈坞是很合理的。

加不上算了。

好奇心都是一时兴起，转瞬即逝，王子舟在这件事上并没有多执着。

她移动鼠标，打开新一天的工作——将一篇不到四千字的中文访谈稿翻译成日文。派单的是日方的独立编辑人，合作流程简单，约定好字数、价格和交稿时间即可。虽然篇幅不长，但报酬按千字算，大概是她翻译图书的 3 ~ 4 倍。在译书项目间隙接到这种工作，王子舟拍手欢迎。

一般来说，这个篇幅的原稿，如果不是专业性特别强的陌生领域，王子舟会花费 2 ~ 3 天来完成——第 1 ~ 2 天出初译稿，提交给编辑之前自己再过两遍。

她很在意最终译稿的质量，并不一味拼速度，但文本翻译的单价并不高，干活太慢要影响生计，所以也不可能为一个字一个句子较真个几天几夜。

今天的稿件是博物馆历史艺术类展览相关的访谈，除了个别专有名词的汉字注音王子舟拿不定主意，并没有太棘手的内容。

她从早上坐到了傍晚，中途下楼买了三明治和蔬菜汁果腹，这会眼看窗外太阳落了山，她正愁吃什么，打开卡包翻出拉面店的集点卡，惊喜地发现章盖满了，可以去换一碗免费拉面，于是高高兴兴下了楼。

夏季傍晚的风仍旧热烘烘的，但从空调房里出来的瞬间，居然是舒服的。凉凉的皮肤被干燥温暖的手抚摸了一遍似的，毛孔纷纷叫嚣着舒张开来，可没过几分钟，就开始出汗了。

一出汗，风也不可爱了，拖着长长尾音的蝉鸣也显出几分烦人。

街道像煮沸了的彩色液体。

汽车、自行车各据己道，步道上则塞满居民与游客——成群的、落单的，衣服和面孔上的光影则随街灯和店内灯光而变幻。

城市夜晚是被各种人工照明所主宰的世界，不过王子舟今晚抬头看到了月亮，甚至准确地定位到了长庚星。

好亮。

王子舟戴上无线耳机，随意点开手机里一首音乐。

打开耳机的降噪功能，周遭一切声音分贝大大降低，街道忽然变成了接近默片的世界，耳机里的音乐却格外明晰，连带着放大了自己吞咽口水以及呼吸的声音。

是的，可以听到自己的呼吸声。

如果这个时候喝一口汽水，不着急咽下去，还能听见口腔里清晰的气泡爆裂声，宛若一场热闹聚会。

只有自己知道的，热闹聚会。

王子舟忽然有几分想念那种感觉，她沿川端通往北步行，左转过桥来到鸭川西岸的第一件事，就是进便利店买了一瓶碳酸饮料。

她出门拧开瓶盖，仰头喝了一大口，漱口一般，让液体在口腔内停留。

气泡欢呼着炸开。

王子舟心情愉悦地朝拉面店迈进，走到十字路口，趁着绿灯正要奔向对面——确切地说已经踏到了斑马线上，这时候眼角的余光才掠见一个眼熟的侧影。

口腔里的爆裂声渐趋于无，替而代之的是清晰的呼吸声。

王子舟往后退了一步，停在他的侧后方。

这个人低着头，耳朵里也塞着降噪耳机，在等另一边绿灯亮起。

也就五十厘米不到的距离，王子舟抬手就可以拍到对方肩膀的程度。

打个招呼很难吗？不难吧。

可机会却总在这种没意义的自问中讥笑着弃人而去。

这边的绿灯被红灯取代，那边的绿灯亮起来，王子舟眼看陈坞踏上斑马线，走向了十字路口的另一边。

口腔里的爆裂声，完全止歇了下来。

气泡们散会了。

03

王子舟不确定那是不是秘密。

走到拉面店，排队的时候她就一直在想那件事。

前面有五六个人，好像是一起的，拿着自贩机的票，说说笑笑地等，只有她揣着集点卡，表情严肃地思考。

智能手表振了一下。

抬腕一看，屏幕显示——

蒋剑照：怎么样啊，加上了吗？

王子舟从运动短裤口袋里摸出手机，飞快回了两个字："没有。"

蒋剑照：到底啥事？着急的话，我把你推给他算了。

王子舟想想，回道：那太奇怪了吧。

蒋剑照：有什么奇怪？我甚至可以把你推给他爸爸，请他要求陈坞加你。

王子舟：……

蒋剑照的高中班主任是陈坞的爸爸，这也是王子舟大一就知道的事。

蒋剑照跟她说过："我高中历史老师很不错，我上J大历史系，百分之八十的原因可以归于他把历史说得太有趣了。"她还说，"他家小孩跟我同级，竞赛班的，好奇怪的一个男生，在数学系，下次遇到了给你介绍介绍。"

说是这么说，但她和蒋剑照在一起厮混的任何场合，都没遇见过这个奇怪的数学系男生，遑论介绍认识了。

不过，早在蒋剑照这么说之前，王子舟就已经见过他了——

一年级，天文协会招新的时候。

说来很奇怪，这个人没正式入社就退社了。给的理由是，天文协会的招新宣传导向有问题。

王子舟记得那年的宣传海报上大概有一句：来天文协会，带妹子半夜看星星。

确实很奇怪，王子舟因为那句话，后来也退社了。

再后来，王子舟在人人网——一个曾经的实名制校园社交网络平台——围观过一次线上口水架。起因其实非常无聊，如今应该没什么人记得了。让王子舟印象深刻的也不是那件事本身，而是因为那次事件，“陈坞”这个 ID 夹杂在别人的转发里，被推到了她的首页。

那一瞬间，王子舟就是被好奇心役使的奴隶。

她顺着名字点进去，第一次浏览了属于“陈坞”这个人的网络外貌，顺便翻看了他的相册——画质一般，多数是手机拍摄，偏爱 1:1 的方画幅，构图非常强迫症，对比度及饱和度也往往故意调低，把日常拍出了一种灰暗的秩序感。

在上百张风格相似的照片里，敏锐的王子舟逮捕了一个异类。

它，有水印。

是一个微博 ID。

陈坞这个人，真的很谨慎，王子舟迄今想不通他怎么会把带微博 ID 水印的图发到人人网，失误吗?

但因为这仅有的一次“失误”，让王子舟发现了他的微博。

人们在不同的社交网络平台上，往往会展现出不同的外貌，尤其人人网和微博根本不是同一种性质——熟人世界和非熟人世界，什么信息能发，什么信息不能发，界限完全不一样。

不过陈坞这个人，里外倒是很一致。

他在微博上发的，和在人人网上发的东西基本没什么差别——无非就是那些照片，文案也很谨慎，透露出的个人信息更是少得要死。

他的拍照视角很局部也很小心，比如同样拍学校食堂的饭菜，别人可能会毫不在意地露出 J 大食堂的字样，他则会故意避开盘子上的字，拍摄另外一半，或者吝啬地只允许 1/4 的内容入镜。

王子舟当时就觉得，他既不信任数字信息，也不信任网友。

但是为什么要分享那些呢？不得而知。

总之，王子舟记住了那个 ID。

她没有关注他，因为她也不信任数据世界。

好在陈坞真的很长情，一个 ID 从注册起用到现在，也不改名。王子舟偶尔想起来的时候，会搜他的 ID 进去了解一下近况。她直觉上能感受到这个人的变化——不过都五六年了，有变化也很正常。

但有一点，王子舟耿耿于怀。

那已经是她本科三年级来 K 大做交换生的时候。

在微博上，她突然发现了陈坞的另一个身份。

这个里外一致的人，展露出了新的面孔，但这个面孔并没有在人人网上体现出来——因为那时大家几乎不用人人网了，很多人就此封锁了自己的主页，不再登录不再更新，所以很难说，他仅在微博上表露另一个身份，是里外不一致的表现。

王子舟从来没和其他人议论过这件事。

当然，她也没从别的渠道听过相关的消息。

她想确认一下——

这个身份对陈坞来说，到底是不是该向熟人世界保留的秘密。

她捧着手机，在聊天框里问蒋剑照："你对陈坞了解多少？"

大概是觉得这问题突兀又奇怪，蒋剑照没立即回。王子舟等了一会，店员忽然招呼她进去。原来已经排到队头了啊，王子舟跟着往里走，到位置坐下，把集点卡递给对方。

问了忌口之后，店员就走了，王子舟一个人坐在位子里耐心地等。

蒋剑照发来消息。

蒋剑照：你指什么方面？

王子舟捧起手机。

王子舟：兴趣爱好？

蒋剑照：好像会吹笛子，假如我没记错。

王子舟：还有呢？写作啊，画画啊，搞创作这一类的。

蒋剑照：没有吧？我高中在文学社哎，他都没加我们社。

王子舟：你知道他微博吗？

蒋剑照：没听说他有微博啊，问这干吗？

王子舟：好的。

蒋剑照：嗯？

拉面送到了，店员请她慢用，顺便给了张新的集点卡。

王子舟点点头，捧着手机，仔细想了想，又问蒋剑照：假如，我是说假如，你师门某个人偶然得知了你的微博，你跟这个人没什么交情，但他突然跑来跟你说，哇蒋剑照，你就是微博上那个某某吧？我看过你的吐槽视频！你怎么想？

蒋剑照：好恐怖！

王子舟：是吧……

蒋剑照：就是不想给熟人知道我才没有露脸录啊！谁要发现了还告诉我，那真的情商很低，这和恐吓没什么两样啊。

王子舟没回。

蒋剑照：有人跟你说我的微博了吗？不要吓我！

王子舟：没有啦。

蒋剑照：那你干吗问这个？

王子舟：因为我现在可能就是那个情商低的人。

对面忽然发来一连串的消息：啊我知道了！你是不是发现了陈坞的微博！他的微博有什么秘密吗？他微博名字叫啥？！

王子舟：不告诉你。

蒋剑照：你怎么还替他保密！你到底是谁的好伙伴？

王子舟：我是为了防止你成为那个情商低的人。

蒋剑照发了一个“无语”的表情。

王子舟回了一个“抱抱”的表情，又说：我吃饭了。

蒋剑照：吃的啥？我看看。

王子舟打算拍一张拉面的照片给她，但连拍两张都觉得不对——因为不是正俯拍视角，拍出来的拉面碗就不是正圆形，于是她干脆站起来拍。有人因为她突如其来的举动朝她侧目，王子舟飞速按了快门后坐下，把拉面照片发给了蒋剑照。

蒋剑照：又吃的拉面，连像样的菜都没有。

到这里，聊天通常就可以结束了，回都不用再回，应关掉手机专心吃面，但王子舟却自己点开了那张反复拍摄得到的正俯拍拉面照。

圆形的面碗外缘，与图片四边均相切——

这是陈坞习惯的构图方式。

不自觉地，就这样了。

王子舟再次打开微博，一边吃面，一边浏览陈坞的主页。

一条条往下翻，就可以旁观别人塑造出来的生活。

看他写“倒垃圾赚了钱”，她放大看配图，认了很久才认出是东竹寮的垃圾桶——东竹寮招募垃圾处理人员居然会给钱？她想。

还写“捡了免费的家具”，配图是一张很旧的长凳，去过东竹寮的人才可能认出来——背景里那堵墙是东竹寮中庭里的。

又写“配菜变了”，配图里的餐具虽然没有露出全貌，但应该就是东竹寮食堂的——学姐说东竹寮的餐具都是学校食堂用剩的，图上餐具看着和K大中央食堂的餐具很相似，且确实有点像是被淘汰的样子。

之前她看这些的时候，从没发现背景是东竹寮。

是昨天知道他住在东竹寮，重新翻看，才有的新发现。

看起来过得挺好。

积极地融入生活的罅隙。

但王子舟捕捉到了一种游离感。

他在叙述，但没有情绪。一个人与你唠家常，但面无表情，你就很难确定这个人到底在想什么——到底是表达厌恶，还是喜欢？

王子舟记得，三年级的她在K大中央食堂刷到那条新书宣传的微博时，甚至搞不懂他发的到底是谁的书。

在王子舟的认知里，如果是作者本人，应该说上一两句譬如“终于出版啦！感谢大家支持！”的话，或者干脆呈上一段小作文表达一下稿件付梓的心情；如果是推荐朋友的书或者自己喜欢的书，那至少应该介绍一下基本内容，或献上几句美辞，可他当时只给了一张封面图，连文案都没有写。

王子舟经历了一番查证，才确认，他发布的那本书，就是他自己写的。

顶着一个与真名和微博昵称都无关的笔名写的。

为什么要偷偷写作呢?

王子舟虽然也用笔名译书，但她在带着自己本名的个人简历里，是一定要清清楚楚把每一本译作写上去的，她连合译的、尚未出版的都不会放过。

陈坞的做法恰恰相反，他在躲避这个笔名与自己的链接——他作为作者的身份，是面向熟人世界保留的秘密。

王子舟放下手机，捞干净了碗里的拉面，又喝了一大口的碳酸饮料。

吃饱喝足，她从帆布袋里翻出钱包，把店员新给的集点卡塞进去，紧接着就看到了卡在钱包透明相册夹里的那枚百元硬币。

只是还这一百日元的话，其实不难。

四十分钟前，在对方过马路的时候追上去，装作凑巧，说:“你是住在东竹寮的那位同学吗？昨天我拿了一只茶叶蛋，但是没付钱，你还记得吧？”然后把硬币塞给对方，就结束了。或是更早之前，在东竹寮拿了茶叶蛋上楼，马上取了钱包下来付掉，就结束了。

但她没有这么做。

隔着梶井基次郎的那本《柠檬》，看见他眼睛、认出他的瞬间，王子舟其实想说——

这就是我一直窥探的那个人啊。

你最近写了新书吧？——《小游园－Ⅲ》。

你签了海外版权代理合约吧?

我接到了试译的邀请。

合作的中方编辑说，小项目，报价很低。

其实再低都会有人接，只是，质量未必可靠。

何况它，很难翻。

你写了太多中国古代妖怪,两千字的试译摘录稿里,就有八个。

提高价格去找日本母语译员，未必行得通。

于是问到了中方代理，有没有合适的译员推荐。

编辑问了我。

接还是不接呢？如果试译不合格，还要白做工。

我犹豫不决，正好就碰见你了。

我以前都没发现你住在东竹寮。

世界真小，真凑巧。

我兴奋到脸热，在那一瞬间。

好像有非常多的要说的话。

不过我一句话也没说。

还好没说。

不然要吓到你。

不然你会觉得我情商超低。

这一百日元，是窥视接续到现实世界的梯子，我想留着这架梯子换个方式观测你，我可真是一个不折不扣的变态。

王子舟想着，合上钱包，装进帆布袋，走出了拉面店。

CHAPTER 02

> 千字 100 元 <

01

译者不需要认识作者。

多数时候连沟通也无必要。

译者通过文本揣摩作者的创造，基于个人理解与偏好，用一种全新的语言传递作者的表达。最终的结果，作者往往也不会看到，或者说，即便拿到区别于原语种的外文样书，即便读得懂外文，原作者也很难体会母语读者面对这个崭新文本时的感受。

表达的宿命就是遭遇误解，中间再闯进来一名译者，被误解的概率简直陡升——译作是叠加了两次表达的高风险物种。

译事三难，即信、达、雅①。

王子舟很清楚自己的水平——只是追求准确，就已经很费劲了。她未必没有更高的追求，但用明显高于当前能力的要求来强迫自己，看起来好像“很求上进”，其实是一种贪心。

贪心会把创作者拖进地狱。

一个字都写不出来。

---

① “译事三难，即信、达、雅。求其信已大难矣！顾信矣不达，虽译犹不译也，则达尚焉。”引自严复《天演论译例言》。

因为不满意。

“我想写成的”与“我能写出的”，永远不是同一种东西。

这对译者同样适用。

王子舟现在就很贪心。

快一周了，她也没有做完这份两千字的试译。

试译稿是从《小游园－Ⅰ》中摘出来的，和三年后的《小游园－Ⅲ》比，能看出作者文风的微妙变化。《小游园－Ⅲ》是相对更成熟的作品，《小游园－Ⅰ》当中则有非常明显的探索痕迹——好像作者自己也不太清楚到底要怎么写，凭借直觉和一种古怪的偏好就这样写下来了，就是这种“不确定感”，让译者苦恼。

王子舟高中就开始学习日语，虽然她自觉有一些学语言的天分，但日语到底不是她的母语，她在日本生活的时间与经验也很有限——将日语转换成母语文本，因为最终的输出是母语，只需要理解日语内容，仰仗多年的母语使用经验将其本地化就好；反过来，将母语文本转为日语，就涉及非母语的应用问题，难度大大增加。

理解与应用，是两个层级。

许多人看得懂非母语著作，但很难用非母语写作，就是垮在了应用上。

王子舟过去做中译日，从没碰过小说这个体裁。

她给博物馆做展览翻译，给杂志做访谈翻译，甚至还帮人翻译过传记，但它们的共性是文字风格并不强烈，在翻译的过程中，王子舟从没有为风格和调性发过愁——

小说却不同。

文绉绉的志怪小说如果翻译成轻小说风格，很要命。

抛开大量的专有名词不谈，《小游园 - Ⅰ》最大的问题是半文不白。它明明讲的是一个发生在现代都市里的故事，叙述风格却与时代背景严重错位，除此以外，故事中九成的角色都呈现出一种难以捉摸的不稳定性——角色与不同的角色对话时，甚至也使用不同时代风格的语言。

在更换表达语种的过程中，如何精确保留原文中这种故意的错位，让她非常恼火，以至于完全进入到一种非理性的状态里，甚至想要隔着屏幕杀掉作者——

当然这是不可能的。

这个周五，她因为生理痛昏睡了一下午，起来的时候天快黑了。夏季昏红的太阳压在天际线上，浮躁的气息四下升腾，屋子里却是冷的。

王子舟坐在床上打了个哆嗦，随后关掉空调，起身打开了阳台门。

周身毛孔在燠热的空气里舒展，身体仿佛解冻了一样。

醒过来了。

她趴在栏杆上望向鸭川，隐约看到有人在钓鱼。

真是令人羡慕的悠闲。

王子舟忽然决定放过自己。

才两千字的段落，她为什么要强迫自己在这几天就给整本书的风格定调呢——局部先做漂亮了，以此拿到项目，之后再细细琢磨不行吗？

踩着截稿日，王子舟做完了试译。

她从头到尾检查了一遍，包括注音、译注、标点，仔细得堪比高考交卷。

邮件发出去之后，王子舟觉得拿到这个项目的可能性只有五成。

尽管对方给的报价这么低，在这个价格区间的非母语译员里，她的能力也许可以排进前百分之二十，但她没有那么大的把握。

有一种自信称作“心里有数”——从小学到高中，无论考试、比赛、干部选拔、评优……就算最终结果还未发表，她也不会为此胡乱担心，因为觉得那百分之百就该是自己的——大概是一种优势心理吧，潜意识里认为其他人比不上自己，也没有太多不可控的因素，所以笃定。

但这种优势在离开那个小镇、进入大学之后，忽然就不那么明显了。王子舟经历过仰望别人的巨大落差之后，心态也变得保守谨慎。

曾经的优势，反而成了一段必须淡忘的经历。

如果你还停留在过去的语境中，只能说明你现在不行，王子舟是这样告诫自己的。

人的成长伴随着边界的触碰，摸不到边界的，只有小孩子。

只有小孩子会这么以为。

十八岁之前，王子舟都是那个小孩子。

现在她已经不会说百分之百的事了。

02

王子舟第一次为结果忐忑，是在高考结束、还没放榜的那个夏天。

考完总觉得哪里不对，最后真的就是不对。

她到现在都清晰地记得那一年的语文作文题，分别引了丰子恺、赫胥黎、菲尔丁的三句话，让“结合上述材料写一篇不少于 800 字的文章”。

王子舟写完才觉得自己好像写得离题了。

好在那年数学卷看着简单但坑很多，不少人最后的成绩远低于估下来的分数，王子舟小心翼翼避开了所有的坑，反而拿到了她高中三年来最好的数学成绩，加上理综和外语考得不错，自选模块也拿到了满分，其实总分和预期比也没有差很多。

班主任说她是失之东隅收之桑榆，王子舟却觉得那只是天赐的侥幸。

不太熟的远亲长辈听说放榜了，打电话过来表示关心，一问总分，再问重本线，便说：王子舟发挥得不错嘛！

她爸妈就在电话里说：发挥得不好，语文考砸掉了，可惜了！

没什么好可惜的。

人总是因为结果达不到预期而觉得可惜，但预期只是预期，剩下的部分就是留给人不安的悬疑内容，谜底不可能总被猜中，无论它亮出来什么，都只能接受而已。

父母的可惜，只是虚荣。

对面的亲戚又说：还可以的嘛！上 Z 大总是没有问题的，王子舟来杭州的话到我家吃饭呀！

王子舟不喜欢杭州——

因为那些发达亲戚。

最后一路北上，去了江苏。

那是她人生第一次去到省外。

对一个浙南人来说，江苏是毫无疑问的北方。

在那座介于苏南和苏北之间的江苏城市里，王子舟接二连三地开始遭遇那种“为结果而忐忑”的时刻——考证等分、优本项目的选拔、面试诸如此类。

一到这种时刻，她就会在梦里与那道作文题重逢。

“丰子恺：孩子的眼光是直线的，不会转弯。

“赫胥黎：为什么人类的年龄在延长，而少男少女的心灵却在提前硬化？

“菲尔丁：世界正在失去伟大的孩提王国，一旦失去这一王国，那就是真正的沉沦。”②

---

② 以上均引自 2013 年浙江省高考语文试卷。

那道有关童心、有关纯真、有关成长、有关成人世界的题目所要传达的，与她在考场上对题目理解的偏差，仿佛形成了一种预判性质的隐喻——少年时代关于未来的预期，对应到现实本身，注定离题。

于是她不断地反刍那道题目。

现在她又做起那个梦，在交了试译稿等待答复的日子里。

只要做了这个梦，第二天的心情就会变差。因此接连几天，王子舟都没有独自待在家，而是一反常态，带上电脑去学校研究室里坐着。

也挺好，这样可以省下家里的空调费。

不做稿的日子，她就写论文，不然就去文学研究科的图书馆找资料，晚上和博士学姐一起去学校附近的百万遍[③]吃饭。回到家实在不想碰论文了，就翻开新买的书来看。偶尔碰到觉得有意思的书，她会主动写书评、做试译片段，发给国内合作过的出版公司编辑当作选题参考。

当然，参考大多数时候是不会被采纳的，就算碰巧编辑也很喜欢，还会遇到各种不可抗力——版权拿不到啦，题材不适合啦，等等。

经历过几次“快要成、但没成”的打击后，王子舟反而看开了——既可以读喜欢的书，又可以做翻译训练，还能在编辑面前刷好感，放平心态，等待那个偶然降临就好了嘛。

---

③ 地点名，位于京都知恩寺附近，百万遍为“知恩寺”赐号，即诵经念佛百万遍之意。

为了躲避“忐忑不安”，名为“降低预期”的来客，自那个夏天起以保镖的身份住进了王子舟的营地。

好霸道的露营客，老是看到它扎在那里的帐篷，刺眼得很。

这家伙凭什么打着保护我的名义扎营在此？！

王子舟偶尔也不服气，想要把它撵走，但忐忑来临，又忍不住躲进它的帐篷里避险。

只好容许它继续待在那里。

王子舟这样想着，在烈日当头的正午离开研究室，骑车去便利店买吃的。

没什么胃口，她在冷藏柜看了半天，最后只拿了一个饭团，走到收银台准备结账，手机振了一下。

新邮件。

王子舟飞快点开，在一堆套话里一眼捕捉到了おめでとうございます（恭喜），立即转头把饭团放回架子，换成了一盒有菜有肉的丰盛便当，甚至还去饮料柜里拿了一罐可乐。

突如其来的食欲。

外面晴空万里，地面、屋顶、车子都闪闪发亮。

王子舟骑上车，沿午后安静的巷道飞驰。蝉扒在树上高唱着贺歌，路旁紫阳花在花期尾声热烈地向她招手，风既热又燥，还很粗鲁，把王子舟的脸搓得滚烫发红。

回到学校停好车，从侧门进到文学研究科大楼，智能手表说她心跳 157 次 / 分，后知后觉地弹窗问她是不是在骑行——

王子舟理都不理。

她打开手机聊天软件，戳开一个叫“丁嫒嫒”的编辑，迫不及待发送了一条信息过去：嫒嫒！我合格啦！！感谢推荐！

等她进到研究室，丁嫒嫒才回复她：知道啦，好好准备吧！

王子舟到自己的工位坐下来，心跳逐渐平复，脸也不那么热了。

她想了一会，继续往输入框里打字。

王子舟：嫒嫒，你有没有原作者的联系方式呀？

丁嫒嫒：小游园简体版是其他组的同事负责的，她那边应该有，我帮你问下？不过这个得征求作者意见噢，有些作者怕烦可能不愿意给。

王子舟：情况是这样，我做试译的时候写了Query④，但是没发给日方那边的译审，因为我觉得问题好像还是集中在原文这边，能和作者确定一下最好。虽然最后我是跟日方那边签合同，但我跟他们提这个需求的话，他们还是要来找你们，太费事了，所以我才直接问你要了，麻烦啦。

丁嫒嫒：理解。

王子舟：请帮我和作者解释一下！如果作者不愿意太被打扰的话，只给邮件地址也是可以的，谢谢啦！

丁嫒嫒：等我，下班前给你答复。

---

④ 一种工作方式，部分译者在返回译稿时，会附上Query给审稿，用作翻译不确定之处的标记与提问。

王子舟从东九区的13点23分，等到了17点45分。这期间连论文也写得不顺心，有个材料她明明在图书馆复印了放在资料夹里的，结果这会就找不到了。

学姐问她要不要去吃饭，王子舟说想先去图书馆一趟，学姐就先走了。

她收拾了东西，打算去图书馆复印完资料就直接回家，走到文学科的图书馆东馆，终于收到了丁媛媛的消息。

丁媛媛：作者同意啦。

紧接着是一张聊天截图，以及一个邮箱地址。

王子舟点开那张截图，是陈坞回复责编的信息，他写的是——

“可以，请翻译老师把Query发我邮箱吧。”

翻译老师。

王子舟突然感觉非常好。

她在这种自我感觉良好的氛围里沉溺了几秒，忽然想起什么，立刻追问丁媛媛：等下，还有个问题！

王子舟：作者姓什么呀？我邮件抬头怎么写呢？

丁媛媛发了个奸笑的表情。

丁媛媛：你可以叫他不知道老师。

王子舟：什么嘛！

陈坞的笔名叫“不知道”。

——你的笔名是什么？

——不知道。

——不知道?

——是，不知道。

真的很像蹩脚的网络段子。

王子舟：哪有这样称呼的？太不严肃了吧！

丁媛媛：哈哈哈哈！姓陈姓陈。

王子舟道了谢。

收了手机，她才意识到刚才脸上一直挂着笑。

确实高兴，但又觉得里面藏着一种虚伪狡猾的东西。

明明知道对方姓什么，还要这么问一遍，她脑子里突然联想到那种历史小说里的反派角色——在背后干了什么不得了的勾当，再耍点把戏过个明路这种荒唐的情节。

不是我窥探到的，是别人告诉我的。

我只是，碰巧成了你的翻译。

王子舟默念着这些谎话，进了存放杂志的资料室，她正逐个地搜寻架子上的目标，忽然就看到了一个眼熟的脑袋。

刺客一般，她后退了一步。

K 大各研究科有自己的图书馆——像文学研究科就有本馆和东馆两个，十分富有——大家有文献需求，一般能在自家馆里解决，没什么窜馆的必要，陈坞一个在北部校区专攻数学的人，居然会来文学科找资料，意外，但也没那么意外。

只是……

王子舟想，他以前应该也来过吧？为什么没有碰见过呢？

也许遇到过，只是那时没有像现在这样在意罢了。

王子舟躲在书架这一侧，忽然拿起手机，编辑起草稿箱里的邮件——内容早就写好了，只是地址没有填。

她把收件地址填进去，确认了附件、抬头、正文、落款，点击发送。

极安静的资料室里，响起极不起眼的振动，非常短促，是电子邮件的接收提醒。

王子舟小心翼翼地再次后退，踮脚透过杂志层架的缝隙看过去。

陈坞又翻了会杂志，才拿起手机。

他低着头，用拇指点开消息，往下浏览，在打算关闭页面的瞬间，忽然手指下滑，视线落到邮件最上方——

发件人栏里躺着王子舟的邮件地址。

那个邮件地址的后缀，有他们共同母校J大的英文名称缩写。

那是专属于J大学生的邮箱后缀。

嗨。

你果然看到了这里。

我是故意的。

故意用这个邮箱。

因为我想让你

——也发现我。

CHAPTER 03

风格指南

01

作者老师：

您好，我是负责《小游园 - Ⅰ》作品汉译日工作的执笔译员，在试译过程中我有一些疑问，主要集中在专有名词的转译、注音及语言风格方面，望您不吝解答，具体内容烦请查看附件。

多有叨扰，不胜感激，盼复。

——译员王大舟

王大舟是王子舟的笔名。

几乎所有合作编辑和 PM[①] 都要问她“只差一个字，你这个笔名有什么意义”，王子舟都会甩甩脑袋说一句“无可奉告”。

反正大舟就是比子舟好，所以她落款时使用了前者。至于抬头称呼，王子舟本来想写“陈老师”，但最后为了对应别人称呼她“翻译老师”，她干脆也叫对方“作者老师”。

王子舟发完邮件就从资料室悄悄溜了，毕竟她也不想放任自己发展成一个真正的、在现实中偷窥别人反应的超级变态。

回家吃了饭，打扫了卫生，她洗完澡，坐到电脑前，打开邮

① 此处指翻译公司的项目经理。

箱查看，里面一封未读邮件也没有。

她徒劳地刷新几下，转而打开微博，找到陈坞的主页，点击关注。

随后切回自己的主页，检查有没有奇怪的内容——

社交平台的个人主页就像网络客厅，如果对潜在来客不甚在意，那么自然连卫生也不必扫，管他什么外套、内裤、袜子……随意地丢在沙发上就是了，但如果忽然意识到可能会迎来重要宾客，那还是打扫一下吧！

毕竟她的昵称就叫“译员王大舟”，一眼就能认出来。

王子舟打扫完这个网络客厅，身心俱疲。

她放松双肩后靠在椅背上，望着电脑屏幕上自己的主页发愣。

窗户隔音不算太好，外面响起深夜救护车嘀嘟嘀嘟的声音，王子舟侧头一看，发现竟然下起了夜雨。难怪稍稍有了凉意，她关掉空调，重新瘫回椅子里。

空调压缩机工作的声音一下子消失了，屋子里变得格外安静。王子舟扭头看窗户，玻璃上映出她颓废的坐姿和没有收拾的脸——

唉。

突如其来的自我厌弃。

她又重新看向电脑屏幕，移动鼠标点开邮箱。

依旧没有未读邮件。

是自恋吧，脑子里浮上来这样的想法。

觉得自己会被他人注意到，说到底就是自恋，所以打扫这个网络客厅，又有什么意义呢？不过是受自恋唆使的一种自我塑造工程，也不是真实的我。

王子舟关掉浏览器页面，给手机充上电，熄灯爬进了被窝。

接下来的几天异常忙碌，开研讨会、做假期计划，合作的PM还在这种时候给她派稿找她救急，王子舟甚至没空去想手里还有一个汉译日的图书项目，直到这天深夜——

她睡前点开邮箱，发现里面躺着一封未读邮件。

飞快点开。

翻译老师：

您好，来信已收到，抱歉这么迟才给您回信。

写的时候只顾我自己尽兴，没想到给您添了这么大的麻烦。

我创建了一个在线共享文档，链接在下方，点击即可进入查看，此共享文档中有我这几天从稿件中摘出来的专有名词，部分已经过文献查证，但有一些我也不太确定，均已在备注栏中写明，希望能够对您有所帮助。至于您问的有关转译时的语言风格问题，我需要更多的时间思考才能给您答复，请见谅。

另，此文档开放编辑，若您有不同看法，请加以批注。

祝顺利。

王子舟打开那条邀请在线编辑的共享文档链接，页面上显示出来一个表格，一共四列，即“原文、译文、注音、备注”，是一个类似“术语库”的东西。

王子舟以前碰见过这种东西。

一些游戏和软件开发公司，在面向海外市场推广、进行本地化的时候，就会为译员建立这种术语库，主要目的是保证通篇用词一致，避免同一术语在翻译过程中出现多种译文版本，譬如——

“げつようび（月曜日）”无非就是“礼拜一、周一”的意思，平时怎么说都可以，但术语库要求你翻译成“星期一”，那在这个项目里，只要遇到这个词，就绝对不可以翻译成“礼拜一”或者“周一”。

这就是术语库所要求的标准化。

陈坞发来的这个在线共享文档，和术语库是一个性质的东西。

因为他在小说里写了非常多中国古籍里出现的妖怪，单是名字要如何翻译就很让人苦恼——这是需要阅读文献、做大量查证工作的。首先要找到这个妖怪的出处，然后去找对应的日语译文——它之前有没有被翻译成日语过？有没有可参照的翻译方式，汉字又是如何进行注音的？

这是广义上平行文本的查找，是译者需要完成的工作。

陈坞提前做掉了一部分。

虽然王子舟后续还是要自己去核查一遍，但这个术语库的建立至少能看到作者对专有名词的一种翻译偏好，后续他们还可以共同在这个在线文档里完成相关术语的增删修订，得到一个相对完善的术语库，这对提高翻译效率和准确度是有帮助的。

王子舟看着满屏表格，觉得很不错。

她大致浏览一遍，给对方回了信："收到，十分感谢。"

接下来的时间，王子舟真正进入了这个项目里。

每个译者的工作习惯不同，有人喜欢先整理出可能存在的问题，有人则是随性而为，碰到了问题再去查。王子舟偏向前者，这也是她欣然接受陈坞这个术语库的最大原因，而且——

看着属于自己的编辑标记逐渐在这个共享文档里蔓延，王子舟感受到了一种入侵他人领地的变态快意。

就在她努力完善这个术语库的时候，陈坞的第二封邮件到来了。

没有点开，王子舟就感到不祥。

她在邮件标题里看到了"Style Guide"字样。

感到不祥的瞬间，肩颈会突然变得僵硬，连移动鼠标的动作都会迟缓，心跳却逐渐加快——

王子舟坐在屏幕前咽了一次口水。

这是一篇起码有一万字的文档。

点开是密密麻麻的文字和插入表格，英语、汉语、日语混杂，王子舟立刻联想到了一个可怕的东西，叫作"风格指南"。

Example：

[Chinese][Preferred Target][Avoid]

三栏式表格，第一栏是汉语原文，第二栏是"首选的"翻译风格，第三栏则是"需要避免的" 翻译风格。

从人物对话，甚至夸张到脚注里的古籍引用，他一一摆出了例子。

仿佛在说——

像这种对话，你应该这么翻。

像这类独白，你最好避免这种语气词。

……

建议和指南，是两码事。

她只是想问问他对风格的想法。

对方却想当然地要把翻译工作标准化。

可——

这、又、不、是、做、软、件、和、游、戏、的、本、地、化。

这、是、小、说。

小、说、翻、译、不、可、能、标、准、化。

没、有、人、给、小、说、翻、译、写、风、格、指、南。

没、有、人。

王子舟在往下拉滚动条的过程里，逐渐丧失了理智。

她生气了。

他看不起我。

他根本不信任我的能力。

我的谦虚与求教，变成了他对我的偏见。

你算什么？你过 CATTI 一笔[②]了吗？你考过 JTA 资格认

② CATTI 是全国翻译专业资格考试简称，一笔即一级笔译。

定[3]吗?

王子舟气到睡不着。

她半夜爬起来，在他们共同的在线文档里留了一段话：

“对不起，作者老师，这样说可能有些过分，我认为作者可以提出风格化的建议，但给译员写翻译指南也许是不太合适的。您的想法我会参考，但不一定会采纳，请您见谅。另，感谢您之前对建立这个术语库提供的帮助。”

她咬着后槽牙写完这一段，关闭了整个在线文档，随后发了一条微博。

配图是一张气得炸成球的河豚，文案是：“就像吃了一只大河豚。”

她扔掉手机，蒙头大睡。

其实是睡不着的，睁眼闭眼、翻来覆去，所及都是自己可怜的自尊心。

愤怒逐渐衍化为委屈，最终跌入自我反省的泥沼。

在进入到译审这个 环节之前，译者会短暂成为这个信息不对称世界里的专制君主，无人管制，权力滔天。

现在却有人要来教这个专制君主做事。

堂下是哪位臣子在说话?

哦，是爱卿你啊。

---

③ JTA 即日本翻译协会，该机构的资格认定考试称为“JTA 公認翻訳専門職資格試験（JTA 公认翻译专业岗位资格考试）”。

原来爱卿是原作者。

原作者也不行！

给朕闭嘴，如今朕才是这个国家的皇帝！

可剧情并非如此，事实是她这个专制君主特意请来这位爱卿，主动让渡了一部分权力给对方，甚至发了免死金牌：朕是虚心纳谏的明君，爱卿尽管说就是，朕绝不杀你。

爱卿开口说话了，她却勃然大怒。

真是专制暴虐、反复无常、君心难测啊。

我就算做了皇帝，也不是好皇帝。

搂着这样悲观的念头，王子舟迎来了清晨第一缕阳光。

闹钟还没响，她就起来刷牙洗脸，镜子里的自己仿佛笼罩着一团黑乎乎的、不可名状的气体。

这团气体持续了三天，都没有散去。

但被困在气体里的人，终于还是走到了理性思考的阶段。

王子舟开始琢磨，作者与译者之间的界限——为什么那么多作者与译者互不相识？除去时空、语言障碍等层面的客观因素，是不是还有别的原因？在作者懂外文的前提下，如果译者向作者征求意见，作者能够克服那种诱惑吗？

对自己作品产生的、天然的控制欲。

王子舟无法确定。

她对这种不自知的控制欲，相当敏感。

但不重要了。

毕竟她这个专制君主，在打了对方五十大板之后，自己也下了罪己诏，做回了表面上的好皇帝。

心情忽然变得与京都傍晚的天气一样平和。

紫粉色的晚霞沉淀在街道尽头。

她已经三天没碰《小游园》这个项目了。走在回家的路上，王子舟想着，罢了罢了，今天回去就继续工作吧，毕竟签了合同的，毕竟还有截稿日等着奔赴，人总不能变成情绪的奴隶。

手机忽然振动，王子舟拿出来一看。

丁媛媛：小游园作者问我同事“翻译老师是不是也在京都”，我怎么回？能告诉他吗？

王子舟：他有事要找我吗？

丁媛媛：你是不是和他沟通不愉快啊？

王子舟：还好吧。

丁媛媛：还好就是不太愉快咯。

王子舟：……

丁媛媛：你们都在京都的话还不如见一面啦，隔着网线容易误会。

见一面，王子舟认真思索这件事。

王子舟：那你告诉他，我明天下午三点会在 Shiru 写作业。

丁媛媛：嗯？

王子舟：百万遍的那个 Shiru。

丁媛媛：Shiru 是啥？

王子舟：一个有很多人的公共场合。

丁媛媛：为什么约在那儿？离你们学校很近吗？

王子舟：为了防止我们互相杀害。

丁媛媛：哈哈哈哈哈哈哈！我给你转达过去。

王子舟没回，丁媛媛似乎察觉到什么，又发来一条消息安慰她：宝贝儿委屈了，别太在意作者说的，这个作者是有点难搞，不是你的问题。

王子舟：有多难搞？他是不是很讨人厌？

丁媛媛：没有啦，我还挺喜欢他的。

王子舟：因为你不是他的担当编辑吧？

丁媛媛：你今天不太友善哦！

王子舟：对不起。

丁媛媛：抱抱。

王子舟回了一个可爱的鞠躬表情，收起手机，继续朝家走。

明天下午三点。

你给我等着吧。

王子舟咬牙切齿地想。

02

生活小王和工作小王，不是同一个小王。

现在收拾书包打算出门的小王，则是有别于上述两种小王的战斗小王。

王子舟出门前，带上了自己所有的资格证书和拿得出手的作品。

鼓鼓囊囊一个文件盒，王子舟把它装进书包。

这就是我的武器，我的炸药包。她想，如果对方听不懂人话，那就把炸药包引线拔了，要死大家一起死。这种近乎发狂的预设敌意，就像寿命将尽的锂电池，充满电离开家门，等到了学校，掉到只剩百分之三十——

书包也太沉了。

她把车停在学校，背着沉甸甸的炸药包来到了百万遍的 Shiru Cafe。

百万遍十字路口就在 K 大斜对面。被叫作百万遍，则完全是因为附近那个知恩寺——“百万遍”是知恩寺的赐号，即诵经念佛百万遍之意。至于 Shiru Cafe，则是一个面向 K 大生的“免费”咖啡店。只要注册了，在手机上点单，拿学生证给店员看就好，每天都可以“免费”去喝一杯。

说是免费，其实还是支付了的——用自己的信息。毕竟，只要同意了注册协议，Shiru 就可以替赞助商合法地窥探你。可是穷学生的信息值什么钱呢？想看就看吧！

王子舟不到两点钟就到了，因为她怕来晚了没位子——先占上座再说。她推门进去，被迎面袭来的冷气一把拥住，周身顿时凉快下来，预设的敌意也从百分之三十陡降至百分之二十。

一下跌了十个点，系统发来低电量警告。王子舟吓得开启了省电模式，把炸药包放到了没人的椅子上，松了松因为过负荷而酸痛的肩背。

她拿起手机正要点单，抬头就看到了对面桌子前坐着的人。

哦，是被她这个暴君打了五十大板的谏臣。

谏臣此刻低着头，正在旁若无人地看一沓纸。

王子舟突然发现他发量挺多，怒气值瞬间往上飙了百分之五。她扫了眼手机屏幕上的时间，正好两点钟，还不到约定的三点，所以她决定先离开这个地方。反正谏臣都提前来了，那还要她这个暴君占座干吗？

等着吧，哪怕是延英殿召对[④]，那也该是朝臣等皇帝，岂有皇帝等朝臣的道理？皇帝午饭都没吃，现在必须去进膳，爱卿就老老实实待在这吧！

王子舟提起炸药包，导致椅子与地砖摩擦发出了声音，对面的人忽然抬头看过来。

王子舟和他对视一眼。

不管，不认识，在她撰写的剧本里，她不应该认出对方。

王子舟背上书包，潇潇洒洒离开了 Shiru，走出门又有点心不在焉，食欲也不在线，最后随便进了个面包店买了小蛋糕——甜到发苦，可真是腻到了她。

回到 Shiru，是两点四十五分。

---

④ 唐肃宗时，宰相苗晋卿年老，行动不便，天子特地在延英殿召对，以示优礼。

王子舟也不明白，平时拥挤热闹的 Shiru 今天为什么会有那么多空位，再一想——哦，学校放假了。

她坐下来，从书包里抽出电脑，打开那份她根本不想再看第二遍的“风格指南”。她本打算借此给内心那只名为敌意的锂电池再充一点电，可不知为何，电量一直维持在百分之二十左右，怎么也充不上去了。

替而代之的，是一种紧张的情绪。

还有十来分钟就要上拳台了，除了埋伏在脚边的这只炸药包，她脑子里怎么好像没有别的招式设计了？第一招是刺拳还是直拳，要么，来个勾拳？

昨天晚上她明明对着空气演练了一个小时，从译前语句分析说到小说翻译和本地化的区别，论证为什么小说翻译无法被标准化，最后又用“如果你的编辑直接甩给你一个写作风格指南，叫你按照这个来写，你会怎么想”的例子来进行收尾，称得上是有理有据，进退有度。

可现在她脑子里一片空白。

屏幕上的时间从 2：59 顺利跳到了 3：00。

好神奇，明明只差一分钟，三个数字却全部换掉了。

裁判准时吹哨，王子舟选手全副武装站上了拳击台，四顾不见对手——对手何在？就在她不知道下一步该做何反应的时候，对手离开自己的位置走了过来。

王子舟抬头看他。

他问："是翻译老师吗？"

王子舟点点头。

我的反应好傻。

我应当从容起身，像个成熟的商务人士那样，若无其事跟他握个手："您好，作者老师吧？请坐。"

他又问："我可以坐这里吗？"

王子舟又点点头。

他拉开对面椅子坐下来。

四目相对。

王子舟一瞬间恍然大悟，这哪是什么谏臣啊？这根本就是邻邦的皇帝呀！原来今天这出，不是什么延英殿召对的内政会议，是首脑级别的外交场合啊！

你是信息不对称世界里的王，而我是我创造出来的那个世界里的王——他只是安静地坐在对面，就流露出了这样的潜台词。

王子舟底气大泄。

真计较起来，对方的国家……只要书脊上还印着他的笔名，他就是那个世界永不退位的王，而自己竟然只是一个临时代政的皇帝，译审一回朝，她大概就要被强制退位了。

真是教人不甘，王子舟握紧了拳头。

对方却忽然说："你想吃甜品吗？"

"啊？"王子舟扭头看一眼就在身后的甜品柜，想起刚才在面包店吃的那个腻死人的小蛋糕，回复说，"不想吃。"

“那你想喝点什么吗？”

“我有咖啡了。”

“好的。”他说。

“关于——”

“关于——”

异口同声。

“请说。”对方大度地容许她先发言。

王子舟却突然哑口了，仿佛论文一个字没写，对面却坐着听她汇报进度的导师。可恶，怎么会变成这样？就算是她只是代政君主，也不至于在外交场合逊到这个地步吧？

我怎么像个唯唯诺诺的述职首相？我连皇帝都不是了！

王子舟情急之下瞥了一眼脚边的炸药包，重新建立了底气。

你是国王又如何？我可是靠实力打败了其他党派和候选人的民选首相。民选首相懂吗？你签了那个海外出版的授权，你就已经被架空了！如今实权在我手里！国家人事还肯送给你过目，那是给你面子！

王子舟正要开口，对面却说：“抱歉，是我自以为是。”

裁判裁判，对手扔白毛巾投降了，这还打不打？

裁判回道：“别打了，散了吧。”

王子舟拽住裁判：“那今天这比赛还有什么意义？”

裁判乜她：“对方不是上台给你道歉了吗？”

王子舟说：“我看他心不诚。”又说，“是不是使诈？是不是缓兵之计？”

裁判捡起地上的白毛巾：“还缓什么缓，人都下台去啦！”

王子舟追下台去。

她问对方：“为什么会想到写风格指南啊？”

这场比赛，对方连拳也没出，发型服帖，脸上一滴汗都没有，看着甚是体面甚是从容。他摘掉拳套，一边拆手腕上的绷带，一边解释说：“你在附件里问到的有关风格的建议，我看了也很茫然，后来找到一个微软的简中本地化风格指南，以为能照它来写。对不起，是我想当然了。”

果然啊，是被本地化的操作路子误导了！

王子舟磨刀霍霍，败兴而归。体面的选手，不该在对方扔了白毛巾之后还追上去拳脚相加。她也跟着撤掉了护具，回应对方：“我明白了。”

气氛变得沉闷。

两个人站在拳台之下，你看我，我看你。

裁判冲出来说：“台下打架我可不管啊，你们当心点。”

谁在台下还打架啊？那要犯法的好不好。脱离了拳台，脱离了那件事本身，选手与选手，就是一对既不会打架也不会说笑的陌生人。就算比赛前翻看过对方的简历，了解过对方的战术与水平，这样到了台下，也还是互不相识。

认识一下吧，王子舟伸出了橄榄枝。

“我们之前见过吧？”

她问得很模糊，没有特别指代哪一次。

“嗯。”

他回得也模糊，没有特别指代哪一次。

很公平。

与此同时，王子舟也感觉到一种无法深入交谈的氛围。刚下了拳击台的选手，怎么可能立刻与对手交心？至少也要喝顿烂酒，才有可能勾肩搭背、称兄道弟吧？总之，那种变得亲近的可能性，在当下是不存在的，造也造不出来，毕竟在王子舟目前的认知里——你与我，好像都没什么线下交际的天赋。

王子舟把咖啡喝到了底，偷偷瞥了一眼对方压在手腕下面的那一沓纸。

纸边微微卷起，打印出来之后看了很多遍吧？内容除了部分希腊字母，剩下的都是英文，是每个单词都认识、但组合在一起不太能看得明白的东西。

王子舟自诩数学不错，但也不会傻到去问数学专攻的同学“你在看什么东西”。不可能听得懂嘛，就像她提小说翻译风格，对方会想当然按照软件本地化的路径给她弄个风格指南出来。

用专业来套近乎，不是什么明智选择。

就在她看着杯底的咖啡渍分心的时候，对面的人问她：“你要继续写作业吗？”

哪来什么作业？她从不在咖啡店干活。

可今天关于她这个角色的设定就是“下午三点在 Shiru 写作

业”，对方这么问很合理。她要假装写作业吗？电脑屏幕上打开的是那份引起纠纷的风格指南。

“不写了。”她合上笔记本电脑，把它放回书包。

书包变得更鼓了。王子舟拉拉链的时候突然感觉后悔，那是一种理性状态下对自己非理性状态时产生的行为的指责，是一种迟到的、没什么意义的批评——我怎么会把证书和作品带出来啊？光是想象把它推到对面、再一一拿出来的场景，我就要羞愧到无地自容了。

她在气头上曾幼稚地想，如果对方写风格指南是因为不信任自己的能力，那就把能力甩给他看！可以证明我能力的东西是什么呢？就是这一包辛辛苦苦得来的纸而已。

它可以带来底气，却又在某些瞬间，令王子舟觉得自己——

很轻、很单薄。

这是在干什么？！书包拉链拉到尽头，她忽然惊醒过来。

她重新坐正，反问对方：“那你要在这里继续看文献吗？”

“不看了。”他卷起那薄薄的一沓纸，揣在手里。

差别真大，他连书包都不用背，好像吃了饭，从北部校区的研究室晃出来随便走走，就顺便来到了这里。

王子舟起身弯腰，提起自己沉重的书包，和对面的人说：“那就这样吧。”

他也跟着起身。

一道走到了门口，他拉开玻璃门，王子舟飞快地逃到外面。

热浪滚滚而来，头顶是太阳，脚底是烧热的铁板，人被夹在中间炙烤。

王子舟背着书包，像驮经乌龟，她扭头问对方：“你要回研究室吗？”

他说：“不回，我去本部。”

王子舟想，我也要去本部，但她没说话，就这样往校门口走。

他问：“很沉吗？”

王子舟回头看他，他的视线落在她的书包上。

他还不知道那里面装着“炸药包”，王子舟又觉得有点好笑。

最后剩的一点敌意，也蒸发掉了。

“不沉。”驮经乌龟回道。

继续朝前走，一前一后，进了校门，穿过那些陈旧的建筑，来到王子舟停车的地方。

王子舟去取车，他就在边上停下来。

王子舟把书包甩进车篮，被压得窒闷的胸腔里迫不及待逸出一口气，她深呼吸几口，推车出来，发现他居然还站在那里。

王子舟心想，这是干什么？你们皇室还有这规矩？得目送首相离开？她飞快地说了一声“再见”，骑上车就跑，陈坞却叫住她。

“等等——”

王子舟一个急刹车，单脚落地，转身看过去。

他问：“你想去吃河豚吗？”

CHAPTER 04

行军策略

01

河豚是什么玩意？

这个念头刚冒出来，王子舟马上就想起自己半夜气得睡不着发的那条微博——警报声登时拉响，他回关我了吗？看到我的微博了吗？什么时候？！

先别管，想想现在要怎么回。

王子舟左脚蹬地、右脚踩在单车踏板上，侧着半个身子，回头看着烈日下面目不清的对方，潇洒应道："改天再说吧，我今天的活还没干完。"

好，不错，任何事情绝对不要当场拍板，回家再想。她连回应也不等，握紧把手，左脚搭上踏板，右脚往下一踩，飞驰而去。

寂静午后，小路上一个人也没有，京都的人都上哪去了？

王子舟仿佛进入了一个不真实的异世界。为了斩断这种不明确的感觉来源，她甚至半路停下来，翻出手机，打开微博，点开了粉丝列表。

往下一滑，什么呀，根本没有回关嘛。她又重新找到陈坞的微博，后知后觉地意识到，他的关注人数居然是——零。

也就是说，他谁也不关注。

没有人可以打破我的零关注原则，真是傲慢。

王子舟反而心理平衡了，只是稍稍有些不太确定——河豚到底是巧合还是有意为之？她直觉偏向于后者，对方在发现担当译员关注自己之后，顺手浏览了这位译员的主页，看见了她发的那条配图为河豚的微博。

喊她吃河豚到底什么意思？是赔礼道歉，还是故意挑衅她？

她遇到不确定的题目，会暂时搁置去做下一题，毕竟答题时间有限，被绊住可不行。从早上到现在，她已经为这件事浪费了太多的情绪和精力，这让她产生了虚掷时间的不安感，一到家就抓紧下午的尾巴，在凌晨到来前，把 PM 派给她的一个访谈听译转写稿做完了。

王子舟在睡前打开了那个久违的在线共享文档。

像打开了一个隐秘的房间。

她离开几日，屋里不仅没有落灰，还多出了一些物件。

在她半夜气头上留的那段说明文字下面，是一行小字——

“抱歉，请按照您的想法来。”

王子舟鼠标移上去查看编辑时间，是三天前的深夜。他明显是捕捉到了上一段文字里的怒气，才会给出这样的回复。但其实现在回看，她那段留言的措辞本身并没有过分强烈的情绪，如果是不够敏感的人，也许不会察觉到其中隐藏着的咬牙切齿。

他就是个敏感的人嘛。

有什么好惊讶的？又不是第一天才知道。

王子舟从一开始就能感知到那个 ID 下面隐藏着的陌生内心世界，她也很清楚，这种认知不过是靠她自以为是的经验与直觉揣摩、想象出来的图景，实际如何，真的很难讲。但她又能在那一片混沌与不确信的概念里，找到一点她笃定的东西——

对方一定是个敏感的人。

这大概就是一种叫作同类气息的东西。

所以，约她吃河豚，不可能是挑衅、讽刺她的行为。

王子舟决定关掉这个共享文档。

页面上却忽然光标闪烁——

她吃了一惊。

属于另一方的输入正在发生。

“明天”，停顿，“下午”，又停顿，删除“下午”，改成“傍晚”，停顿，“7 点”，删除，改成“七点在”……

王子舟屏息盯着屏幕，正期待那个表示场所的状语名词出现时，忽然一整条信息都被删除了。

干干净净，什么也没有留下，闪烁的光标也消失了。

我就不该点开这个文档！王子舟这样想着，却言行相诡地在屏幕前又盯着那个文档盯了十分钟。

就在她意兴阑珊地洗漱完、躺下睡觉时，放在书桌上充电的手机几不可闻地轻振了一下。

已经躺在黑暗里的王子舟犹豫了三十秒，这么晚了，不可能有什么工作找她。换作往常，她肯定毫不在意地睡了，可今天是怎么回事？她居然想去看一看。

她忽然鲤鱼打挺地坐起来，掀开空调毯下了床，拿起手机。

被点亮的屏幕上显示一封新的邮件推送。

“明天傍晚七点在四条高仓巴士站前碰头可以吗？”

意外，又没那么意外。

王子舟甚至能描摹出这种行为背后的逻辑路径——发邮件邀请会不会太过正式？那在共享文档里写吧；写在共享文档里对方会不会看不到？那还是发邮件吧。

于是有了这封邮件。

好合理的揣测，但也有自作多情的嫌疑。

她心中升腾起不可名状窃喜的同时，也无法克服地给自己冠上了罪名，脸上涌起来的笑也在黑暗中遽然消退。

“好的。”她节制地回复了邮件，然后放下手机，在黑暗里坐了一会。

喜悦为什么总是伴随着失落呢？她是个情绪不稳定、看起来莫名其妙的人吗？她侧头看了眼旁边黑乎乎的窗户玻璃，重新躺回到了床上。

接下来的一整个白天都显得有些漫长，王子舟下午五点多就完成了当天的工作计划。距离约定的时间，还有不到两个小时，她坐在电脑前一边轻敲桌面，一边思索。

王子舟从小就明白一个道理，常胜将军不打无准备之仗。

最初有这个概念，是因为小学时交的一个稍年长于她的笔友。对方写信跟她说："期末考试临近了，但没关系，本常胜将军已经擦好枪准备上战场了。"

那是王子舟第一次把考试和打仗这种紧迫、危险的事情挂上钩——不好好准备，别说取胜了，搞不好还要丢掉性命。这种概念所带来的威胁，从考试这个范畴蔓延开来，逐渐占领了她生活的全部领域。面对重要的事，她一般不会紧急上阵。

若因准备不周战败，好一点的结局是，她这个常胜将军被革职流放，差一点的结局，就是干脆在战场上死掉。

作为一个恐吓自己的高手，王子舟翻出一张 A4 纸，开始撰写今晚会面的谈话纲要。

什么样的话题是安全的？学校、家乡、兴趣爱好？

王子舟没有头绪，于是她打开搜索引擎，输入"初次会面、安全话题"这样的关键词，跳出来的回答是"天气、交通、新闻、运动"，以及很不负责任的"社交嘛，夸对方就可以啦"——

真是谄媚，民选首相用得着拍没有实权的皇室马屁？

王子舟东看西看，浪费了大半个小时，纸上也记得乱七八糟。

她找到一处空白角落，画了个小小的思维导图出来。

话题被分为三大类，即：无关紧要，只是用来调节气氛的；涉及私人信息的；业务相关的。在各大类之下，她又分了一些子类，最后一看，第一大类和最后一大类根本没什么内容，中间却是满满一大块——好像她只关心中间那个涉及私人信息的部分，其余两个都只是她打探时的掩护。

很合理，毕竟打仗也存在主次。

她将思维导图小心翼翼地从纸上裁下来——巴掌大小，仿若小抄，这就是小王将军的行军策略。

揣着这份行军策略，王子舟出了门。

从她家到四条高仓站，不过一公里多，实在近得很，于是走路前往。

天气预报说半夜有雷阵雨，这才傍晚，空气里就活跃着一股不寻常的气息，躁动、急切，又不安。这条路王子舟平日常走，也不知是不是因为没戴降噪耳机，她觉得这条路比以往任何一天都要喧嚣。

还有十分钟才到七点，于是她走得格外慢。

等待会焦躁，被等不礼貌；提前到显得殷切，迟到又显得怠慢。

掐点抵达是最好的。

留意着时间，她在七点整走到了大丸百货前面的巴士站。

陈坞从马路对面走了过来。

谁也没有早，谁也没有迟。

对方和昨天一样，仍然是轻装而来；王子舟也没有夸张到再背负一个“炸药包”，她终于可以挺直脊背，轻松地与对方打招呼：“嗨。”

他也说：“嗨。”

选手在拳击比赛场外见面了，还是场外的风更让人心旷神怡。

并排走在步道上，就这样走了几十步。

警惕的小王将军忽然回过神，问道：“我们这是要去哪里？这样走对吗？”

她说着掏出手机，打算开导航——

一枚纸片被带出口袋，慢慢悠悠飘落到地上。

陈坞弯腰替她去捡。

杀头吧，陛下。

此人留不得了，小王将军心如死灰地想。

02

惊涛骇浪一瞬涌来。

王子舟被吞没的瞬间，对方直起身，若无其事地把纸片还给她，将她从波涛中拽了出来——他甚至看都没看一眼。

捡起他人掉落的私人物品，不过度关注它是一种美德，问“这是什么”，可以满足好奇心，却是很失礼的行为。

小王将军逃出生天，把行军策略揣进兜里，将其握成皱巴巴的一团，竭力平复因惊恐陡增的心率。

智能手表弹窗问她：监测到您在步行，要开启记录吗？

王子舟瞥一眼屏幕，心想：你可真是烦得很哪。

心率降到 110 次 / 分左右，就不再往下降了——毕竟还在走路。

“不用导航，很近。”陈坞说。

“嗯。”王子舟闷闷应了一声。

她还沉浸在劫后余生的情绪里，忍不住复盘刚才那一瞬间。越是复盘，疑心就愈重，非要得出个结论才罢休——会看到吗？不可能吧，字那么小，没有人能在这么短的时间内看清这到底是个什么东西。

尽管理性的判断告诉她对方应该没看清内容，但还是有一个声音在不断挑衅她——

小王将军，说不定哦。

生性多疑的小王将军咬牙切齿，手在裤兜里紧握成拳。

“你吃过河豚吗？”拐进巷子时，陈坞忽然问她。

“啊？”王子舟回过神，诚实地答道，“没有。”随后又反问，“你吃过吗？”

对方很平常地应道：“嗯。”

夜色完全照覆古都小巷，灯都是小小的、四散开的，不甚起眼，不像华丽的百货商场，顶灯密集铺开，弄得像白昼一样明亮。

王子舟觉得自己也像这小巷一样黯淡，她莫名其妙地接了一句：“浙江不怎么吃河豚，你们那里会吃河豚吗？”

“嗯，江苏很多地方可以吃到。”对方仍然说得很平常。

“怎么吃呢？和日本这边应该不一样吧？”

“放秧草红烧，或者什么也不放，清汤煮就很好吃。”

“秧草？”王子舟看他。

陈坞停下来，似乎想了想，回了她两个字：“苜蓿。”

“啊，是苜蓿。”王子舟恍然大悟。

“到了。”他说。

王子舟看到了那个不太起眼的方形店招，以及上面写着的“ふぐ”（河豚）字样。在她从小形成的认知里，河豚绝对是一种吃了会死的东西——影视作品里因为中河豚毒死掉的可不止一个——它和危险几乎划了等号，为什么还有那么多人趋之若鹜？因为鲜美。

但在王子舟眼里，所有需要冒着生命危险去体验的东西，都不值得尝试。所以，哪怕她后来知道，原来河豚是可以养殖的，控毒技术也很成熟，吃了并不会死掉，她也不愿意去冒险。

哪怕概率低到可忽略不计，她也总觉得自己会成为那个倒霉蛋。

来日本之后，路过很多次河豚店，但她从没想过进去吃一顿——它也许真的很鲜美，但我克服得了那种诱惑。

我就是趋利避害科的状元，现在却稀里糊涂进了这家河豚店。事情为什么会发展到这个地步？哦，原来是因为皇室喊我这个新晋首相吃饭。

罢了，同吃一锅鱼，要死一起死，怕什么？

店员指引的位置在二楼角落，灯光给得不足，倒是很契合古时候吃河豚的氛围——搞不好会吃死人，官府下令不准吃，于是偷偷吃。

偷偷吃，王子舟想着这个词，内心产生了一种隐秘的期待与愉悦。

她坐下来，接过菜单。

河豚料理，哪怕是普普通通连锁店，对学生而言，也完全称得上是高级料理。三位数以下的菜品很少，可选的只有一些前菜、炸物和饮料。

王子舟想，都好不容易大着胆子来了，当然不能只吃这些，于是视线重回套餐的部分。

一万多日元，还行吧，没有想象中昂贵，是有点肉痛但可以负担的程度。

不过她没有直接点单，也没有说话，因为她根本不确定怎样才是对的——首先这顿饭性质很模糊，对方到底是出于什么原因约她吃饭？是因为感到抱歉而赔礼吗？那这顿饭是不是属于请客性质？姑且算是请客好了，那她作为客人又该如何做呢？从小受到的教导是，客随主便，主人给什么吃什么，作为客人绝对不能提出要求，即便主人请我点单，也不该点贵的；但后来又听说，太客气也是不行的，一味地捡便宜的点，会让主人觉得你看不起他，显得失礼。

真是麻烦啊。

那种微妙。

二十几岁，仍然处理不好的微妙。

二十几岁，仍然为这种“小事”不安。

王子舟捧着菜单，没有意义地翻着。

对方问她：“看好了吗？”

王子舟抬头看过去。

对方又说：“如果拿不定主意，可以点套餐。”

太好了吧！王子舟如释重负，指向最中间那个套餐——

不是最便宜的，也不是最贵的，怎么会有这种刚刚好的存在？

“那就这个吧，可以吗？”她说。

“好。”他说着转头呼唤店员点单，“すみません、注文お願いします（你好，麻烦点单）。”

王子舟合上菜单，听对方指着菜单跟店员说“これをください（请给我这个）”，顺便暗暗评价发音。她直觉这个人书面日语不错，口语表达则很一般——没什么意义的评价，他又不靠这门语言吃饭，说不定还是靠英语入学的，王子舟连一瞬的优势感觉都没能捕捉到。

等待前菜送达的间隙，小王将军终于有机会执行自己的行军策略。她说：“听说晚上有阵雨，你没有带伞吗？”

陈坞却回：“骑车来的。”

王子舟问：“从学校吗？”

陈坞回：“东竹寮。”

王子舟问：“哦对，你住东竹寮。”

在话题逼近死巷的刹那，王子舟说：“茶叶蛋很好吃——”

稍顿，“香料是你从国内带来的吗？”

“嗯。”

“我那天真的没有带钱。”她说，“后来再下去，你已经走了。”

“没关系。”他说，“本来就是煮多了。”

“嗯？”她看过去。

“忽然想吃茶叶蛋——”他看着她回道，“但只煮一个，太浪费香料了。”

原来如此。

王子舟想，我要不要现在把那枚百元硬币还给他？如果被拒收岂不是很尴尬？但错过这次，说不定以后就没什么机会了。一种介于“舍不得”和“应该给”之间的情绪，在她心头荡秋千，前后摇摆。

她最终还是从帆布袋里翻出了钱包。

“你要现在给我茶叶蛋的钱吗？”

三折钱包才刚刚打开，对方就这样问道。

他会读心术吗？！王子舟进退维谷地拿着钱包，陈坞的视线飞快掠过她特意卡在透明照片夹里的那枚百元硬币。

他看到了。

看到又怎样？

王子舟盯着那枚硬币说：“我今天正好有一百元。”

她好像听到笑声，也好像没有，但是一抬头，对方真的在笑。王子舟第一次看到他笑，很节制，没有露牙齿，但应该是真的在笑，因为眼尾有笑意。

很好笑吗？王子舟想。

店员在这个时候送来了前菜。

“先吃吧。”陈坞说着，把装凉拌鱼皮的小碗往她这边推了一点，“你有忌口吗？”

上面搁了一团葱。

王子舟说：“没有。你有吗？”

陈坞说：“鱼腥草不吃。”

王子舟嘀咕：“江苏好像没有吃鱼腥草的习惯吧？”

陈坞说：“确实。”

品尝鱼皮，王子舟感觉像在咀嚼一种固体胶，和她预想中无与伦比的鲜美滋味好像不太沾边——果然，想象与实际，一定存在着落差。

但也有符合她想象的部分，比如陈坞会把杯子留下的水渍擦掉。

装着低于室温的饮料，杯子就一定会在桌面上留下水渍。有些人对此毫不在意，袖子碰到就碰到了，反正只是空气中的冷凝水而已，又不脏。但王子舟就一定会拿纸巾擦掉，哪怕要反复地擦上好几次。

她想象中陈坞应该也会干这种事。

果不其然。

“不好吃吗？”他忽然问。

“啊，不是。”王子舟忽然意识到自己吃完那一口就没再动筷子了，于是又夹了一筷子鱼皮沙拉塞进嘴里。

“挺好吃的。”她吃完咕哝。

其实只是一般好吃，甚至可以称得上，不太好吃。

流露喜恶，也要分对象和场合。如果对面坐着的是蒋剑照，她肯定早就愤愤不满了：“好难吃，为什么卖这么贵？！”

对了，蒋剑照。

王将军按照行军策略稳扎稳打，逐步攻入对方的私人领地。按照她的设想，应该先问“你是江苏哪里人”，对方若回答“江阴”，她就顺水推舟说“好巧，我本科最好的朋友也是江阴人”。

江阴不大，高中也不多，对方如果问：“是吗？哪个高中的？”那她就可以说出那个高中的名字，这时候对方大概率会接：“那和我是校友。”到这时候，她就可以问出那句话：“她叫蒋剑照，你认识吗？她在我们本科学校的历史系读博。”

就在她战术喝水预备执行计划时，陈坞却先一步问她——

“校友群里的王子舟是你吗？”

王子舟差点呛到。

“哪个校友群？”

“日本关西校友群。”

“你在校友群里吗？！”她吃惊道，“我怎么没搜——”

“没有搜到我吗？”

外面打雷了。

CHAPTER 05

碎纸片

01

夏季阵雨是最随心所欲的乐队。

闪电一晃，雷声一奏，就开始朝台下大肆泼洒雨水，只顾自己快活，简直毫无预兆也毫无节制。

雨声替代雷声后的一分钟里，饭桌上的空气凝滞了。

老话说，兵败如山倒，踌躇满志的小王将军，眼下沦为一条丧家之犬。

“没有搜到我吗？”

仅这一句话，就将她扔进了黑黢黢的天牢。

大理寺少卿此刻就站在外面，阴恻恻地说：“将军啊，编不出好的答案，卑职就只好上报你欺君了。”

“你去报好了！”小王将军自暴自弃地说。

“还嘴硬！”大理寺少卿瞪她，“将军眼下什么处境，自己心里没数吗？！”

小王将军咬牙切齿，天牢的格栅间却忽然伸进来一只来路不明的手。

那只手举着手机，屏幕上显示微信群成员列表，在关键词搜索框里，躺着“13 数学”这个词组，下面关联到的第一个群成员就是——

“13 数学 – 耳东土乌”。

手的主人说：“这样可以搜到我。”

王子舟盯着递到眼前的手机屏幕愣了片刻。

什么嘛，原来那个校友群并没有强制要求实名？她进群之后看别人都是“年级 – 专业 – 名字”这样的备注，便老老实实把自己的群名片也改成了“13 日语 – 王子舟”，且理所当然地以为搜索名字就可以搜到对方。

可群里居然也有不老实成这样的——把自己的名字拆成“耳东土乌”，这谁想得到？！

要是知道群里没百分之百实名，那她肯定搜“13 数学”啊！

人被一种思维固定住，果然就会犯傻。

王子舟短促又含糊地应了一声：“哦，原来这个是你。”

“咔嗒”声响，牢房门锁被打开了，那只手的主人仿佛在外面召唤她——

“快出来吧，不要把自己关在那里面了。”

怀揣着一种“看似解围了、但还是很尴尬”的多疑心情，小王将军离开了天牢。那个看起来阴沉的大理寺少卿不见了，周遭也亮起氛围很美的昏黄灯光，骤雨声急促热烈，店员捧着河豚刺身送到了自己面前。

王子舟不敢妄动。

她没有多喜欢生食，前菜里的鱼皮尚可接受，但雪片一样晶莹的刺身可就不一样了。她对这种看起来似乎还很鲜活的东西，有一种天然的畏惧感，何况这东西还不是三文鱼或者海胆——

是河豚啊！

皇室可以替她这个没见识的民选首相试毒吗？

她正思索着这种非分的要求，陈坞率先起筷蘸上柚子醋吃了一片，仿佛在说："看吧，首相大人，吃了不会死的，请放心动筷吧。"

"你要加柠檬吗？"他问。

刺身盘子上摆了一块柠檬。

"要。"她答。

柠檬汁淋上去，王子舟夹了一片鱼肉放进嘴里——奇怪的口感，奇怪的滋味，一切都很奇怪。

它柔软又很脆，味道也很淡，最后留下的，只是柠檬的香气。

柠檬。

王子舟想到陈坞在东竹寮读的那本书——梶井基次郎的《柠檬》。

"上次看你在读梶井基次郎的文集，读完了吗？"王子舟顺利岔开话题。

"你是说《柠檬》吗？"陈坞稍顿，似乎有些意外她会记住那种无关紧要的细节，"还没有，那本书是从东竹寮公共书架上拿的，上楼前就放回去了。"

“东竹寮原来还有公共书架啊。”王子舟感叹一句，又问，“你2018年来K大之后就一直住在东竹寮吗？”

“嗯。”

“听说东竹寮里有很多怪人。”

“你觉得我是吗？”

王子舟一愣。

陈坞抬起头看她。

那是一种表面看起来很平和的视线，王子舟却从中读出了一点好整以暇的审视意味——他到底想问什么，到底知道些什么？

你觉得我是吗？毫无疑问，你当然是。

至少根据我这些年窥测到的信息来看，你离群索居、不好相处，有强迫症、有洁癖，非常关注细节、很敏感，也许还很刻薄。

可我怎么答都不对吧？说你是，那就要解释依据从何而来，我总不能说偷偷观察了你好几年；说你不是，则有违我的良心和认知——

哇，怎么会有这种人。

王子舟决定把问题丢回去：“为什么突然这么问？”

“看到邮箱后缀域名，确认是校友，就去校友群里搜‘日语’，找到那个和笔名最相近的名字，查询了简历——”他毫不避讳地说道，“原来翻译老师不仅是我本科校友，现在还和我读一个学校。”

“明明已经确定你就在京都，还要去问编辑，翻译老师是在京都吗?

“明明两点钟就在咖啡店认出你了，但也没有上前搭话，非要等到三点。

“这些行为——”

他说：“会让你觉得奇怪吗？”

王子舟脑子里只剩下一个念头，那就是——我们真是半斤八两啊!

你唯一的优势，也只是比我坦诚嘛!

等等!

“你为什么会在咖啡店认出我？”王子舟捕捉到了疑点，“我发在网上的简历应该没有贴照片……”

“我们 2013 年就见过吧。”

“啊？！”

“去天协交入社申请的时候。”

王子舟难以置信地愣住——

那的确是她第一次见到这个人。

那天大家高高兴兴去提交正式入社申请表，他却突然跟收表的学长说：“请把我的申请表退给我。”

学长问他：“拿回去干吗？”

他看看旁边招新易拉宝上写着的那条“不知悔改”的“带妹子看星星”文案，回说：“因为真的很奇怪。”

学长说：“你不要这么敏感嘛！你是妹子吗？”

他似乎咬牙切齿，想发表长篇大论，但最后也只是无可奈何地撂了一句："随便你们，还有——"

"把我删掉。"

然后就走了。

申请表也不要了。

王子舟当时就戳在门口，与他迎面相逢——她手里还拿着表。

他看了她一眼。

王子舟始终记得那个眼神。

说来很奇怪，王子舟自认为在性别意识上很早熟很敏感，但刚进大学、十八岁的那个秋季，她在看到天协招新易拉宝上的宣传文案时，并没有觉察到太多不对劲，她只是隐约感觉到有点"不舒服"——

学长们摆摊招新，笑眯眯地跟新生学弟们说"来我们社团可以大晚上带妹子去山上看星星哟"的时候，到底把她们这些想要入社的学妹摆在了什么样的位置上？

她们难道只是招揽男性社员的道具吗？

彼时她对"性客体化"这些类似的概念并不十分明确，潜意识里的"不舒服"也不足以阻止她加入一个应该很有趣的社团，但陈坞看过来的那一眼，让她突然惊醒般意识到——

哦，我好像明白为什么不舒服了。

原来如此。

那我也不要加了。

再见吧，天文协会！

她连门都没进，转头就撕掉了申请表。

真好啊，嚣张恣意的十八岁。

她边走边撕，最后把碎纸塞进一楼楼角的垃圾桶。

入口侧开，又狭小，不安分的纸屑掉落到地上。

她又埋头去捡，有人弯腰帮她捡。

她一边抑制着那种带有毁灭欲的亢奋心情，一边抱歉地说“谢谢”。在最后一枚纸片被塞进垃圾桶的瞬间，她直起身，疾风一样地跑了。

“有印象吗？那些碎纸片。”陈坞问她。

“啊——”王子舟吃惊道，“帮我捡纸片的人，是你吗？”

那些被撕碎的纸片上布满着个人信息，也许有那么一片——

正好写着她的名字。

02

“是吧。”他说。

王子舟在心里默默重复了一遍这声“是吧”，忽然品尝到一种独属于过后思量的奇妙心情。啊，原来是你。我自以为多年窥探，对你了如指掌，却独独没有料到，在垃圾桶边上帮忙捡纸片的那只手，是你的。

如果那时候我抬了头，看你一眼，事情又会变得怎样呢？

不会怎么样。

奇遇不属于当时，只属于重逢。

所谓奇遇，所谓重逢，不是我在东竹寮见到你的那个晚上，不是我在 Shiru Cafe 与你说话的那个下午，不是我们在巴士站碰头的这个傍晚，也不是我们走进河豚店坐下来的那个瞬间，是当下——

煮河豚的火锅汤底散发出氤氲水汽，你坐在对面应了一声“是吧”，然后在店员的好心提醒下，把鱼肉安置进了汤底中。

只是当下。

因此，所有的假设，都不重要了。

空气里弥散着潮湿的水汽，与外面的雷雨声彼此呼应，王子舟心头交织着一种平静又亢奋的矛盾情绪，最后融合浓缩成一句“真是巧啊”。

“是很巧。”他附和，又说，“鱼肉好了。”

煮熟的河豚肉蘸上酱汁，进入口腔的刹那，王子舟终于对它有了改观——确实是滋味鲜美的食物。凉拌、生吃，各种花样似乎都不行，必须煮熟了，她才能感受到其味美所在。

我可真是头吃不来细糠的山猪，她想。

火锅之妙，在于其迅疾、热烈，不容迟疑。鱼肉、配菜接二连三地下进去，很快就熟一整锅。热腾腾的水汽催促你赶快下筷，简直不给任何思考的余地。

锅里鱼汤汩汩，再把海苔、米饭和蛋液倒进去，搅拌开来等它熟，关火、分食，回过神，除了口腔里的鲜美余韵外，胃腹也迟钝地传递出了“饱足”的信息——

危机四伏的一顿饭，终于走到了尾声。

其间也有零零散散的对话，听起来似乎与刚坐下时寒暄的那些差不多，但区别在于，心情与界限都不同了。

好像莫名撕掉了一层隔膜。

半路杀出的亲近。

它私密、特别，全部盘绕在“我们是认识的”那条既定事实之上，所以作战计划自动进入碎纸机，话题也变得信马由缰、随心所欲起来。

突然开始、突然结束，不管起因、不问后果，全仰仗直觉。

比如她问陈坞“东竹寮月住宿费多少”，陈坞说“5100”；

她问“寮里食堂好吃吗”，陈坞说“还可以”；

她问“你平时做饭吗”，陈坞说“工作日不做，周末偶尔会做”；

她问“工作日在哪吃”，陈坞说“寮食堂或者生协食堂吧”；

她说“生协啊，我都不怎么去”，陈坞说“很便宜，可以去看看”；

又问“你来日本打过工吗”，他说“去过快销品牌的服装店叠衣服，你呢”；

她说“我打的都是线上的工”，他说“翻译工作吗”，她说“是的，但薪水不高”。

之后又聊到研究室的事情，说起某某专业某某同学在研究室用盗版软件的后续；说完，话题又猝不及防杀回本科学校，王子舟说自己在新校区的教室丢过书，但监控室的保安却说这是实时监控没法给你调之前的，所以只好不了了之；陈坞则说我们数学系在新校区没有自己的楼，等等。

王子舟自认和陈坞还不能算完全意义上的熟人，但仅仅是双重校友的这层关系，其实就足以让他们坐下来胡说八道了——人不得不进入集体，又靠集体获得标签与经历，这些东西在脱离了集体的外部世界里，让彼此互相识别。

这种天然的排外性时刻撺掇我们形成认同，很容易就会让人产生“我们是一伙人”的错觉。

但我们之间，不止这些错觉。

抛开校友关系，抛开几年前那至关重要的一面之缘，我们如今还是被架空的皇室与手握实权的民选首相的关系。

想到这里，首相开始思考另一件让她苦恼的事。

离开浙南小镇到江苏读大学之后，口袋里有限的生活费，让王子舟不得不对钱形成更敏感的认知。她从来不是为了满足物欲胡乱挥霍的人，也不是抠门得像葛朗台一样、只进不出的人。她可以在有限的预算里，把生活过到一种相对平衡的状态，但这也只限于她自己的吃穿用度，一旦被迫卷入复杂的社交关系里，她就立刻会感觉到犹豫和失衡——

约好了一起出去吃饭玩乐，总需要有人起身先去结账。

谁做那个起身的人呢？王子舟做过。但明明是需要大家分摊的费用，等她结完账之后，却总有人会忘记付给她，她又不好意思提醒对方给钱，被赖掉之后，王子舟常常会惦记这笔钱好几天。

她也很讨厌自己这样的斤斤计较，觉得如果我富有到可以不用计较这些小钱就好了，但一想到这些是她一整天的打工费，又觉得非常舍不得。

所以后来她再也不主动去结账了，但她也从不会忘记把自己的那部分费用转给结账的那位朋友，从不——

因为对钱在意，所以不会忘记。

每个和她吃饭的人，都可以放心地去结账。

我被别人有意或无意地赖掉过，我知道那是什么感受，所以我绝对不会赖掉你的。尽管她也明白，不是所有人都对一二百块钱这么计较。

同时，她对被请客这件事，也会感到不自在。

好像欠了什么，得想着还回去。

麻烦，无穷无尽的麻烦。

来日本之后，同学朋友之间都很默契地 AA，甚至分开结账，这一定程度上让她松了口气——轻松又公平，一顿便归一顿了，有下次再说。

但是此刻，又回归到这个问题上。

这顿饭到底算什么？

真的是请客吗？可其实，事情也没有严重到需要请客赔礼的地步。何况这顿饭对学生而言，并不便宜。她当然可以假装以为是被请客，等待对方结账就好了，但是，难道她要在厚脸皮赖了那一百日元茶叶蛋之后，继续厚着脸皮接受这一顿吗？

我去结账吗？会不会拂人面子？毕竟是对方约我到这里来的。

此刻她甚至想成为蒋剑照，蒋剑照就从来不会为这些破事烦恼。

有时她拿到稿酬，和蒋剑照一起去吃饭。吃完，按习惯都是蒋剑照付钱，然后她再转给蒋剑照。蒋剑照这种时候就会说：“什么啊，你拿了稿费都不请客的吗？快去埋单！”听到这种话，她不会感到被冒犯也不会觉得不乐意，反而很开心与对方分享这种拿到稿酬的喜悦。她甚至有些感激对方说出这句，免得由她来说“这顿饭我来请吧”这种有“炫耀”嫌疑的话。

可惜，她永远也没办法像蒋剑照那样心安、坦然地说出类似的话。

我太僵硬了。

因为长时间不吭声，陈坞问她：“你不舒服吗？”

“哦，没有——”她回过神，“我只是吃完容易犯困。”

“这里确实有些闷，先出去吧。”他说着转头招呼店员结账。

店员送来账单的时候，王子舟以迅雷不及掩耳之势往上面放了一万日元——吃了不到两万，一人出一万，店员拿走两万找零，零钱平分即可，这是她能想到的最合理的方式。

本民选首相，不占皇室便宜。

首相给完钱就若无其事地拿起手机，假装百忙之中浏览国家大事，完全没料到皇室递了两万日元。

只有店员觉得莫名其妙。

但宽容的店员什么都没说，拿走了三万，找回来一万多。

王子舟正准备拿零钱的时候，愣了一下。

“是我忘记提前说明这顿饭是赔礼请客，不好意思。”陈坞说完，拿走了所有的零钱，留下了孤零零的一张万元大钞给她。

王子舟只好把那张烫手的钱重新塞回钱包。

反复思索过后，她将那枚百元硬币从透明照片夹里摸了出来。

“那这个还给你。”她推过去，“这个不是请客吧？”

陈坞拿起那枚百元硬币。

他没有把它塞进钱包，而是拿在手里摩挲。

“那我们——两清了？”民选首相天真地试探道。

陈坞似乎笑了，又似乎没笑，最后提起背包，说：“走吧。”

下楼到了门口，才发现是真的天真。

瓢泼大雨，是打上伞也会被淋得一身湿的大雨。

不过空气倒是格外新鲜，王子舟贪婪地深吸一口，老老实实退回了门檐下。

门檐处挂着昏昧不明的灯笼，摇摇晃晃。

檐下避雨，从来都是很古典的情节。

天然的隔绝感。潮湿、昏暗，又亲密。

这种难逢景况之下，好像更适合刺探一些私密的信息，于是王子舟在深思熟虑之后，问道：“我看你在微博发了那个茶叶蛋和八百日元，你为什么那样拍照片呢？”

“哪样？”陈坞侧头垂眼看她。

“就是……”王子舟归纳道，“很规整，还刻意把饱和度和对比度调低了。”

“因为一致。”

“嗯？”

“这样放在一起，看起来比较整齐。”

“为了建立秩序感吗？”王子舟接了一句，侧抬头看他。

“我没有深入想过这个问题。”他如实回答，“可能吧。”停顿片刻又说，“真实的日常是杂乱的。”

“那又是出于什么原因要分享日常呢？”

他似乎想了片刻，拇指与食指则一直在摩挲那枚百元硬币。

王子舟留意着这种小动作，忽然听到他说：“自恋吧。”

“欸？”

“分享欲归根结底是一种自恋，不是吗？”

王子舟从来没听过任何人对外人说自己自恋，这太奇怪了吧？！

可为什么不能承认自己喜欢自己呢？喜欢自己、承认自己，想要把那种自我欣赏和自我认可发表出来，难道是什么不可饶恕的过错吗？为什么要对这种表达感到羞怯呢？

王子舟疯狂回溯过往自己遮掩那种“自恋”心情的时刻。

明明认可自己，想说“我真厉害”，可最后还是变成了“我不够好”。

好奇怪的心情。

她呼了一口气，却感觉眼眶里填满了柠檬汁。

“雨小了。”他说，“你带伞了吗？”

“带了——”

王子舟赶紧收住那些乱七八糟的想法，拉开帆布袋要找雨伞。可哪里有什么雨伞呢？翻来找去，只有一个细长的保温杯。

我的雨伞呢？

陈坞拉开背包递了一把伞给她。

“你怎么会带伞？”她以为他没带，甚至还在席间问过他。

“我没有说我没带。”

原来是我一厢情愿的结论。

“可你也只有一把吧？”

“我骑车回去。”

王子舟眼睁睁看着他又从包里翻出了叠得整整齐齐的雨衣。

……

他穿上雨衣，轻拍了一下她的帆布袋，提醒式地催促了一句：“趁雨小，快走吧！”

说是拍，其实只是手指挨了一下。

王子舟愣愣怔怔低头看帆布袋，再抬头，对方已经大步流星地走了。

啊，走了。

大概是要去停车场取车吧。

王子舟打开那把折叠伞。很轻又挺大的一把伞，手柄是塑胶的，没有那种用久了的黏腻触感，意外地很干爽。

雨点噼里啪啦打在伞面上，像颇有节奏感的行进曲，引领着王子舟从小巷走到了大街上——

真是奇怪，在别人的伞下。

她忍不住抬头看了一眼伞骨。

忽然，刹车声在外侧响起。

王子舟扭头看过去。

“你住哪？”他松开车刹问她。

“桥对面。”她说。

“那正好顺路——”他说。

欸？京都骑车不能载人吧？！抓到可是要罚款的！

他下了车：“陪你走过桥吧。”

100

CHAPTER 06

领地

01

我居然以为他要载我。

太荒唐了，王子舟想，还好没把那句“京都骑车不能载人吧”说出口！但她还是扭头看了一眼自行车后座，什么嘛，根本连后座架也没装。

救护车载着“嘀——嘟——嘀——嘟”声飞驰而过。

这是无论白天夜间都最常听到的一种背景音。它有一种将人拽回现实的神奇魔力，让人沉沦在自造世界时，瞬间意识到这个世界上还有其他事情正在发生。

一旦回过神，现实的存在感就变得明显。

我的运动鞋好像进水了，因为脚指头感受到了潮意；左手边的书店哗啦一声，忽然拉下了一半的卷闸门；雨声啪嗒啪嗒敲击伞面，节奏很是稳定；身后跟着一对日本人，一边走一边说说笑笑……

是再也寻常不过的雨夜，但又不太一样。

丧失了那种一个人走路时的自在感，居然会去在意旁边的视线。

其实没有视线，只是自以为的错觉。

两人一个撑伞，一个推着车，就这样行走在夏夜逐渐转小的阵雨里。

偶尔响起一点雷声，闷闷沉沉，势头已明显不足。

“术语库——”王子舟登时改口，“我是说那个专有名词表的在线文档，需要查证的部分还挺多的，你有什么参考文献可以共享给我吗？”

“你说电子版的文献吗？”陈坞回道，“有一些，但不多。”

“只有书单也行。”她说。

“那我回去整理一下发给你吧，还有一些纸质文献，你可以来拿。”

“啊？去宿舍拿吗？”王子舟惊道。

“今天太晚了，改天吧。”他说。

“好。”王子舟埋下头。

继续往前走，一公里的路，居然这么短。

过了桥，王子舟指着右手边的路说：“我家在那边，那就到这里吧！”她持伞立在路旁，又说，“谢谢你的晚饭，哦——还有伞。”

她说完挥手：“路上小心！”

“好。”他也说，“路上小心。”然后骑上车，走了。

王子舟也往回走。

雨更小了，到家门口时，完全停了，只剩屋檐还滴答滴答往下落水。夏夜难得清美寂静，连蝉声与虫鸣都全部消停了。王子舟收起伞，开门进屋，把它挂在门把上。她没有撑开晾伞的习惯，一来因为玄关的空间本来就局促，二来则是因为无所谓——

只要挂在那里，无论如何都会干的。

不过这是别人的伞，还是晾一下吧，免得闷出什么奇怪的味道。

于是这一把黑伞，打开之后完全占据了她的玄关。因为屋子小，她洗漱也好，到料理台烧水也好，怎么样都会看到玄关那把黑伞的存在，使她生出一种自有领地被入侵的奇怪感受。

她洗完澡吹干头发，正看着那把伞发愣，忽然听见手机“嗡”了一声，遂转身去拿桌子上的手机。

解锁手机，消息提示：“陈坞请求添加你为朋友。”

王子舟时隔多日，再次看到那个头像——似洗笔水浸染过的宣纸。她点击接受，系统迫不及待提示：“你已添加了陈坞，现在可以开始聊天了。”

她犹豫片刻，发了一个“你好”的友好表情。

对方则直接发来一长串书单。

“天啊——”王子舟在自己家说出了声，“他好可怕！”

陈坞：供你参考，祝顺利。

王子舟回了个“谢谢”，紧接着，又在输入框里写：“如果找不到，我再问你，希望你不要嫌我麻烦。”

陈坞很快回复了消息。

他说“不麻烦”，句尾加了一个小小的波浪号。

王子舟被这个活泼的波浪号震撼了一下——她以为他不会用这种标点呢！为什么不能用？真是奇怪的偏见。她看一眼时间，快十二点了，可以回个晚安之类的吧？可就他们的关系而言，说“晚安”又似乎不妥，思来想去，王子舟放弃了，最终什么也没有回。

她把手机放回桌子，让它重归黑寂世界。

王子舟去刷牙。

按照日常流程，刷完牙再去个厕所，就可以关灯睡觉了，可她莫名其妙地在上床之前，点亮正在充电的手机屏幕看了一眼。

三条未读消息！

王子舟飞快点开，提示新消息的数字红点却固定在蒋剑照头像上。

是蒋剑照啊，她点开聊天框。

第一条是机票出票信息截图，然后是——

蒋剑照：朕放假了！朕的京都行宫准备得怎么样啦？有没有好好预备接驾？！

王子舟放大截图看了眼，南京大阪往返，八月中下旬的行程。

王子舟：还早着呢！

蒋剑照：哪里早？搁几百年前，你这个地方官半年前就得开始准备！

王子舟：劳民伤财！

蒋剑照：不要废话，好好准备，不然给你贬到岭南去！

王子舟：昏君！懒得理你，我睡了！

蒋剑照：你这个老年人作息。

王子舟：我们这里十二点了！

蒋剑照：你今天怎么这么多感叹号，感觉很亢奋啊！

王子舟：配合你！

她随即发了一个“我要睡了”的表情，蒋剑照回了一个“睡吧傻子”。王子舟想了想，忽然又问道：问你个事，你以前为什么说陈坞是个奇怪的人啊？

蒋剑照：我什么时候说过？

王子舟：大一的时候。

蒋剑照：你为什么还记得那种事啊？就是很奇怪吧，很难说！

王子舟：到底哪里奇怪？你举个例子！

蒋剑照直接发了一条语音过来。

王子舟点开，一个略甜美的女声在安静的房间里响起来：“我不知道有没有跟你说过哦，他爸妈都是我们高中老师。他爸是我高二、高三的班主任嘛，教历史的；他妈搞竞赛班数学的，超级可怕你知道吧？反正我有一次见过他被他妈拎去办公室罚站一个下午，还能若无其事地去买晚饭吃，就觉得很震撼！”

蒋剑照语速很快，很快发来第二条。

王子舟往下点开。

蒋剑照继续说：“也可能因为教师家庭子女习惯那种高压了

吧？反正换成我肯定是吃不下饭了，我就是超级容易赌气，但他好像不会——他妈就算当全班面训他，他估计都不会脸红的。但也不是没心没肺、冥顽不灵吧，我觉得可能有那样一种人，就是自我认知比较完善，情绪也非常稳定。很厉害吧？那个时候他才十六岁，所以我觉得很奇怪，正常人这个时期内心都很动荡。”

她用了“动荡”这个词，王子舟理解她的意思。

对于多数人而言，十五六岁，才刚刚开始窥见自我，去触摸、理解作为子女、作为学生这些身份之外，我这个“主体”的存在，遭遇慌乱、孤独与无解简直是必然。

王子舟甚至现在还会觉得自己的某一部分仍旧停留在青春期里。她不否认有人能更早想明白关于“我”的这个问题，但对于蒋剑照的这一番判断，她也有所怀疑——

因为如果不去怀疑，她就会嫉妒。

为什么他能这么早做到，她就做不到？

所以他肯定也没做到，一定存在别的理由。

接下来的几天，王子舟都在精读《小游园》，从第一册读到第三册，仔仔细细，不放过每个微处，偶尔也会让她拾得一些缝隙里映射出来的属于作者本人的真实——

写作者不可能在书写时摆脱自己，哪怕是在幻想题材的小说里。

故事开头，主角在一家新开的付费自习室里醒来。作者什么背景都不肯交代，上来就详细描写了主角面对这个陌生环境的一系列反应，比如试图去吹灭桌上亮着的台灯，去摸空调出风口的冷风。触角相当纤细，也让人不安——这个人是不是精神有问题？他到底在干什么？

然后人物一个接一个地登场。读者后知后觉，啊，原来这是一大群随时代进化了的古代妖怪，而主角居然是一个远远落后于时代发展的术士。可怜的术士一觉醒来，发现自己的“死对头们”竟然熟练使用各种他根本不懂的工具，在技术层面无情地碾压、戏弄自己。

术士束手无策，“反派”无法无天。

说是反派，其实也感觉不到有多“坏”，读完会觉得作者实在对“恶”没什么想象力，“狡猾、凶恶”也往往会沦为“滑稽、好笑”——比如妖怪对术士放狠话时，会使用一些当下流行的措辞，但落伍的术士根本听不懂，妖怪只好用文绉绉的古话同他解释一遍。

一解释，就全部完蛋了。

妖怪仿佛成了耐心的家庭教师。

什么嘛！这是一群先进妖怪，在给后进术士补课吗？

作者对每个妖怪的出处都做了考证，因为每个妖怪的起源时代不同，因此连妖怪与妖怪之间也存在巨大代沟，甚至还有同一种妖怪前后版本的差异，即前一代和后一代之间也会产生纷争，仿佛将研究论文拟人化了——

这些都是属于这个故事有趣的地方，喜欢这种趣味的人，自然喜欢得不得了；不喜欢的人则往往会指责作者故意制造阅读门槛，文风半文不白、不够流畅、匠气太重等。王子舟觉得后者的说法不无道理，尤其是“故意”这个词简直给得太精准了。

作者的“故意”，是一种傲慢。

她到现在也觉得陈坞很傲慢。

和这个傲慢的原作者的对话，还停留在三天前。王子舟打开微信，最后的消息还是那条“不麻烦”，整个对话框仿佛时间静止了，毫无进展。

她忽然关掉了电子版的《小游园－Ⅲ》原稿，打开了在线共享文档，仔细浏览一下，发现陈坞这几天又往这个房间里搬了些东西——新的补充资料。

真可怕啊，这个人。

王子舟扭头朝窗外一看，午后两点，太阳最是热烈的时候，隔着玻璃都被蝉吵到头痛，好想吃雪糕、喝冷饮，干一些夏天干的事。

她重新拿起手机，发消息给陈坞。

王子舟：上次你说有些纸质文献要给我，我今天下午可以去拿吗？

没有回复。

忐忑焦躁的十五分钟后，她又输“顺便把伞还给你”，还没点发送，对面轻轻浮上来一个消息框——

“可以，到东竹寮楼下发消息给我。”

02

王子舟抄起手机，装好雨伞和钥匙就打算出门。到门口一想，万一纸质文献很多呢？还是背个书包好了。于是又折回去，翻出书包将其腾空，下楼取了车直奔东竹寮。

路上经过便利店，她又进去买了一大堆的冷饮——总不好空手上门吧？但又不清楚人家爱喝什么，各种口味都买一点好了。

吭哧吭哧蹬车到了院门口，王子舟已经满头大汗，脸也被午后烈日晒得发红发烫。也许因为怕麻烦，也许单纯不喜欢防晒霜的质地，她是个夏天也从不防晒的怪人。

晒黑就晒黑，变丑就变丑。

她在东竹寮院子里停好车，给陈坞发了信息，然后把装冷饮的塑料袋从车前筐里提出来，就这么站在太阳底下等着。

真热啊。她很容易出汗，正思索要不要进到楼里等，就看到陈坞抱了六七本大部头从楼门内走了出来。

这……

王子舟提着满袋冷饮走过去。

“这么多啊。”她小声说。

“还有其他的，但一次性都给你有点太多了。”他说，“先这些吧。”

王子舟试图去接，可她还提着满当当的冷饮袋，就只能腾出一只手来，一时间不知道是从底下托住，还是一把揽过来抱着。陈坞看出她的犹豫不决，遂伸手过来，暂时替她拿着装满饮料的塑料袋。

王子舟两手并用，从他怀里接过那几本沉甸甸的大部头。

“那个——”她抱着书，笨拙地用眼神指指陈坞提在手里的塑料袋，“你拿着和室友一起喝吧。”

汗从鬓侧淌下来。

她甚至连呼吸还没趋于平稳。

风尘仆仆。

陈坞扫了一眼袋子里的饮料，忽然说：“你要上去坐一会吗？”

“啊？”王子舟说，“好啊。”

对方伸手过来，轻轻松松就把书又揽了过去，转身朝里走。王子舟后知后觉回过神，拔腿跟上去，穿过一楼大厅，同他一起上楼。

有人在大厅里弹钢琴，断断续续的琴声与蝉鸣交织，像进入到一个夏季午后的梦里。促狭的楼梯间，王子舟跟在陈坞后面，闻到了不知道是洗发水还是洗衣液的味道——皂气，她想。

“你室友不在吗？”王子舟问。

“有一个在，不过好像要出门。”他说。

王子舟没有白天来过东竹寮，但她确实感觉和晚上大不一样——也许是有自然光入侵的缘故吧，看起来明亮许多，连走道都好像阔了一些，让人对陈旧和杂乱生出一点宽恕之心。

陈坞在一扇门前停下来。

门是木制的，中间掏出一块长条镂空，装了磨砂玻璃，底下还有个窄窄的投信口；门板上则尽是脏兮兮的涂鸦，还贴了一张字条，大字写着“ビラ不要”（谢绝传单）；门把手圆圆的一个，是那种安全系数很糟糕的锁——往门缝塞一张卡片就能撬开的程度。

陈坞拧开门把手，正要推，里面却有人拉了一下。

一个穿红 T 恤的胖子赫然出现在王子舟视线里。

他很夸张地“えー（嗯）”了一声，然后满脸惊奇地盯住王子舟的脸。王子舟看他挎着背包要出来，索性退到一边让开。他“嘿嘿嘿”地对陈坞笑了笑，最后招呼也不打，挪动着壮硕的身体走了。

好奇怪的人，王子舟想。

“进来吧。”陈坞说着，敞开了门，脚挪了一下地上的红砖块，让它挡住了门板。今天有风，宿舍另一边的窗户也开着，空气顿时流动了起来，但还是热得不行。

陈坞拧开立式风扇，说：“随便坐。”

王子舟一眼就扫见靠墙摆着的真皮红沙发，她正打算卸下书包坐下来，陈坞却阻止她说：“不要坐那个。”

“嗯？”

“那个是野口的沙发。”

“野口？”王子舟问，“是刚才出去的那个室友吗？”

“嗯。”

王子舟觉得那人古怪得很，顿时离那张沙发老远。陈坞看她穿着阔腿七分裤，放心地递了一个坐垫给她。王子舟在宿舍正中的矮桌前坐下来，陈坞问她是要对着电风扇先吹一会直风还是开转风，王子舟说："对着吹一会吧！"

太热了。

陈坞移动了电风扇的位置。

不太凉快的风迎面涌来，王子舟自鼻腔里重重逸出一口气，这才有闲暇打量宿舍内的布局。东竹寮是学生自主管理的宿舍，男女同楼，不过女浴室进门要密码，一楼则只有男生宿舍。各宿舍布局、定员数略有差异，陈坞住的这个是四人间，均为上下铺——

不过，现在这里应该只住了三个人。

王子舟只是扫了一眼床铺，就能得出这种结论，她甚至能判断出哪个铺位是陈坞的——下铺那个，深蓝色床品，薄被完全平展开，枕头上有耳塞盒子和眼罩——这就是属于窥探魔的直觉。

可他也太奇怪了吧？东竹寮可没有空调，夏天盖薄被，难道不会出汗吗？

睡他上铺的应该就是那个野口，这家伙可真是热爱红色，T恤是红色，沙发是红色，连床单也是红色的。另一边的下铺则是格子床单和小薄毯，毯子上扔了一本高野和明的《人类灭绝》，但不是原版，是汉语译本。

好，另一位室友，可能是一个日语不太好的中国人。

还剩一个空上铺，堆满了杂物。

这就是此间宿舍的概况。

宿舍算私人领地吗？王子舟吹着电风扇想。算，也不算，如果还兼具待客功能，那个人隐私只能无限后退。她一直以为陈坞是界限感非常分明的人，觉得他在这样的空间里应该很难自在，但事实好像也并非如此。

他自在得很，他甚至去公共厨房端来了吃的。

不是吧……竟然是卤翅中和鸡腿，王子舟很是震撼。

不过对方似乎也没打算邀请她吃，只是盖上锅盖，放在一边，然后把她带来的饮料都摆上桌，问："你要喝哪个？"

王子舟扫了一遍，说："白桃这个吧！"

陈坞拉开拉环递给她，自己拿了罐西瓜的，又抽纸巾擦掉了桌上那摊冷凝水。

汽水在夏季午后爆裂出迷人魅力。

王子舟咕咚咕咚喝下去三分之一，打了个嗝。

她倏地闭上嘴，空气似乎一下安静了，随后响起轻细的手机振动声。

"你好像有电话。"她小心地提醒道。

陈坞起身，去靠墙的桌子上拿手机。他看了眼屏幕，犹豫了三四秒，转头跟王子舟说："不好意思，我去接一下。"然后就放心地把这个空间交给了她这个外人。

王子舟很惊讶。

换成自己，绝对不会放任客人待在自己的视线之外——她对“入侵”自己领地的人，有先天的不信任感，她总是疑心别人会看到什么不该看的东西，做了什么她不知道的事。

我可真难对付，她这样想着，忽然听见脚步声。

那是人字拖的声音。

散漫、拖沓。

一名头发略长、个子高挑的清秀男子，走到门口，忽然停下来。

他眨了眨眼，不相信似的后退了一步，抬头看了眼门号：“我没走错吧？”

王子舟霍地起身。

他“えっと（那个）”了半天，王子舟自报家门道：“你好，我是陈坞的同学王子舟。”

他流露出匪夷所思的表情。

“陈坞带你来的吗？”他问。

王子舟点点头。

“好哇，真是——”他把所有头发往后一捋，展示了自己优美的发际线，“他人呢？”

“接电话去了。”

男子进屋把包甩在床边上，往旁边长凳上一坐，非常自然地伸长手臂捞过矮桌上的饮料：“你带来的吗？那我不客气咯。”

“哦，你喝吧。”王子舟重新坐下来。

对方坐在凳子上，她坐在地上，总感觉对方居高临下。

“你也姓王呀？”他说，“那和我是本家嘛！”

王子舟好久没听到这么老套的寒暄了。

她不甚热情地应了一声。

“你喊我曼云就好了。”名叫王曼云的男子随意地说道，“陈坞是我从申请材料堆里抢回来的。”

“哈？”

“你不是寮生吧？”曼云喝着饮料瞥她。

王子舟摇摇头。

“也不在别的寮住。”曼云自顾自道，“你在外面住单身公寓。”

王子舟觉得这个人有点……

她正要说些什么，曼云却突然起了身。

他手指捏着易拉罐，却仿佛拎了瓶酒似的，与她说道：“那你总知道东竹寮是自治寮吧？价格便宜，所以每年都是一堆人申请，通过面试才能来住——我呢，不管面试，但我掌握着木宿舍的新舍友挑选决定权！面试那群人确定了最后的名单，我就去挑申请人的材料——其中的竞争，非常激烈，人人都想要好舍友嘛，所以有时候还要拼运气和技术。”

“具体是？”

“剪刀石头布。”

王子舟笑了。

“陈坞就是我——”曼云得意地摊开手掌，“用一个布赢回来的。”

“只看申请表很片面吧？”王子舟小声问道，“万一挑的舍友和预期不符怎么办？”

“啊，那没有办法，不能退货的。”曼云说，“我开始就很后悔！”

“为什么？”

曼云有些不可思议地看着她。

“哇，他浑身是刺，你看不到他的刺吗？他刚进到这里的时候活脱脱就是一只刺猬！”曼云干脆在矮桌对面坐下来，放下易拉罐，指向身后床铺，“你看那个下铺现在很正常吧？他刚来那会可是铺上了全白的床品，全白！”

“震撼啊！”曼云宛若一个舞台剧演员，“上铺的野口那天回来一看下铺这个鬼样子，眼睛都直了，发出了小山一样的惊叹——”

えー！（欸！）

何これ？（这是什么？）

白すぎる！（也太白了吧！）

まじですか？（这玩意认真的吗？）

王子舟先是一惊，然后埋头笑起来。大概是靠英语入学的，曼云的日语真的很糟糕，表演也十分夸张，王子舟完全判断不了他是在故意编派还是确有其事，不过他的比喻倒是不错——小山一样的惊叹。

王子舟笑出了声。

“好啦，我们是熟人了吧？”曼云兀自宣判道，“靠说别人坏话拉近距离，这个法子不错吧？”

王子舟有一种直觉，曼云和蒋剑照是同一类人。

这种人一般都非常好相处。他们看起来具备足够的敏锐，又会在适当的地方迟钝，会主动地选择、建立自己的交际圈，也能够比较轻松地兼容他人的情绪。

不过，这些都是表象。

表象而已。

曼云说：“应该是为了制造出那种震慑吧？大面积的白色，在公共的空间里给人的第一感觉，就是——小心，不要靠近我。”

他突然正经起来，让王子舟一愣。

但这严肃也就持续了三秒钟，曼云立刻又嬉皮笑脸：“毕竟下铺嘛，随便来个人，屁股一挪，就坐上去了。搞一床白的，太吓人了，从那之后，野口碰都不敢碰！”

“野口很邋遢吗？”

“啊，跟邋遢无关。”曼云完全不在意对面坐着的是个女孩，“你想象一下，你的上铺是一个会带陌生人回来睡觉、同时请你出去半个小时的人。门一关上，离开了你视线的下铺可能会发生什么样的事情……”

我不要想！王子舟在内心号叫。

“很危险吧？所以，陈坞的策略奏效了！”曼云瞥一眼那张红沙发，“野口不仅不敢碰他的床，后来甚至捡了这个红沙发进来。”

“你千万不要坐那个沙发！”曼云说，“我都不坐！”

那个沙发……

王子舟捧起易拉罐喝汽水。

曼云忽然视线一斜，望向大敞的门口说：“哎？他一直站在那里的吗？”

王子舟看过去。

陈坞就站在过道里，一边听电话一边往这边看。

可能曼云进来的时候，他就站在那里了。

曼云忽然“哎”了一声，说：“门特意大敞着也就算了，还一直盯着，把我当什么人了？”他说完捋了一下满头秀发，起身要出去。

王子舟却问：“他平时也会打这么长时间的电话吗？”

曼云故意说：“啊，偶尔会吧，可能是什么不伦情人，总是背着我们。”

他说完朝外喊道：“是不是谈睿鸣啊？你快进来打吧！谈睿鸣又不是什么外人！”

陈坞表情非常凝重地对曼云做了个噤声的手势。

王子舟小声问：“谈睿鸣是谁？”

曼云的脸“唰”地冷下来：“没事，我们喝我们的。”

忽然只剩下电风扇和蝉鸣声了。

03

那是一通奇怪的电话。

王子舟敏锐地觉察到了。

陈坞站在那里接电话，却几乎没开过口，好像只有电话那端的人在讲话，他只是听着而已。

这种情况一般会发生在“一方训斥另一方，或交代什么事情”的时候，可陈坞的表情既不像在挨训，也不像在听人布置任务。

他在思考，但又有点游离。

电话那头就是谈睿鸣吗？这到底是哪一号人物？

王子舟将视线转向曼云。曼云正在喝汽水，看起来仍旧没心没肺，但与刚进来时相比，状态明显不一样。

蝉鸣鸟叫，风声热浪，身陷其中的王子舟有些不知所措地叹了口气。

“小本家。”曼云忽然瞥到她，“我可以这么叫你吧？”

“随便你。”王子舟毫不客气。

“叹什么气啊——”曼云说，“小小年纪。”

“你年纪很大吗？”王子舟说。

“我至少比你大两岁吧！”曼云忍不住扫一眼外面，“你和陈坞同级吧？那就是比我小两岁。”

“看不出来哎。”王子舟又喝了一口汽水。

“你可真会说话。”

“那你是已经在读博了吗？”

曼云“哦”了一声。

“在哪个研究室？”

“陈坞隔壁。”

“你也是数学专攻吗？”

“差不多吧。”

“你们研究的东西会差很多吗？”

“当然差很多。”

“很多是……”

“互相看不懂。”

王子舟低头不说话了。曼云忽然盯着她的脑门说：“不错，不愧是我的小本家——”说着一捋秀发，得意扬扬，“我们王家人的发际线就是优越！”

王子舟抬眼瞅他：“我要秃了。”

曼云讲：“胡说八道。”又探头看看她扎起来的马尾，“这不是还有一大把呢吗？”

王子舟觉得他在没话找话。

曼云又问：“你是哪里人？南方的吧？”

王子舟说：“浙南。”

“浙南哪里？”

“说出来你也不会知道的，在温州下面一个县的小镇上。”王子舟每次回答这个问题都不会说得很具体，不像蒋剑照，总能够大大方方把“江阴市”挂在嘴边，连“江苏”“无锡”这些前缀都不稀得加——毕竟是国内数一数二的百强县级市——很值得自豪吧？王子舟想着，顺口问曼云：“你是哪里的？”

曼云说：“说出来你也不会知道的，在西北某个县城的镇上。”

王子舟摆弄着易拉罐：“干吗学我说话？”

“哪有，”曼云捏扁了易拉罐，“我说的是事实。”

“那我说的也是事实。”

曼云又说：“你本科和陈坞也是一个学校吗？”

“嗯。”王子舟抬起头应了一声，“你也是吗？”

“才不是。”曼云说，“我本科在北京。”

“不会是五道口那个……”

“不许猜。”

“好的。”

王子舟收敛起好奇心，百无聊赖地摇了摇喝空的易拉罐，一抬头发现陈坞挂了电话回来了。她本来想，已经在人家这里坐了快半个小时，差不多该走了，可就在她琢磨怎么道别的时候，陈坞走去墙边，打开了桌子上的音箱。

王子舟很喜欢关注电子产品，她只是扫了一眼，就知道那台小音箱是 2015 年产的 Soundlink Mini 一代产品，现在已经停产了吧？

音乐低低地响起来。

乍一听很轻快，听清楚歌词的刹那，王子舟又觉得很惆怅。

好像在追忆一些失去的东西——

童年之类的。

曼云扭头跟陈坞说："你能不能让我听点开心的东西？"

陈坞没理他，在旁边坐下来。

曼云表情凝固了一刹，问他："怎么样啊？"

陈坞没出声，曼云就不说话了，但他一转过脸面对王子舟，就又满面春风："小本家，你今天来干什么呀，不会只是买饮料来给我们喝吧？"

"我……"

王子舟有些迟疑，毕竟她不确定曼云是否知道陈坞写小说的事，如果直接把工作内容抖出来，也太冒险了。

"他知道的。"陈坞忽然说。

"啊？"王子舟有些意外，遂回曼云说，"我来拿一些资料。哦，我是《小游园》汉译日工作的担当译员。"

"汉译日？！"曼云说，"好哇，我老王家竟然也有日语专家！我还以为姓王的都学不好日语呢！"

"啊？"

"我就学不好日语！我姓王！我日语很差！只糊弄过了N2[①]！"

这是什么鬼逻辑，王子舟腹诽着，却意识到曼云是在努力活跃气氛——这会儿实在太、太惆怅了，十六叠的空间里充斥着那

① 即JLPT（日本语能力测试）N2级别，对应《标准日本语》中级—下册的水平。

种灰扑扑的、像迷雾一样的东西，曼云在费劲驱赶它。

于是，王子舟也试图付出一点努力，她问曼云："你的名字怎么写呀？"

曼云说："曼妙之曼，云气之云！"

"呃——"王子舟莫名意识到，"这是真名吗？"

"不是。"曼云说。

"那真名是……"

曼云忽然一把揽住陈坞，伸手捂住了他的嘴："不许说。"

陈坞掰开他的手："我没打算说。"

曼云松了一口气，又看王子舟，语声温柔："不要在意那些，我就叫曼云。"

"你不会还有个姐姐叫曼玉吧？"

"你怎么知道？我真的有个姐姐叫曼玉！"

"是真的有姐姐吗？！"

"当然真的啊！"

王子舟看陈坞，陈坞说："是真的。"她才真的信了。

"你为什么相信这家伙的话啊？"曼云扭头看陈坞，不满道，"他难道就不会骗人吗？"

王子舟也愣了一下。是啊，这个世界上没有人不会撒谎吧？可她却无端觉得陈坞很值得信赖。就在她反思这种盲目时，曼云却抱起双臂说："没事，他要是骗你，我帮你揍他，本家之情大过天。"

听了这话，王子舟认真观察判断了一下。这两人身高体型都差不多，曼云并没有压倒性的优势，谁揍谁真是说不定，可能是互相扯头发吧，那头发长一点的曼云肯定要吃亏。

“还顺利吗？”

王子舟胡思乱想的时候，原作者忽然过问进度。

她的社畜之魂一下惊醒了，答道：“啊，还行。”接着又补了一句，“在做译前的文本分析。”

曼云忽然插话：“译前文本分析是什么？”

王子舟努力于脑海中搜罗术语，又设法把它具象化：“拿盖房子来说吧，作者写小说，就像建筑设计师，画好图纸，依样施工，最后房子落成，是这样一个流程吧？但是翻译不同，翻译是没有图纸的，翻译能看到的，就是这座已经落成的房子。至于它的设计过程、施工过程，翻译都无从知晓，翻译只能先把原来的房子一点一点拆干净，拆到最小的单位，才有可能搞明白这个房子到底怎么回事，才有可能最大化地通过另一种材料和工艺把它复原出来。”

“哇，好刺激。”曼云想象了一下，“那你这会就是在拆这家伙盖起来的房子咯？”

“算是吧……”王子舟捏着空易拉罐。

“那他偷工减料、瞎糊弄的角落你也会发现吧？！”

王子舟不吭声。

当然会发现。

我都给你拆到最小单位了，连你最狂热的粉丝都做不到这一步。

“他盖错的地方你也一定会发现咯？”

当然了，负责任的译员还要帮作者捋逻辑，做事实查证。

王子舟点点头。

“那如果原作者这个地方盖得不好，那个地方盖得不妙，简直盖了一个狗屁不通的房子，翻译是不是还会大骂作者不行？！”

王子舟不置可否地拧起眉。

“太刺激了吧！”曼云再次感叹，“感觉原作者被剥光了一样！天底下竟有如此爽快之事！这简直是偷窥狂的天堂！”他比王子舟还要亢奋，一把搭过陈坞肩膀，挑衅地说道，“怎么样，脱光了躺在砧板上什么心情？害怕吗？”

陈坞回看他一眼，又看向王子舟。

王子舟不小心捏扁了易拉罐。

她甚至吞咽了一下口水。

曼云的兴奋明显传染给了她。

仿佛真的站到了刀俎之畔，举起了刀。

脸好热。

耳根也好热。

电风扇吹过来的风一点用也没有。

有人说，翻译不是翻译，是重写[②]。

是在肢解、咀嚼、吞咽了原文之后的重新输出。

现在我就坐在你的领地里，决定肢解你，重写你。

你、准备好了吗？

“煮るなり、焼くなり 、お好きなように。”

要杀要剐，悉听尊便。

他夸张地回道。

② “翻译不是翻译，是重写。”引自思果《翻译新究》，广西师范大学出版社，2018 年版。

CHAPTER 07

〉爱人〈

01

真是挑衅，变态小王想。

自己手持解剖刀，助手曼云问砧板上的鱼肉："脱光了躺在砧板上什么心情？害怕吗？"

鱼肉脖子一横，回道："要杀要剐，悉听尊便。"

变态小王甚至听到自己磨后槽牙的声音。

直到曼云嫌弃地一把推开陈坞，大叫了一声"做作"，王子舟才从那个想象的情境里骤然醒来，慌慌张张一摸脖子，竟然也热得不行。

鱼肉抬眼看曼云："俎上鱼肉，不就只能任人宰割吗？是你先用了这个比喻，我回应你而已，有什么问题？"

曼云摆手示弱："好好好，没有问题，你对，你都对。"继而扭头转向对面的王子舟，压着声音比了个口形，"看吧，刺——猬！"

王子舟差点笑出来，不过还是忍住了。她似乎明白陈坞为什么不用母语回答。曼云的问题实在是太赤裸了，用母语回怎么都很奇怪，还不如回个更奇怪的，何况——使用非母语还有巨大的容错空间，就算胡乱说上一通，就算遭遇误读，也没什么心理负担，不过就是没学好外语嘛。

耳根潮热迅速褪去，音箱里的歌也跳到了下一首，气氛忽然明快起来，仿佛先前那些灰霾未曾到来过似的，这个空间仍然属于炽热、耀眼的夏季。真好啊，比躲在公寓空调间里可松快多了，王子舟生出几分古怪的贪恋心情，但她也很清楚，是时候道别了。

她拿着自己喝空的易拉罐起了身，问："垃圾桶在哪里？"

曼云忙说："哎呀，你放那就好了，会有人收拾的。"说着乜一眼陈坞，又问王子舟，"你要走了吗？"

王子舟"嗯"了一声，小心翼翼将易拉罐放回矮桌，提起书包。陈坞也跟着起身，把那一摞书重新抱给她。王子舟道了谢，将它们一一装进书包，费劲地拉上了拉链。

曼云在一旁垂眼看她收拾，说："简直就是个炸药包。"

王子舟几不可闻地"哼"了一声。

她说："那我走了。"

王子舟说着将书包甩上肩，曼云却忽然拽住了她另一条背包带："等等，没看见正在装吃的呢吗？"

王子舟这才看到陈坞在装便当盒。

太奇怪了吧？！

陈坞把装了翅中和鸡腿的盒子递给她。

"你有微波炉吧？"

"有。"

“中火热四分钟就好了。”

王子舟光顾着说话，没接盒子。曼云一把抢过来，直接拉开她的书包，把密封饭盒塞了进去，像叮嘱即将去学校的孩子似的：“行了，更像个炸药包了，带着便当好好上学去吧！”

王子舟觉得肩膀要塌了。

她短促地呼了口气，逃跑似的出了门——

真是诡异的宿舍！真是诡异的一天！以至于等她蹬车回家、从包里翻出那只饭盒时，都没能从那种离奇感里脱离出来。

明明只是去借个书，却接连遭遇可疑室友野口、奇奇怪怪的红沙发、话多秘密也多的潇洒男子曼云、赤裸裸的译者与作者之间的关系比喻，以及这个尚未完全变凉的便当盒。

哦，还有谈睿鸣。这个人到底是谁？

陈坞接电话时的神情一直在王子舟脑海里挥之不去。

窥探欲简直要吞噬她了，可她左思右想，也没有能够在记忆里找到有关这个名字的任何信息。但有一点，她很确信，除陈坞外，曼云和谈睿鸣之间应该也存在不浅的交情——

难道，是宿舍里那个空床位？想不通。

想不通就只能把自己投入无限的工作中。

暑期天亮得早，王子舟把睡觉时间和起床时间都往前挪了一个小时，这样上午可以多写会论文，下午和晚上的工作时间也不至于太长。像设定好的程序一样连续跑了十来天之后，王子舟忽然意识到，她和原作者的联系又中断了。

她有好几次遇到问题都想问，但一打开聊天软件，就罢手了——其实不光对陈坞这样，她对许多不熟的朋友也是如此，从不主动联系、也不主动麻烦别人，被动地社交着，就像球场上的那个接球陪练。

早年和蒋剑照还不太熟的时候，蒋剑照就说她：我如果一个月不找你，你是不是也不会给我发消息？

好像是的。

主动联系半生不熟的人，要么迫不得已，要么冲动到了极点，而现在这两点，似乎都不太具备。

这天她从研究室出来，正犹豫要不要给陈坞发个问题汇总邮件之类的，结果一进食堂，一眼就看到了曼云。

很奇怪很微妙，她明明只见过曼云一次，却觉得曼云像个老熟人——或许比老熟人还可怕，她总觉得曼云像亲戚，关系好的堂兄之类。

曼云要了一个烤肉卷，她也要了一个烤肉卷。

站在窗口外等烤肉卷出来的时候，曼云眼角的余光一瞥："学我干吗？"

王子舟毫不示弱："你申请吃烤肉卷的专利了吗？"

曼云先接到了里面递出来的烤肉卷，王子舟紧随其后也拿到了。曼云去买饮料，她也去买饮料。曼云结账，她也去结账。

"跟着我干吗？"

“你坐哪？”王子舟只问不答。

曼云找了个最近的空位坐下来，王子舟跟着往旁边一坐。

“跟屁虫。”曼云说她，“你有这个劲还不如去折磨你那个原作者。”

“我可不敢。”王子舟喝了一口饮料，打算开始吃烤肉卷。

“有什么不敢，我看你胆子大得很。”

“你小声点。”王子舟瞥一圈周围，人不多，声音稍大就很明显，“食不言！你还是先吃饭吧！”

曼云没好气地瞅她。

两个人一言不发地吃完了烤肉卷，曼云往后一仰脖子说道：“你是不是有事想问我啊？”

王子舟怔了一下：“你怎么知道？”

“笨蛋，这么明显！”他屈指点点桌面，“去，给我买个大芭菲！”

大王将军一下令，狗腿小王立刻拔腿去窗口购买了大芭菲，恭恭敬敬呈送到大将军面前：“请吧！”

满满一大杯的奶油冰激凌。

曼云独享着大芭菲，心情大好：“问吧！”

王子舟侧坐在一旁，谨慎问道：“谈睿鸣到底是谁？如果实在不能说……你也可以拒绝告诉我。”

曼云用眼角的余光斜她：“你是想知道谈睿鸣和我们的关系吧？这个嘛，很难说，非要类比一下，那就是爱人吧！”

王子舟差点被口水呛到。

曼云说“爱人”，用的是日语“あいじん”。

“你、你知道——”王子舟结巴了一下，她知道曼云日语不行，但好歹也是过了N2的人，不至于瞎用到这种地步，“你知道这个词在日语里的意思和汉语里很不一样吧？”

“知道啊。”曼云瞥她，“不就是第三人的意思嘛！”

王子舟傻了，曼云若无其事地继续吃大芭菲。

“你们……”

“我说了类比嘛。”曼云说，“干吗那么吃惊？我、陈坞、谈睿鸣，就是类似那种结构的关系！”

他很厚脸皮地又把那个词说了一遍。

乱用外语的人真是可怕！王子舟叹服了：“这是什么鬼关系？”

“好奇吧？来，把纸笔给我。”

王子舟从包里翻出iPad和笔给他。

曼云点开她的笔记软件，拿起笔就开始写写画画。一共画了三条平行的长横线，横线最末端分别写“谈睿鸣”“陈”“我”，然后在每一条长线下面，又画短平行线，短线中间又标注“谈”“陈”“我”这些字样，看得人一头雾水。

“看懂了吗？”老师敲击屏幕问道。

王子舟摇摇头。

“笨蛋！”老师气绝。

“你给解答一下嘛。”

“不行，补课是另外的价钱。”

“你还想吃什么？”狗腿小王问道。

“吃什么吃？”曼云将那一大杯芭菲吃到了底，反过来教训她，“你现在就是贪吃金鱼，一下子给你投太多鱼食，你会不加节制吃到撑死。”

王子舟气死了。

曼云慢条斯理收拾了餐盘：“走了。”

“去哪啊？”

“去打工。”

“去哪打工？”

“华侨墓地。”

王子舟也收拾餐盘跟上去。

“干吗？你要跟我去墓地打工吗？”

王子舟摇摇头。

处理了餐盘一起往食堂外走，曼云伸手挡了挡太阳，问王子舟：“你怎么不打遮阳伞呢？”

王子舟说：“麻烦。”

曼云说：“就是。”

“跟着我干吗？”曼云伸手一指，“你们研究室在那个方向吧？”

“饭后消食，我绕一圈再回去。”

曼云嗤了一声：“我看你挺活泼啊，为什么在陈坞跟前装小哑巴？”

“哪有？只是因为不熟。”

“行了！什么不熟，不就是有包袱吗？”曼云说，“你管他怎么看你？他自己又算哪根葱？还有你到底打算占用我们宿舍的公共财产到什么时候？”

“啊？”

“那个饭盒啊。”曼云双手插兜，睨她道，“我也出了钱的好吧。”

“啊对不起。”王子舟吃完就洗干净放起来了，“我忘记了。”

“记得还回来。”曼云点点她，转身走了。

王子舟也转头回了研究室。本来下午要干活的，可效率简直低到发指，她干脆合上了电脑，盯着 iPad 上曼云写的那条笔记思索。

曼云既然用此来类比，那这段关系里一定存在着先来后到，仔细看那张示意图——

在属于曼云的那条长横线上，最前面空了一小段，然后标注谈睿鸣，之后又空了一段，最后一段标注陈坞；在属于陈坞的那条线上，前一小段标注了谈睿鸣，中间空了一长段，最后一小段标注了曼云自己；而在谈睿鸣那条线上，前一小段标注的是陈坞，中间一长段标注了曼云，最后一长段竟然是空着的。

上面的长横线是以各自作为标尺，下面的短横线则代表着与其他人的交集。

这个电子笔记本用的是网格纸。

横线的长度，曼云绝对不是随便画的。

长度代表了时间。

推理小王突然抓住了解题思路，提笔在网格线上标红，从2010年一路标到2019年——瞬间合理了。

2010年，陈坞高一，谈睿鸣高三。

2011年，曼云大一，谈睿鸣大一。

2018年，陈坞来K大读研，和曼云住到了一起。

王子舟忽然抄过手机，给蒋剑照发消息。

王子舟：你认识谈睿鸣吗？

等了一分钟，蒋剑照发来了回复：你怎么会知道谈睿鸣？

王子舟：他是你们高中的吧？

王子舟：大你两级。

王子舟：去了北京读本科。

王子舟：学的数学？

蒋剑照：……

蒋剑照：牛哇，你是户口调查员吧？

02

蒋剑照问出“你怎么会知道谈睿鸣”的刹那，王子舟就基本确认了——谈睿鸣是陈坞的高中学长，升学去了北京，和来自西北的曼云成了大学同学。

但她还是谨慎地做了进一步求证，问蒋剑照："你仔细说说这个人吧！"

蒋剑照发来一段长语音："谈睿鸣啊，赵老师得意门生，搞奥赛的，属于预录取那一拨的牛人，现在好像在美国读博吧。"

王子舟：赵老师是谁？

蒋剑照：陈坞的妈。

王子舟：谈睿鸣是个什么样的人？

蒋剑照又发来一段语音："不爱出风头，没什么存在感。怎么说呢，别的优等生一般也会是什么好干部之类，但谈睿鸣除了学习什么也不干，老师也不敢让他在其他事情上分心。你忽然关心他干吗？谁跟你说的，是不是陈坞？你最近怎么回事，怎么和陈坞走得那么近？你有问题！"

王子舟：我没有问题！

蒋剑照：你就是有问题！你有小秘密了！等着吧，没几天了，我已经收好去京都的行李了！

一转眼，竟然已经八月了。

时间真是急性子。

王子舟一看窗外，都傍晚了，遂将电脑和 iPad 都装进书包，骑车回家去。

不知道为什么，今天她特意选了大路，也许是想沿着鸭川骑回去吧。因为没有风，平静河面上映出完整的粉紫色晚霞，与真正的晚霞接叠，大面积的梦幻色彩被强行堆进路人的视线，逼迫人说出“真美啊”这样的字眼。

独属于夏天的灿烂，王子舟却沉浸不进去。

除却分给道路的，她其余的注意力都给了曼云留的谜题和蒋剑照有关谈睿鸣的描述——“赵老师的得意门生”“除了学习什么也不干”，听起来是个有能力、但比较离群的人。

就在她要左拐回家的当口，道路另一边有个人正往这个方向跑来。

王子舟倏地握紧车刹，不假思索地喊了一声：“嗨！”

那人在马路对面停下来。

有些气喘。

王子舟心想，我刚才也喊得太大声了吧？但她马上又想到曼云那句“你管他怎么看你”，遂放下所谓“包袱”，自然地隔空问道：“你在跑步吗？”

陈坞点点头。

王子舟想，他居然也喜欢沿着鸭川跑步，为什么之前从没遇到过？

她想了想，又喊道：“你快跑完了吗，还是刚开始跑？”

“快跑完了。”他说。

王子舟心一横，大声问道：“那你要不要来把饭盒拿走？”说着手往左边路口一指，“我家就在里面。”

路中央接连好几辆车开过去，再然后，对面那个人也不见了。

王子舟前后看看，最后发现他穿过人行横道，往这边走来。

什么嘛，喊别人来拿饭盒居然真的就是一句话的事？过于顺利的进展，令王子舟信心陡增，她下了车，站在路口等着。

陈坞走过来，看一眼她车筐里的书包：“从研究室回来吗？”

王子舟“嗯”了一声，又说：“正好看到你，突然想到那个饭盒在我家放着好久了，我就想……”

陈坞说：“走吧。”

王子舟推着车往巷子里走，陈坞跟在一旁，王子舟突然生出一种风水轮流转的感觉——简直是上次雨夜的调换版嘛。

她在公寓楼下停了车，陈坞则止步于公寓大门口。她回头看看他，欲言又止，最后说：“那你在这里等我一会，我拿了就下来！”

他说：“好，不急。”

王子舟打开门禁，飞快按了电梯上楼，回到家迅速翻出那只饭盒，甚至打开盖子闻了闻，确认有没有什么残留的奇怪味道——很好，洗得很干净。她安心地拿着饭盒下了楼，走到门禁处又忽然生出一种奇怪的不舍，还一件东西居然是这么高效的事情吗？！

陈坞仍旧站在那里。

王子舟打开门禁走出去，把饭盒递给他。

“挺好吃的。”她给了一句迟到的评价，但又说不出“谢谢”，大概觉得这两个字太单薄了，最终到嘴边的话变成了，“你吃过晚饭了吗？”

“还没有。”陈坞接过饭盒说。

“那要一起吃晚饭吗？”王子舟说出这句话的时候，脑子里反复回荡着曼云那句——你管他怎么看你？

就是！我管你怎么看我！

本民选首相现在就是要求一起吃晚饭！皇室最好不要不识抬举！

但她还是忍不住翻找出一个正当理由递了过去：“刚好我有些关于《小游园》的问题想要请教下，本来要汇总了发邮件的，既然碰到你了，就面聊吧。”

陈坞想了想。

他说：“我要回去洗个澡。”

王子舟愣了一下。

转念一想，好合理的要求，总不能逼迫一个洁癖跑完步不洗澡就去饭店吃饭吧？她连忙点点头，说：“那行。”又看手表，七点不到，于是她说，“七点五十我们在三条那个池田屋见吧，来得及吗？”

“来得及。”他说，“一会见。”

王子舟目送他离开。

等人真的消失在视野里了，王子舟才返回公寓楼内。回到家，她一下子不知道干什么，稀里糊涂进了浴室，决定也洗个澡。

她好像从来没在这个时间洗过澡。

人在陌生的时间洗澡，容易生出一些说不明的情绪——完全来自生理上的不安，因为不习惯嘛，尤其是对王子舟这种拥有固定日常流程的人来说，这种感觉更为明显。身体不由得抗议：你到底要去干什么？是要去赴死吗？竟然在这个时候容许热水大面积长时间地冲刷我？

她从浴室出来看着窗外的暮色，心里非常空虚。

但体表温度一旦降下来，就又好了。

头发吹干束起来，换了干净的衣服，那种焕然一新的清爽感觉顿时取代了空虚不安。

一看时间，走路去池田屋正正好，于是出门。

这次小王将军连行军策略也没有，就这样散漫地移动到了会面的地点。

陈坞已经在门口了，王子舟走过去问："没有等很久吧？"

"我也刚到。"他说，"进去吧。"

池田屋是在"池田屋事件"[①]遗迹上重建起来的，店内店外全是新选组[②]的相关物料，进门就有个八米长的大楼梯一路通往二楼。楼上没什么人，底下倒是很热闹，若干个小隔间挨在一起，半截布帘子遮挡部分视线，却拦不住说笑声溢出来。

好吵。

不过也挺好，太安静的环境反而让人有压力。

王子舟把陈坞"撵"进了隔间里座，自己坐在了外面。这让

① 即日本德川幕府末期，发生在京都三条小桥一家名叫池田屋的旅馆的政治袭击事件。

② 即日本幕末时期一个亲幕府的武士组织。

她感觉很好，连点单都积极起来，主动在平板上戳菜单看，又问他：“你有特别想吃的吗？”

陈坞说：“都可以，你点吧，我没有忌口。”

这种店也不会有什么出格的菜品，王子舟点起来没有一点负担，选饮料的时候她问：“你可以喝酒吗？”

陈坞回：“可以喝一点。”

“有以新选组队员命名的特调酒，你要哪个？”

“土方岁三[③]。”

“那我要冲田总司[④]吧……”她自说自话，心里却想，为什么他点个酒都要比我官大一级？！罢了，一个战死一个病故，结局都不甚美妙，就这样吧。

点完单，就是等。

百无聊赖的王子舟问道：“你知道有人写土方岁三和冲田总司……”

他忽然接道：“同人文吗？”

王子舟一愣。

他又说：“知道，但没看过。”

王子舟马上欲盖弥彰地接了一句：“我也没看过。”

不知道为什么，王子舟又听到了那个似有似无的笑声。每次她疑心对方在笑她的时候，都会产生这种幻听。

---

③ 剑术家，新选组副长。

④ 新选组一番队组长。

陈坞随口问："你为什么学日语呢？"

王子舟想了想："中学的时候看了网上的一些日本轻小说译本，感觉翻译得很差劲，就像是机器翻的，连通顺都做不到。当时就想，我要是看得懂原文就不用忍受这些烂译文了，所以学了。"

陈坞又问："你是本科开始做翻译的吗？"

王子舟点点头。

对面说："契机是……"

王子舟忽然感觉对方在做什么田野调查，而自己就是那个被调查对象。不过她并不觉得被冒犯，就如实回道："有个博士大师姐，她挺厉害的，本科阶段就有独立署名的译作出版，当时她跟编辑签了一本新书，但那边交稿时间压得挺紧，她又在忙博士论文，没空就给我做了。"

陈坞问："你和出版社新签了合同，还是延续她的合同？"

王子舟说："当然没有新签啦，我只是枪手嘛。"

那本书上，没有她的署名。

"大师姐也没办法，已经签了的合同，也不可能再加署名什么的。"她又补充道，"而且因为没能加上署名，大师姐觉得抱歉，就把我推荐给了编辑。哦，那个编辑就是丁媛媛——你知道她吧？"

"我知道。"

"那之后，我就有署名啦！"

"嗯。"

气氛曲线过山车似的掉下来。

王子舟第一次跟蒋剑照以外的人说这件事。

还好店员及时送来食物和饮料，气氛曲线又缓慢往上爬了一点。

王子舟松了一口气，瞄到陈坞在看着新进来的手机消息皱眉。她的视线刚扫过去，陈坞就说“不好意思”。

王子舟说：“没事。”又问，“是有急事找你吗？”

陈坞说：“没什么急事，是曼云。”

哦，原来是那个独吞了我买的大芭菲的男子。

王子舟说：“他怎么了？”

陈坞说：“问我在哪，说要过来。”

王子舟想，这个本家大哥怎么像鼻涕虫一样？！

罢了。

王子舟大度地说：“那就让他过来吧。”

陈坞有些意外地看了她一眼。

“好。”他说。

曼云来得比上菜速度还快，可能脚底下装了风火轮吧，王子舟扭头看他掀开隔间的布帘子，忍不住想道。

明明可以坐外面，他非要挤进去跟陈坞一块。

“点了什么呀？平板给我看看。”

曼云说着，忽然各看了他们一眼。

他看陈坞：“你洗了头。”又看王子舟，“你也洗了头。”

又看陈坞，“你换了衣服。”又看王子舟，“你也换了衣服。”最后说，“你们这是干什么呢？”

王子舟心说：这个人好烦，他可不可以闭嘴？

陈坞却忽然问他们：“你们白天见过吗？”

王子舟和曼云面面相觑：“啊？”

03

小王将军缄口不言，大王将军口无遮拦：“见过啊，在食堂，是吧？”他瞥了一眼王子舟，“某人还蹭了我一个大芭菲！好吃吧？”

此人简直信口雌黄，颠倒黑白，祸乱朝纲！

小王将军气死了，脑子里涌出一百八十条骂人的成语，最后只能忍气吞声背下这口黑锅。

等着瞧吧，王曼云，我们秋后算账。

陈坞听了曼云的话，点了点头。

昏君！小王将军想——昏君配佞臣，国将不国，祝福你们。

大王将军若无其事地在平板上追加了订单，又看看他们喝的酒，一个红色一个黄色：“噢哟，土方岁三和冲田总司，那我点近藤勇⑤吧？”手一顿，“怎么没有近藤勇？！算了，不喝了。”接着又故意把他们的酒杯摆在一起，啧啧说道，“岁三和总司，

⑤ 新选组局长，为土方岁三和冲田总司的上司。

也太微妙了吧？”

“岁三和总司现实中一点也不微妙，他们只是同事关系！”王子舟抢回酒杯辩驳道。

“怎样？岁三还给总司看病配药呢，他关心总司总是事实吧！”

“你好奇怪！”王子舟说。

劝架昏君上场了，昏君说：“快吃吧。”

王子舟夹了一块炸鸡，塞进嘴里，气鼓鼓地咀嚼着。

曼云差点笑昏过去。

曼云说：“你看她好像仓鼠。”

陈坞接道：“我是刺猬，她是仓鼠，那你是什么？”

曼云单手支了下巴：“我嘛，《疯狂动物城》里那个狐狸尼克·王尔德。”

王子舟心道，是挺像的，坑蒙拐骗，样样在行。

但她不服：“为什么你是主角？”

曼云厚脸皮地说：“因为我有魅力啊——”又瞥了一眼陈坞道，“你问他，他那个《小游园》里最受欢迎的角色，原型是谁？”

王子舟立刻想到《小游园》里一个名叫“项天竺”的鬼。

经她查证，“项天竺”见载于唐人段成式的《酉阳杂俎》前集卷十四《诺皋记上》⑥。在段成式的笔记中，项天竺仅一笔带过，至于长得什么样，拥有什么样的个性，一字未提。在《小游园》里，

⑥ “厕鬼名项天竺。”见唐代段成式《酉阳杂俎》前集卷十四《诺皋记上》。

项天竺则是一个帅气潇洒、放荡不羁的厕鬼。

王子舟读的时候就能感觉到，这个角色简直不受作者控制——像是自己从土里冒出来、从树上掉下来的，完全自发生长，充满了生命力，这大概也是项天竺受读者欢迎的原因吧？

王子舟看有些书评里讲项天竺，说他是这个故事中难得聪明、且有丰沛活气的生动角色，一定程度上甚至超越了男主角。那时候王子舟就很好奇：陈坞为什么会写出这么一个角色来？文献里的妖怪，一般都没有说明性格，他是依照什么去设计、给这些妖怪匹配上个性的呢？

竟然有原型。

原型就坐在她面前。

“你就是那个厕鬼？”王子舟问曼云。

曼云说：“算你聪明。”

王子舟很震撼。

完蛋了，以后她只要翻译到与项天竺相关的剧情，脑子里都要浮现出曼云的脸了——是的，书里的妖魔鬼怪们平时并不以真身活动，它们有人形。

王子舟喝了口酒压惊。

等一下。

她忽然意识到，项天竺是《小游园 -I》中就登场的角色，而《小游园 -I》是在她大三那年出版的作品，写成时间应该更早，那陈坞至少在大二的时候就认识远在北京的曼云了？

也就是说，在陈坞申请入住东竹寮、曼云去挑申请人资料表之前，他们就已经是熟人了。

因为如果在不熟悉不了解的情况下，拿对方当原型来写，最终呈现结果很可能是四不像的一团糟，生动不起来的。

王子舟问："所以，你们那么早就认识了？"

陈坞没吭声。

曼云挑眉："比你想象的更早。"

"更早是？"

曼云嘴角忽然弯起一个不可言明的弧度，似乎包含了非常复杂的情绪。他用手肘拱了拱陈坞："你来说。"

"我高二。"陈坞答道，"他大一。"

"因为谈睿鸣认识的吗？"

曼云瞪大了眼，陈坞也有些惊讶。

王子舟后悔了一刹那，不过转念一想，也没必要瞒着陈坞这件事，干脆坦白了："不好意思，我那天在宿舍听见这个名字之后有点好奇，就打听了一下。刚好我有个好朋友和谈睿鸣一个高中，她跟我说了一些关于他的事。"

"是蒋剑照吗？"陈坞问。

王子舟一惊："你认识她吗？"

"有一点印象。"他说。

曼云微微后仰，略眯眼道："她怎么说的谈睿鸣？"

王子舟回道："说成绩很好，但存在感不强……可能是因为不爱出风头？”

“半对半错吧。”曼云从略微紧绷的状态调整到一个比较放松的坐姿，“他确实不爱出风头，但你知道，有些人的存在感，是想掩也掩不了的吧？”

“嗯。”

“谈睿鸣就是小说家最爱的那种角色。”曼云用眼角的余光扫了一下陈坞，又转向王子舟，“《小游园》里有一个——你上哪个图书馆都查不到出处的妖怪。”

“我可以说吗？”他停顿了一下，问陈坞。

陈坞没出声。

“我不说，她也肯定会问的。”曼云重新看向王子舟，“是吧，小本家？”

王子舟知道那个妖怪。

她也确实很想问问陈坞，那到底是个什么东西，该怎么翻译。

她问：“是那个叫作‘夷魍’的妖怪吗？”

曼云对她竖起了大拇指。

“真不愧是我的小本家，工作就是认真负责，书读得真细！”

王子舟对陈坞说：“我确实没有查到那个妖怪，我们的那个在线文档里，你也没有添加有关那个妖怪的任何说明。”

“夷魍”是《小游园》里最弱气又最强大的妖怪。

所有角色就属它没有人形，甚至可以说，它没有形，就像一团看不到的空气。它很弱，弱到无法控制自己的到来，也无法控制自己的消散，但因此制造出了一种强烈的恐怖感，让人惴惴不安。有时众角色聚在一起说说笑笑的时候，忽然安静下来，就是因为——夷魍到了。

谁也看不见它，但大家都能感觉到它来了。

被它笼罩、包裹。

“完了，夷魍来了。”——这是《小游园》中最常出现的一句台词，它会让故事气氛急转直下，掉进泥潭死水之中。

王子舟在阅读过程中，一方面很害怕这个夷魍出来，另一方面又觉得它很可怜——与其自带的那种强烈存在感截然相反的，是夷魍根本没有一点自主决定的权力，到来也好，消散也好，夷魍都做不了主。

王子舟常常觉得，那个被大家害怕、厌恶的夷魍，总是在无声地哭泣，因为它无形，它的悲伤与无助甚至不能用眼泪来解决。

如果它有形，应该是一个爱哭、脆弱的小孩子。

也许在历史文献中有过相似的妖怪记载，不过“夷魍”这个名字，王子舟一直没能查到。

“是我自造的。”陈坞说。

“造词的依据是？”王子舟问。

陈坞想了想，说道：“夷魍的设定是无形、是看不见的。《道德经》里说‘视之不见名曰夷’，《幽冥录》里说‘人死为鬼，鬼死为聻，聻死为希，希死为夷’，‘夷’字即取于此。至于‘魍’，把这个字的鬼偏旁去掉就是‘罔’，即‘象罔’之罔，《庄子》

里提到的象罔，也包括无形之意。”

停顿了一会，他说：“大概是这样。你可以参照你的语料库来翻译，这取决于你。”

“好。”王子舟应道。

但这个问题明显没有得到最终解答——曼云说谈睿鸣是小说家最爱的那种角色，紧接着就说起《小游园》里这个唯一的自造妖怪，他们之间不可能没有联系。

曼云在一旁徒劳地转动茶杯。

王子舟小心留意着气氛，问道：“所以……这个夷魍，也是有原型的吗？或许……和谈睿鸣有关？”

“是。”陈坞犹豫了片刻，说道。

他应声的时候，甚至没有抬头。

曼云也一反常态，收起了所有的嬉皮笑脸。

王子舟忽然觉得压力好大，其实好像不该问的。

不该问的。

但曼云抬头看了她一眼。

她又觉得可以问一问。

“谈睿鸣知道自己是夷魍的原型吗？”

“他就是夷魍，他当然知道。”曼云答。

他就是夷魍。

存在感巨大、却随时要消散。

陈坞没说话。

曼云也不再吭声了。

席间气氛好像忽然掉进冰窟。

完了，夷魍来了。

CHAPTER 08

变质

01

外面隔间笑声不断，唯此处死气沉沉。

还好追加的茶泡饭和烤串送来了，店员掀开隔间布帘的刹那，曼云率先从夷魍织就的铺天大网中逃脱出来。

他接过茶泡饭，说了一声："饿死了。"

王子舟问他："你是刚从墓地打工回来吗？"

曼云说："是啊，我进来的时候你没闻见一股新鲜的青草香气吗？"

别人说起墓地，重点肯定不会是青草的香气。

真是神奇的男子。

《小游园》里的厕鬼项天竺，总给王子舟一种今朝有酒今朝醉的感觉。但那种无视一切、看起来没心没肺的潇洒背后，分明隐藏着一些沉甸甸的、意味不明的东西，使得这个角色拥有谜一样复杂的底色——作者写到第三部，仍然没有对其进行揭露，这让王子舟十分好奇。

这种好奇投射到原型身上，使得虚构越过那道藩篱，闯入了现实的境界。

王子舟的直觉很敏锐，她打量着对面的作者与角色原型，嗅到了不寻常的故事气息——他们各自的，他们之间的，甚至，她和他们的。

翻译了那么多的作品，她头一次产生这样新鲜的感觉。

她问：“谈睿鸣现在在美国吗？”

“这个点吗？”陈坞抬手看了一眼表，很精确地告诉她，“不在了。”

正埋头吃茶泡饭的曼云“扑哧”笑出来。

王子舟不理解这突如其来的笑声。

曼云乜陈坞：“有必要吗？人家的意思是问谈睿鸣是不是在美国上学，不是问人家这个时间点在不在美国。”

陈坞说：“是吗？”

王子舟忽然反应过来：“谈睿鸣现在是不是在飞机上？！”

陈坞说：“是。”

王子舟问：“是放假回国，还是……”

曼云说：“飞关西。”

王子舟一愣：“欸？！谈睿鸣也要来京都吗？”

曼云抬眉：“为什么用‘也’啊？”

王子舟说：“我有个朋友过几天也要来京都。”接着又补了一句，“哦，就是刚才说的那个蒋剑照。”

“又来一个江阴人。”曼云喝了口茶，挑眉说，“怎么回事啊，江阴人要在京都成立什么组织吗？”

王子舟警告他："你小心讲话！"

"挺好。"曼云说，"两个江阴人联合起来我怕应付不了，但是三个江阴人凑到一起，肯定要内讧，到时候我们这些外地人坐收渔利就好了。"

明明是玩笑话，王子舟竟然真的能想象出五个人坐到一起的场景——尽管她压根没见过谈睿鸣，也不知道谈睿鸣长什么模样。

会见到的吧？王子舟相信那种直觉。

虽然话题没有完全摆脱掉谈睿鸣，但王子舟可以确定，夷魍已经暂时离开了这里。旁边隔间的热闹气氛也顺利传递过来，曼云填饱了肚子，恢复了一贯轻松、不羁的姿态，开始说一些东竹寮的怪人怪事——

什么"留级到大七，别人问他没关系吗？他说当然有关系，然后继续若无其事地喝酒"的寮生，还有"放着好好的宿舍不住，非要一个人躲到楼梯下面狭小储物间里，好多天也不出来"的寮生，以及"把便衣警察抓起来并软禁"的寮生……简直丰富多彩。

因为话多，曼云确实很容易成为席间主角，但他也会适当拱一拱陈坞，说一些"是不是""你知道那个吧""哦，你那时候还没来东竹寮"之类的话。陈坞会顺着他应上几声，但大部分时间是沉默的。

王子舟一边听曼云说话，一边留意着陈坞。同时，她也意识到陈坞一直在观察曼云和自己，以及帘子外面走过的客人和店员。

上次在东竹寮的宿舍里，王子舟就有所觉察——陈坞这个人虽然看起来很日常，但好像又游离在日常之外，他身处其中，却像一个旁观者。

甚至旁观自己。

王子舟隐约觉得他身上存在着一种自发的监察意识。

这个发觉让王子舟有点吃惊。

但她来不及细想，曼云就说："小本家，你听我说话，为什么总在瞟他？"

"我没有。"小王将军矢口否认。

"明明就有。"大王将军咄咄逼人，还拱拱旁边的昏君，迫使他发话，"她是不是瞟你了？"

昏君偏不说话。

小王将军如遇大赦。

曼云计谋未能得逞，拿起杯子"哼"了一声，继续说墓地打工的事。

话匣一旦打开，就像冰川消融，溪水一路流淌，汇至河川，奔流入海，简直无法停止。

不知不觉，就到那个点了。

王子舟是作息规律的人，到点回家，到点洗澡，到点睡觉，就连智能手表都在弹窗提醒她，到您设定的入寝时间了。

但对面的人明显不是，至少曼云不是，他根本没有要走的意思。

在他停下来喝水的间隙，陈坞忽然说："该结账了吧？"

曼云说："哦，你结吧。"

王子舟开始算钱，曼云瞟她："你这是要当场结清吗？"

王子舟抬眼："不然呢？"

曼云懒散地搭着陈坞的肩膀说："可以月结啊，在陈会计这开个月结账户，一个月打一次钱就好了，还不用装钱包在身上，岂不方便？"

"记账也很麻烦吧？"

"用脑子记啊，有什么麻烦的。"

王子舟叹服。

"用脑子记会记错的。"

"没有吧，陈会计？"曼云扭头看陈坞，"我可没赖过一分钱。"

陈会计意味不明地"嗯"了一声。

王子舟觉得曼云肯定赖过账。

她把算好的钱放在桌上："你们太熟了，怎样都无所谓，我就算了吧。"

曼云不可思议地看着她："你跟我们不熟吗？"

王子舟小声地"嗯"了一声，结果曼云起身说："行，那就去第二摊。"

"啊？"王子舟扭头看他离开了隔间。

陈坞跟她说："你有负担的话，可以不去。"

曼云探头进来："你在说什么？你们两个洗了头洗了澡出来，居然还惦记着早点回去睡觉？大好青春，怎么能用来睡觉？"

王子舟仿佛看到厕鬼项天竺从《小游园》里爬了出来。

这是在说什么奇怪的醉话?

她扭头说道："我记得你没有喝酒吧……"

曼云回："所以才要去喝啊。"

所谓第二摊，所谓喝酒，竟然是到便利店去买啤酒。

从池田屋出来，凌晨的街道温暖又寂寞——零零散散的行人，飞驰而过的汽车，亮着车灯摇摇晃晃的自行车，行走其中，宛若梦游。到了亮白玻璃盒子似的便利店前，曼云推推陈会计："快去买。"

陈会计问王子舟："你想喝什么？"

王子舟："都行。"

等陈坞进去，曼云说："陈会计从来不会过问我的意见。"

王子舟回说："因为你们太熟了吧。"

曼云打了个哈欠。

"笨蛋。"他说。

"你不要老这样说我！"王子舟反驳道，"我智商很正常！"

"对不起。"

"你都打哈欠了，为什么还要去第二摊啊？"

他又说："孺子不可教也。"

行吧，王子舟想，曼云的高考总分一定比自己高不少，姑且算他比自己聪明一点好了，真是可恶的考分阶级。

等陈坞出来，曼云扫了一眼袋子里面："真够花哨的。"

“我们去哪？”王子舟问。

“还能去哪？当然是——”曼云指指东边，“不要钱的鸭川啊。”

王子舟心想，去鸭川还不如回家喝。

不过她也不可能邀请这两个人去自己家，于是真的来到了鸭川三角洲。王子舟天天在阳台看鸭川，却从未在这个时间接近过它。夜风潮湿，携卷了一点瘆人的凉意，道路的照明过于有限，整个视野都很暗淡，就连水面映照出的建筑与灯光也显出一种意尽的凄然。

她还没坐下来，就看到曼云在脱鞋。

“你在干什么？”她惊道。

“你洗脚不脱鞋吗？”曼云反问她。

“这样不好吧？！”王子舟很惶恐。

“日本人也洗！”曼云伸手一指百米开外，那里坐了个男子，居然真的在洗脚，“你看吧，那绝对是个日本人。”

“小声点！”

“怕什么？实在不行假装是大阪人就好了嘛。”

“你日语那么差，一定会露馅！”

王子舟听到了陈坞的笑声。

暗光里，看不清彼此的面目，但王子舟只是听见那很轻的笑声，居然就能想象他笑起来的表情。

我好奇怪。

王子舟这样反思着，就看到陈坞也坐下来脱掉了鞋子。

不知道为什么，她觉得陈坞就像班级里那种最乖顺的模范生——但显然他不可能是——如果最听话的模范生能干出出格的事，那就意味着，所有人都可以去干那件事。

王子舟也脱了鞋，把袜子团起来塞在鞋子里。

水漫过脚背，漫过脚踝，漫过小腿肚——

冰冰凉凉，让人打哆嗦。

竟然是这样的感觉。

那一瞬间，作为“我”这个躯体的存在感被激发了。

王子舟小心翼翼地感受着。

惊醒的触角被生活的实体仔细地抚摸。

没有人说话，只有河水无声流淌。

忽然响起易拉环启开的声音，然后是曼云的叹息：“唉。”

那是什么样的叹息呢？王子舟不得而知。

他们陆续打开易拉罐，喝着口味奇怪的啤酒，有一句没一句地从去年夏天那场淹了关西机场的超强台风“飞燕”，一路聊到高中朋友的葬礼。

王子舟说：“刚上大一的时候吧，听说她突然生病了，很快就走了，刚好是寒假，去了好多同学，她的遗照挂在那里，看起来好奇怪——是大学入学的证件照吧，刚照没多久。”

同龄人像年迈长辈那样从这个世界上突然消失掉，在刚迈入成人世界的那个冬天，居然看起来那么荒谬和难以接受。

原来年轻人也会死的。

它并不是在遥远尽处等候，而是伺伏于道旁。

随时来袭。

通过观照他人之死得出这样结论的瞬间，还会被附赠更多的恐惧，以及没着没落的虚无——我的存在竟然如此脆弱，道旁那头名为“死亡”的野兽随时要扑向我，眼下我的一切努力居然会在那个刹那化为乌有，那我这一刻到底在做什么？

继续吃饭，继续喝酒。

任由河水从我的脚背上淌过。

陈坞没有接话，曼云也没有接话。

在凌晨三点的鸭川边上，他们度过了沉默的十五分钟。

曼云忽然起身：“不行，我早上还得赶去机场接谈睿鸣，我要回去睡觉了，你们继续待着吧！”他弯腰一套袜子，趿上帆布鞋就走了。

简直像风一样。

王子舟看得目瞪口呆。

她想站起来，又不太想起，于是扭头问坐在旁边的人：“你不用去接谈睿鸣吗？”

陈坞说：“曼云和他一起生活的时间比较久，曼云去比较好。”

王子舟问：“他们是室友吗？”

陈坞说：“对。”

王子舟又问：“那你和谈睿鸣呢？”

陈坞想了想：“住过同一栋宿舍楼。”

“欸？”王子舟有些惊讶，“你高中住校吗？”

“嗯，高一是强制住校。”陈坞看她，“蒋剑照没有和你说过吗？”

“高中的事她说得不多。”

“嗯。”

王子舟觉得总扒着谈睿鸣聊不太好，于是岔开话题说：“你平时也会在鸭川边上跑步吗？”

“对。”

“傍晚吗？”

“嗯。”大概是留意到王子舟用了“也”字，他问，“你呢？”

“啊，我都是早上跑。”王子舟说，“早上跑完冲个澡再开始工作，感觉脑子比较清醒。你呢，傍晚跑步有什么特别的理由吗？”

“本科的时候学校下午才能洗澡……傍晚跑，跑完可以洗澡。”

“哦对。”

她想起来了，J大浴室每天下午一点开到晚上十点，那会她还没有早上跑步的习惯。

又陷入沉默。

没了曼云，真是不习惯。

两个人太小，空间又太广阔，思绪简直东奔西窜，不知该在哪里停下来。

“上次那首歌——”王子舟忽然说道，“叫什么？”

他居然立刻知道她在问什么："宿舍里放的那首吗？"

"对。"

"你想再听一次吗？"

"可以吗？"

他拿过书包，翻出降噪耳机，随后拿出了小包装的酒精纸，擦了耳机之后才递给她。王子舟从他手心飞快地拾走那两枚小小的耳机，塞进自己的耳朵——

陈坞点了手机上的播放键。

熟悉的音乐进入耳道。

很奇妙，被抚平的奇妙感觉。

耳朵里只剩音乐，视野里是对方的侧脸。

我在听音乐，他又在想什么呢?

歌曲是随机播放的，一首播完就会自动切到下一首，明明结束了，王子舟却没有取下耳机，陈坞也没有问她要。

就这样静静地坐在河边。

再过一会，估计都要日出了。

她忽然冒出个大胆的念头，摘下耳机问陈坞："你爬过大文字山吗？"

陈坞愣了一下："爬过。"

她说："我没有。"

K 大生怎么能没有爬过大文字山?

陈坞问："你想去爬山吗？"

王子舟说：“现在吗？”

陈坞还没答，她就说：“那我们走吧！”

她把耳机还给陈坞，陈坞却递来了纸巾。王子舟愣了一下，后知后觉反应过来脚是湿的。她接过纸巾擦干了脚，穿好鞋袜，把用过的纸巾装进小袋子里，塞进帆布袋。

“从银阁寺那条路上去吧，容易一些。”他说。

“好。”王子舟应道。

两人一道往银阁寺方向走，街上还是黑的，王子舟第一次在这个时间漫步京都，空气格外湿润，加上喝了酒，不真实感充斥着她整具身体。

摇摇晃晃。

影子也摇摇晃晃。

他踩到下水道井盖了。

王子舟停下来。

陈坞回头：“怎么了？”

王子舟盯着那个井盖说：“蒋剑照每次看我踩了井盖都要打我三下，说这样就可以把踩到的晦气撵走。”随后又觉得好笑，“几年被这样洗脑下来，我居然有点条件反射了。”

她抬起头，正想说，没事，我们走吧。

陈坞把手伸给了她。

手心朝上。

王子舟愣住了。

“是要打三下吗？”他问。

“是……”

王子舟看看他的手心，又抬头看了他一眼。

她伸出手——

一、二、三。

02

指腹触碰到的，对方的手心——

比想象中更凉，更干燥。

为什么会有那种奇怪的想象？王子舟吓得缩回了手，简直逃跑似的埋头朝前走。这一埋头，步子立刻快起来。陈坞跟上她的步伐，两人路过车站，头顶的鸟一队队地栖在电线上，啾啾叫个不停，人一走过，哗啦啦全部散开。

晨光还在酝酿，街道上人多了一些，但仍旧是寂静的，甚至能听到自己快步走路时的呼吸声，鼻腔里则溢满那种湿润清新的叶子、泥土的气息——这都是白天根本不会发觉的东西。

银阁寺在东北方向，走过去大概要半个小时，在京都这个小小的城市里，不算远也不算近。

快到时，陈坞忽然停下来，说：“你在这里等一会。”

王子舟忽地顿住，转头一看，他已经进了路口的便利店。去便利店干什么呢？她正想着，陈坞已经提着袋子出来了。

“爬山会饿的。”他说。

袋子里有饭团，也有蔬菜汁和饮用水。

“你要现在吃吗，还是上山了再说？”他又问。

毕竟彻夜未睡，其实有一点点饥饿感，但王子舟说：“先走吧。”走了几步又问他，“沉吗？我可以先把蔬菜汁喝了。”

陈坞把蔬菜汁递给她。

王子舟插了吸管慢吞吞喝着，走到登山步道入口，也没有喝完。

天微微亮了，已经有穿着运动短裤和长袖的晨跑少年往上攀登，还有早起的老年夫妇——仿佛逛公园，这和王子舟想象中的攀登山林不太一样。

大文字山海拔只有四百多米，上山下山一般不到两小时就可以搞定，按说难度不高，可才走十分钟，王子舟就气喘吁吁了。

两个小学生喊着“こんにちは”，一溜烟地越过他们轻松跑上去了。王子舟看得目瞪口呆，一时很难辨明那句高亢嘹亮的“こんにちは”是什么意思，也许是——我们就先上去咯，老人家慢慢走哦！

小学生昨晚肯定睡了个好觉，彻夜不睡再来爬爬试试呢！王子舟腹诽着加快了脚步。

陈坞提醒说：“可以慢慢走，不用着急。”

王子舟放慢步速，坦然接受了被小学生轻松超越的事实，遇到其他赶上来的人也能安心地打招呼了。

一旦不追求登顶这个目标，心情闲散地走着，好像也没有那么费劲乏味。

树枝上的鸟叫，脚底的碎石与落叶，步道旁的野草，刚刚开出来的粉紫色小花，流淌的山泉水，狭窄的木桥，还有风，都是窝在工作桌前触摸不到的东西。

王子舟久违地生出游玩的心情。

他们时而一前一后，时而并肩走。

快到五山送火的火床时，王子舟好像忽然想到什么，说："明天就是五山送火吧？"

陈坞说："对，明天是八月十六号。"

所谓五山送火，即在每年八月十六日当晚，在京都诸山上点燃篝火，以驱散疫病，据传与盂兰盆节有关。大文字山得此名，也正是因为每年这天，会在这座山上用篝火点燃一个"大"字出来。

说起这个，王子舟立刻想起一个笑话。

她说："听说以前有 K 大的学生，在五山送火前集体登山，在点火的时候一起打开手电筒，汇聚成一个大光点，故意让'大'字看起来像个'犬'字，惹恼了一众京都市民①。"

"是鹫田清一写的吗？"

"嗯！"王子舟有些惊讶，"《京都の平熱：哲学者の都市案内》（《京都的热度：哲学家的城市指南》）。"

"我在 J 大图书馆好像见过它的中文译本。"陈坞说，"《京

① 具体可参见 [日] 鹫田清一：《京都の平熱：哲学者の都市案内》，讲谈社，2007 年版。该书中文译本由田肖霞译，于 2015 年 1 月以《京都人生》首次出版，于 2020 年 6 月以《京都的正常体温》再版，出版社均为清华大学出版社。

都人生》，沿 206 路电车的路线来讲京都各处的人和事，是同一本吧？”

“对！”王子舟说，“你要看原版吗？讲谈社出的，我那里有。”

“好。”他应道。

“你是哪一年看的？”

“大三。”

“我也是大三看的。”王子舟心想，我们读了名字不同的两本书，但其实好像又算是同一本书，“那时候我正好来 K 大交换。”

“为什么选了 K 大？”

“不知道，可能喜欢京都吧，刚好也有交换项目。”王子舟偏头看他，“你呢？学校那么多，为什么偏偏来这里？”

“考上了就来了。”陈坞说，“而且京都比较适合骑车。”

“你喜欢骑车吗？”

“嗯。”

“我也喜欢骑车。”

王子舟喜欢这种靠身体控制平衡、完全仰仗双腿发力驱动的交通工具。比起摩托、汽车，它给人一种更踏实的掌控感。

天际已经发白，继续往上爬。

王子舟说：“你要读博还是找工作？”

陈坞回：“没有想好。”

王子舟想了想，说：“那留给你考虑的时间不多了啊。”

陈坞“嗯”了一声，问：“你是要找工作吗？”

王子舟答："我已经找好了。"

他没有问王子舟去的哪家企业，也没有问具体是什么样的工作，只是说了一句："那很好啊。"

"也许吧。"王子舟不确定地说。

过程其实很辛苦、很波折，但她不想去回忆了。

"你要 SPI 考试[②]的书吗？我用不到了，你也许用得上。"王子舟说，"下山之后我可以一起拿给你。"

"好。"他说。

登顶近在眼前了，太阳也从地平线上一跃而出，慷慨地将阳光铺洒开来。等他们到了山顶，下眺便是完全笼罩在霞光里的京都。

"京都真小。"王子舟说，"还没有江阴大吧？"

"差不多，稍小一点。"

找了地方坐下来，陈坞把水递给她。

王子舟咕咚咕咚喝了大半，然后从袋子里拿饭团吃。

果然，爬山会饿的。她三两口就把饭团吃完了，扭头看旁边，完全和她不是同一种吃法，他非常小心，生怕米粒掉下来。

嘿，真是。

王子舟继续喝水，任由清晨凉爽的风拂过头发、触摸她的脸。

与温柔的风一起到来的，还有阴恻恻的毒蚊子。

---

② 由 Recruit Career 公司制作的笔试，很多日本企业在招聘中采取这种考试，科目分为基础能力和性格检查两部分，有相关备考习题集售卖。

王子舟发现的时候已经迟了，脚脖子上迅速肿起一大块，她忍不住，一直去挠它。陈坞看她挠了一会，从包里翻出一只蚊虫止痒药水。

王子舟叹服了，怎么还有男生随身带这个啊？

他又说："是滚珠的，如果你不介意的话——"

王子舟飞快地伸手夺过，迅速拔开盖子，胡乱涂了一气，盖好盖子还了回去——整个过程用时甚至不足一分钟。

她继续拿起矿泉水瓶喝水。

无事发生。

脚脖子那一片却因为药水生出清凉的感觉。

她莫名其妙地红了耳根。

"下山吧！"她收拾了垃圾起身，"一会太阳很晒的。"

"好。"他应道，又问，"原路回，还是从南禅寺那边下去？"

王子舟想，上下山当然要走不一样的路，原路返回也太没劲了。于是，小王将军信心十足地说："南禅寺吧！"

人总是要为自负埋单，小王将军完全没有料到，下山的路竟如此糟糕——她几度怀疑陈坞带错路了，步道狭窄，完全是泥路，两边树木生长交缠拱在头顶，像是进了什么野林子。好在对面也不断有登山的人上来，让王子舟逐渐打消了"走错路"的疑虑，不过神经仍旧紧绷，这简直加剧了她的疲惫。

温度逐渐上来，林间的蝉也醒了，蚊虫伺机而动，与上山时慢悠悠的心情完全不同——下山格外迫切。

到坡度大的地方，她觉得自己简直像颗往下坡滑落的松果，骨碌碌地就滚下去了，刹都刹不住。

有几次陈坞看她真的要摔下去，拽住了她的包带，真是谢天谢地。

小王将军下了山，生出一种劫后余生的心情，伴随而来的则是铺天盖地的困意。到南禅寺后面墓地的时候，已经大上午了，因为缺觉和过劳，心跳快到飞起，王子舟觉得自己不是在行走，而是在飘浮。

烈日和蝉鸣折磨着我。

路为什么连尽头也没有?

没完没了的拐弯。

我要回家，王子舟在心里哀号。

走不动了，不要说走回家了，她连走去车站的力气都没有了。

我要打车。

王子舟飞快地计算了里程和费用，决定打车回家。

她一意孤行地把陈坞也拽上了车。

她说：“正好把书拿给你。”

回家其实很快，连三公里都没有，汽车哧溜一下就到了。下了车往公寓走，陈坞止步于大门，王子舟却说:“进来吧，太热了。”

烈日杲杲，让人在外面等也太残忍了。

不过王子舟已经没有心思去细想那些了，她此刻的脑子就是一团糨糊，进了电梯上楼，她开门进屋脱鞋，看陈坞站在门外，招呼说："进来啊。"

陈坞走进下沉玄关。

他似乎想让大门开着，但门顶的闭门器却总是试图把门关上。

王子舟想起上次在东竹寮，他也非要把宿舍门敞着。他好像很在意封闭空间里的单独相处，所以非要开着门，王子舟想。

她站在进门的厨房过道里，说："没事的，让它关上好了。"

刚说完这一句，就响起手机振动的声音。

王子舟从包里翻出手机。

是妈妈打来的电话，她忽然生出一种逃学被抓的惶恐和心虚，一边匆忙地和陈坞说："我接个电话。"一边拧开浴室的门，躲进去按了接听。

"喂，妈妈。"

"打你电话怎么没接啊？"

"哦，开静音没听到。"

"在哪啊？"

"在家里。"

"在家怎么会听不到电话？"她妈妈质疑了一句，又说，"你暑假真的不回来了是吧？"

"嗯。"她声音压得很低，"要写论文，还签了本新书要翻译，回家查资料不方便。"顿了顿，她问，"有什么事吗？"

"没什么事就不能给你打电话啦？"

"嗯嗯。"王子舟靠着狭窄的浴缸蜷坐下来。

“耀明昨天回来了哦——”她在说王子舟的表哥，“现在人在深圳蛮好的，问你工作找得怎么样，我说你找到工作了。你舅妈又说在日本工作不好，说还不如国内大城市，叫你回来多看看，不要吊死在一棵树上，还说耀明毕业的时候好几个单位拿在手里挑挑拣拣的，你怎么一下子就定了？离毕业还早，跟找对象一样，要多看看多挑挑。我越想越气，耀明那时候高考比你差远了，不过就是专业选得好。要我说，你高中也是理科，能挑的好专业一大堆，非要选个小语种，也只好去日本。你现在找的那个工作到底怎么样啊？舅妈说得也不是没道理，你不要太早定了！”

“已经定了。”她回道。

“那是人家定了你嘛，你找到更好的，也可以不要人家。”

“不好这样。”她说。

“有什么不好的？实在不行，回国好了，日本还有核辐射。”

狭小的浴室里，很热，很闷。

王子舟一直在流汗。

不停地流汗。

疲惫、心虚，还得担心这道门外的那个人。

她忽然很累，于是不说话了。

“我们也晓得你事情多哦。

“学习嘛，我们肯定不担心你的。

“论文对你肯定是小事情，就是这个工作，你还是要多考虑考虑，也不是小孩子了，不要老是一冲动就去做，跟那个时候选专业一样。

“你将来找对象啊，结婚啊，在哪里买房子啊……方方面面都要纳入考虑才好，到年纪了，知道吧？

“你要混得不好，舅妈又要笑我们。

“工作还是要多看看，知道吧？”

王子舟拿着手机拼命地擦汗。

视线凝固在浴室门把手上，她也不知道自己到底在看什么东西，只觉得耳朵里嗡嗡嗡地一直在响。

好像有委屈和难受涌上来。

在胃里翻涌。

在眼眶里翻涌。

和汗液混在一起。

父母没有恶意，大多数时候的相处也都是愉快的。但每次他们用过时的、属于那个小镇的人生经验来指导她的时候，她都会感到难受，不能说明的，也无法说明的——

你们是不是以为我找工作很容易？

是不是觉得它们躺在架子上任我挑选？

我也是挤破脑袋考试、经过一轮又一轮的面试，才得到了它。

学习很容易吗？论文很容易吗？

也许吧。

但我只是一个普通人。

你们可以接受我是一个普通人吗？

王子舟想说，但没有办法说。

电话不知道是什么时候挂断的，总之说了很久。

王子舟在浴室里也坐了很久。

她不好意思肿着眼睛出去。

等心情平复了，她才小心翼翼地打开了门。

陈坞就蜷坐在玄关进来的那个属于厨房区域的狭短过道里。他背靠着橱柜，抱膝睡着了。

太累了吧，换成自己，也要睡着了。

王子舟在对面蹲下来。

过道好小，刚刚容得下两个人。

其实屋里有单人沙发的，可他大概觉得爬过山的衣服太脏了吧，就选择蜷坐在地板上。黑色的袜子、纯色的长裤和短袖，右手手腕上贴着两块膏药——王子舟一眼就能认出那个膏药的品牌，因为她腱鞘炎发作的时候也贴。

不过看他贴的位置，大概并不是腱鞘炎，或许是别的损伤或者炎症吧?

真好，有人和我一样，需要承受类似的疼痛。

王子舟莫名得到了一些安慰，歪着头继续观察他。

眉毛，以及藏在眉毛里的一颗很小的痣，鼻子、嘴唇，还有头发。

和家人毫无建树的沟通之后，王子舟生出的厌烦和委屈之心，在这样无人打扰、执迷不悟的观察中被抚平了。

我很想薅他的头发，王子舟吞咽了一下口水。

停下吧，王子舟。

你这样是不对的。

你和他的关系，只是——

管他呢！王子舟打断自己。

阳光从阳台探进来，有人坐在我的玄关过道里，我坐在他的对面，他睡着了，我在看他。不是有那样的情节吗？所有的一切都停了，只有主角可以活动自如。王子舟希望自己是那样的主角。这样的话，她可以来来回回走动，坐下来看坐在这里睡着的这个人，看腻了就站起来，出去走走，再回来，这个人还维持原样坐在这里。

很安全，又很过瘾。

非理性的念头在王子舟心海中疯长。

时间，请你务必停留在这个空间里。

请你务必。

可他醒了。

CHAPTER

09

过敏

01

盛夏上午，空调没开，电风扇也没开，与窗外的嘒嘒蝉鸣一对照，室内简直静得发疯。

王子舟又听见了自己吞咽口水的声音。

宛若一只饿鬼。

饿鬼虎视眈眈，对面的却睁开了眼。

只一睁眼，饿鬼气势全败，吓得一屁股蹲坐了下来。

尾椎骨与地板狠狠遭遇，王子舟痛得龇牙咧嘴，最后徒劳地用双手抱住了脑袋，紧接着闭紧了眼——天啊王子舟，你干了什么？趁别人睡着的时候蹲在对面上下打量人家，也太像个变态了。

行吧，我就是。变态小王懊恼地承认了这个事实，却听到对面响起了衣料窸窣声，很细小，能感觉到活动幅度十分有限。

“没事吧？”

几乎是从头顶传来的。

王子舟整张脸都埋进了膝盖，只有双手交叠着覆在头顶，仿佛一朵即将开伞的蘑菇。

“起得来吗？”

我家过道也太狭小了。

王子舟觉得那声音近得可怕。

她伸了左手，想示意对方不要管她，手腕却忽然被握住——

可怕的体温交流。

皮肤下的血液简直沸腾了。

他的手心贴着她的手腕内侧，除拇指和食指外的手指都压在她的手背上。他试图拉她起来，但这根本是徒劳的，于是他说：“右手。”

叫我把右手也给他。

不要！她内心叫嚣着，却伸出右手反握住了他的手腕，那一瞬间，她感觉到——原来手腕和手心的温度是不一样的。

原来如此。

她借力站了起来。

过道好狭窄，狭窄到她能闻到属于大文字山的气息，也许是她身上的，也许是他身上的，总之，那是一种混杂着树叶、青草和泥土的味道，新鲜无比。

王子舟满面通红，不知道是因为埋头埋久了，还是因为别的。她局促地戳在过道里，局促地把双手背到身后，试图抚去属于对方体温的痕迹。

那一刻，王子舟猛然意识到，事情根本朝着另一个方向奔去了——体温而已，人人都有的东西，何必在意到这个地步？

但就是平息不下来。

像过敏一样。

她对他的体温过敏。

他们站在过道里，什么话也没说，沉默原来是这样奇妙的黏滞。

“你热吗？”王子舟说，“我开一下空调。”

她擅作主张，容许凉风闯入这个闷热的空间。

真是救世主啊，空调机。

睡意也好，潮热也好，在那一瞬间全部被凉爽的风扫进垃圾桶。王子舟甚至觉得现在头脑清醒到可以坐下来连续工作五小时——可惜肚子饿了。

“好饿。”她情不自禁地说。

一只饭团根本不足以抵消下山耗费的热量。

“你饿吗？”她又问陈坞。

“有一点。”他说。

“你为什么一直站在那里？”王子舟试图开一些活跃气氛的玩笑，“是打算霸占我家的厨房吗？”

一点也不好笑。她说出口就后悔了，于是假装无事发生，走到半人高的小冰箱前，弯腰打开查看：“真可惜，没什么吃的了。”

就在她预备关门的刹那，陈坞也弯腰看了一眼。

“你家有速食米饭吗？”他问道。

他怎么知道我家会存速食米饭？！我看起来很像是那种懒人吗？

“有。”王子舟老实答道。

“有味淋和酱油吧？”

“有……”

“做个照烧牛肉饭吧。”他提议道。

王子舟又看了看，只剩半盒可生食鸡蛋，顶上的冷冻抽屉里还有她之前分装好的牛肉片，煎一下，调个照烧汁一煮，再用微波炉打两份米饭，盖上鸡蛋就可以吃了。

“好欸。”她弓着腰，扭头问，“你做还是我做？”

他也弓着腰，侧头看她回道：“都可以。”

“那一起做吧，这样快一点。”王子舟大方地让出厨房使用权，“你要什么我递给你。”

很合理吧？王子舟想。

劳动嘛，就是要分工协作。

主刀医师直起身，说：“那先把牛肉片拿出来解冻吧。”

副手小王从冷冻抽屉盒里取出牛肉片，放进微波炉里调到解冻模式。室内响起微波炉工作的声音，王子舟视线一侧，主刀医师正在准备料汁——调味品都放在架子上，一目了然，用不着她一一拿给他。

“叮——”声响过之后，王子舟打开微波炉，徒手就去取牛肉片，他说“小心烫”，王子舟却一意孤行，忍着烫把牛肉片放到料理台上，下一秒就捏住自己的耳垂嗞出声。

只是解冻而已，怎么会这么烫？

主刀医师侧头看了她一眼。

王子舟做错事般垂下了手。

“可以用这只锅吗？”他问。

“啊，可以。”王子舟看着那仅有的一只平底锅回道。

她想，也没有别的好选嘛，这有什么可问的——可能因为不是自己的东西吧？所以用之前要问一下，果然是边界感比较明确的人。

但边界感这么明确的人，这个时候却在别人的厨房里忙活，似乎也有些诡异和离奇。王子舟看他往锅里倒食用油的瞬间，冒出这样的想法：这只是一个白日梦吧？真实的自己这会儿其实在呼呼大睡。

为什么要做这种有香气的梦啊？

牛肉片逐渐变色，释放出动物油脂的香气，照烧汁浇上去之后，单一的香气顿时变成了复合的、浓郁的。更馋人的气味。

“热一下米饭吧。”主刀医师交代道。

副手小王取出盒装的速食米饭，再次放进微波炉。

一边等待米饭热好，一边等待收汁。

王子舟忽然问：“我看你似乎挺喜欢做饭的，可以冒昧问一下理由吗？”

平底锅里吱吱地响，微波炉呜呜地转。

陈坞没有立刻接话，好像真的在费劲思考这个问题。

王子舟看他久久没有回应，遂先打破了沉默：“我觉得做饭是一种很接近冥想的行为，你觉得呢？”

陈坞有些意外，但他似乎是赞同的，“嗯”了一声之后，又谨慎地补充了一句：“不过，也得看具体是做什么样的饭。”

“对，得看情况。”王子舟应道，“越简单的，就越接近。”又说，“我经常在切菜的时候进入到那种状态，灵感爆棚，想了很久都想不通的事情，在那个瞬间一下子就想通了。不过我切菜水平不怎么行，切得很慢。”

陈坞看了一眼架子上的刀：“你不磨刀吗？”

“刀怎么磨？”王子舟印象里，磨刀是要用那种专门磨刀的砖石，添水磨的，感觉是手艺人干的活——她小时候还见过挑扁担的磨刀匠。

“有磨刀器。”主刀医师轻描淡写地说。

啊，真是日新月异的新时代。

王子舟心想，什么时候也磨一磨刀吧。这么想着，米饭好了，平底锅里的照烧牛肉片也好了。副手小王手忙脚乱地找饭碗，拉开橱柜抽屉，她忽然发现没有成对的碗。

“你要哪个？”她蹲在地上仰头问他。

都是她精挑细选来的，每一只都不赖。

“这个，可以吗？”他垂眼说道。

他选了一只唐草纹的波佐见烧——可恶啊，那么多碗，偏偏挑走了我最常用的那只，那我用什么？

王子舟最终选了个描边桔梗的。

米饭铺上去，牛肉片沿边摆上，汤汁一淋，鸡蛋敲在中间，撒上白芝麻，再有一点葱花就完美了，可惜没有。罢了，总要有点遗憾。

王子舟找勺子。

仍然没有成对的勺子，这回她不让陈坞挑了，把最爱的那个牢牢攥在了手里，塞了一个别的给他。接着，她又从冰箱里取了两罐气泡饮料，悉数摆到小沙发前的方茶几上。

两人面对面席地而坐，开始吃饭。

王子舟拌开米饭吃了一大口，咀嚼时看了一眼对面墙上的石英钟，原来才过去十分钟，她头一次觉得做饭是这么有效率的事情。

她一边吃一边看陈坞——

他还在拌饭。

等她狼吞虎咽到一半了，对方才吃了三两口。陈坞似乎注意到了她的视线，抬头看她，又看了一眼她的碗，欲言又止。

吃太快当然不好，这一点王子舟也心知肚明，但就是无法克服。

“对不起，我吃得太快了。”她解释道，“我初中就住校了，那会吃饭跟军训一样，十个人一个大长桌，全部站着等，一坐下来就开始疯抢，晚了就没得吃了，后来越吃越快。”

“你高中也住校吗？”

“嗯，一直在住校。”

王子舟觉得自己完全是在学校这个容器里塑造出来的。人也许和植物没什么两样，给生长的果实套上模具，果实就只能按照限制发育，如果去掉模具，会继续长成什么样呢?

王子舟也不知道。

她现在就像是被去掉了模具的植物果实。

好像在生长，但也不知道自己是什么样子，将来又会是什么样子。

学校这个模具正在离她远去，作为果实，偶尔也会贪恋那种模具带来的虚假的安全感，于是渴望新模具的到来，譬如工作。

工作也是一种模具。

即将套在我身上的模具，会是什么形状呢?

王子舟的思绪莫名飘出去老远，碗里的饭也吃完了，一看对面，竟然才吃了一半。老实说，她有些羡慕这种慢条斯理式的从容，好像生活里没什么值得匆忙去追赶的东西，我走我的，我抓住我能抓住的，至于那些从眼前一溜而过的东西，不要也罢。

不要也罢，说来简单，可我要如何安放那争分夺秒的心情呢?

王子舟现在就有那种争分夺秒的心情，于是她问对方："你要喝咖啡吗?有挂耳，我去冲。"

"好。"对方没有拒绝。

王子舟烧了热水，拆了两包挂耳咖啡，分别摆在不一样的杯子里——唉，就连杯子也没有成对的，她压根没想过一模一样的东西要买两个。

一个多好，独占的快乐。

现在却生出古怪的想要分享的心情。

她被自己吓到了，回过神，慌慌张张冲好了挂耳，正要端去茶几，陈坞捧着空碗过来了。

他连带着收拾了她的餐具。

还好吃得很干净！王子舟庆幸地想。

几乎没有食物残渣可倒，他把碗放进水槽，拨开了水龙头。

“放着吧。”

王子舟想，让客人洗碗太奇怪了吧？

气氛却突然僵住。

“就两只碗。”他侧头说。

王子舟朝水槽里看看，又看看他，最后问：“如果放着不洗，你是不是会很难受？”

强迫症的标准不一样，她说服自己。

陈坞说：“有一点。”

“那就洗吧！”她大方地交出洗碗权，拿起咖啡杯，“洗完喝咖啡。”

王子舟在茶几前坐下来。

这个位置看不到厨房过道，只能听到哗啦啦的水流声。

她一边留意着动静，一边检视四周——空间很小，左侧是整面墙的柜子，身后是一张靠墙摆放的单人沙发。右手四步开外就是她的床，有一个不算高的置物架用以遮挡视线，聊胜于无而已。

斜对面靠墙是一张奢侈的、长达一米四的工作桌。工作桌旁的地面上是一捆一捆的书，横放着摞起，像书店处理旧书那样，堆了足足有一米高。

真是一笔难以挪动的巨财。

水流声停了，又过了半分钟，陈坞才走过来。王子舟瞟了一眼，他连手都擦干了，看得她简直想给他递护手霜。

咖啡还是烫的，他没有着急喝，不像王子舟，下意识就是一口，结果被烫了舌头。我啊——王子舟想，真是心急。

她放下杯子，忽然起身："我先把书找给你吧。"

她走到对面墙边找书。

别看堆得小山似的，什么书在哪里，她一清二楚。找到鹫田清一那本《京都の平熱（京都的热度）》，王子舟试图将它抽出来，发力一试，感觉不对——要倒。

陈坞忽然出声："等等。"

他说着起身走过来，搬开了上面压着的书。

王子舟终于拿到那本《京都の平熱（京都的热度）》。

"嘿，就是它。"她说。

陈坞问："其他书要原样放回去吗？"

"等等吧，不急。"小王将军往地上一坐，手一伸，干脆支使起对方，"看到那个 SPI 的书了吗？你自己看着拿吧。"

陈坞拿书的时候，王子舟起身打开了工作桌上的蓝牙音箱，随后坐回地上拿起手机选歌，顺便给它接上充电线。

音乐响起来的时候，陈坞扫了一眼。

王子舟也循着他的视线看了看，说：“二代。”

他马上就明白她的意思，她也知道他明白。

桌上这只音箱，是他宿舍里那只音箱的二代产品。

歌词里不断重复着Sandman，Sandman（睡魔），简直有一种催眠魔力。换了吧，王子舟随机切到下一首——Norwegian Wood（挪威森林），披头士的，唱到She showed me her room（她向我展示她的房间），王子舟吓得迅速切了歌。

最后随便选了一首没有歌词的。

“是游戏里的配乐吗？”他忽然问。

王子舟低头瞧了一眼播放封面：“是哎，《八方旅人》①里舞女的主题曲，你玩过吗？”

“没有。”

“那你怎么知道是游戏里的？”

“听起来有剧情感。”

“那你触角还挺敏锐的。”

王子舟咕哝着，看他翻开中岛敦②的中短篇作品集。

“你想看可以一起拿走。”她说。

“可以吗？”他又确认了一遍。

“嗯，我很大方的。”她说。

---

① 游戏名，也称作《歧路旅人》，是一款2018年发行的主机游戏。

② 中岛敦（1909—1942）：日本著名作家，主要作品有《山月记》《李陵》《悟净出世》等。

“你最喜欢哪一篇？”他问。

王子舟想了想：“《山月记》和《悟净出世》吧，只能选一篇，那就《悟净出世》好了，但《悟净出世》的收尾我不太喜欢。”

“为什么不喜欢？”

“说不上来。”但她还是尝试说明，“悟净去拜访沙虹隐士那里，虾精说的那一番话，已经让作为读者的我感到爽快了——他说世上什么都是空的，世上有什么好事吗？如果非要说有，那就是，这个世道迟早要完蛋③！简直说得太好了，我想，停止吧，就到这里，就到这里。可悟净却不甘心，非要继续往前寻找所谓的意义，最后还被菩萨教训一通，说什么增上慢，说他求证这些是步入歧途，叫他去投身现实的、具体的工作！好吧，可那工作竟然是跟着唐僧去西天取经，这我怎么能接受？给唐僧挑担子，能解决内心的虚无吗？我不信。”

她说到兴奋时就爱脸红。

甚至气喘。

她又听到了那个笑声，似有似无的。

是接近呼吸的笑，很难察觉，很难捕捉。

“你笑了吗？”她这次终于问出了口。

“啊？”陈坞一愣，但他承认说，“好像是。”

“你果然是笑了啊……

---

③　原文见中岛敦《悟净出世》：“世はなべて空しい。その世に何か一つでも善きことがあるか。もしありとせば、それは、その世の終わりがいずれは来るであろうことだけじゃ。”

“为什么笑？

“哪里好笑吗……”

延英殿召对。

在自己的地盘上，陛下发出了连问。

这下，一向颖悟绝人的谏臣也说不出话来了。

02

某种笑与呼吸一样不自觉。

没有人会时刻留意自己的呼吸，也没有人能时刻意识到这种笑的发生——看到了就想笑，听到了就想笑，甚至只是想到了，就想笑——几乎不伴随着声响，唇角已经弯起来，眼角也攒起弧度，是发自内心的、无知觉的笑。

怎么解释它？

无法解释。

只是听陛下滔滔不绝地说，臣就想笑了。

不是不屑，不是笑话陛下，也不是内容多么逗趣，只是想笑而已。

谏臣捧着中岛敦的作品集，愣在那里。

就这么沉默地对视了三两分钟，王子舟开始了奇怪的耳鸣，耳鸣伴随着潮红，从脖颈一路蔓延到耳根，甚至眼尾、颧骨——好热。

比预期还要严重的过敏。

她伸手去挠，贪婪地深呼吸，率先避开视线起了身，逃到茶几后面，撇开话题说："咖啡可以喝了。"

滚烫的黑咖啡到了适口的温度，王子舟捧起来咕咚咕咚喝掉了大半，本以为能有所缓解，热饮的温度却反而加重了过敏的症状，脸和脖子根本无法冷却下来。

惴惴不安，惴惴不安。

双手接力，转动着杯身。

谏臣也在对面坐下来，问："你读过《帕洛马尔》④吗？"

王子舟飞快地回忆了一番，随后意识到这可能并不是什么新话题，而是在延续《悟净出世》的讨论。《帕洛马尔》是有些特别的小说，全书虽然是以"帕洛马尔（Palomar）"这个第三人称视角展开，但因其表达的触角琐细敏锐到了极致，也可以看作就是作者卡尔维诺本人的观察、思考与结论。

作者在书写时隐藏自己，又终究会暴露自己。

在王子舟模糊的印象里，《帕洛马尔》出版一年后，卡尔维诺就去世了，这完全称得上是他最后的作品。

生命末期，落笔已懒得掩饰，暴露也像是刻意为之。

王子舟几乎是将帕洛马尔看作卡尔维诺来读的，偶尔也看成自己——当作者的表达与我的经验、感受发生重叠，那一瞬间，

---

④ 《帕洛马尔》为意大利作家伊塔洛·卡尔维诺创作的小说，同时也是其生前所发表的最后一部作品。

帕洛马尔也是我。

“我太早之前看的，记不太清了。”王子舟回说，“只剩下一些感受层面的印象，和读《悟净出世》时有相似的体验，是那种……”

她不由得皱起眉头：“徘徊于不可知、不可捉摸的巨大画面之前，茫然不安的心绪。我觉得，中岛敦虽然给出了《悟净出世》的结局，但那结局在我看来是妥协式的、无可奈何的，并非他真正求索的，或者说勉强求索到了，但并不能完全解决那些困顿与不安——写完《悟净出世》的中岛敦，仍然会被那些问题持续困扰；《帕洛马尔》也一样，关于最终必须面对的死亡，卡尔维诺提出了那么多的解决办法与说辞，但最后也只是很荒唐地让帕洛马尔在思索这些问题的时候突然死去，这分明就是没有解决问题嘛。”

“不可能解决的。”王子舟忽然悲观地说了一句，“存活着的事实。”

每当这种时候，她都会掉进名为痛苦的沼泽。在她的分类里，痛苦区别于其他情绪独立存在，悲伤、焦虑、恐惧、喜悦……往往都是因为具体的事件，而痛苦毫无由来且分外抽象，一旦跌落其中，需要耗费许多力气，才能抽身而出。

有人说这是源自对死亡的终极恐惧，也有人说，是因为“渴望成为万物，万物却不可知”所带来的挫败。

林林总总。

王子舟长长地叹了一口气。

所有的潮热都褪去了。

在痛苦的沼泽里，连过敏这种事都不会存在。

像濒死的鱼，躺在旱地上徒劳地张歙腮部。

好在窗外还有蝉鸣，还有“嘀——嘟——嘀——嘟”的救护车声，像安全绳索一样牵引着我离开那个沼泽。但安全绳也并非时时刻刻都管用，王子舟也警惕着，万一它突然失效了怎么办？

危险的念头。

“那是什么？”

有人觉察到了她的处境，顺手拽了她一把。

王子舟从沼泽里跳出来，循他所指看过去。他指向对面墙上那个无痕胶粘贴的相框，相框内装着的是一页文稿，白底黑字，以及密密麻麻的圈红与批注。

“啊，那个——”王子舟有些愧赧，“是我收到的第一份审校返稿，编辑用红笔改了好多好多，看起来是不是像血书？”

他回头看了她一眼，好像很容易就能想明白，她把这样一份返稿裱起来的原因。

我们在意的事。

“刚收到的时候是什么心情呢？”他问。

“是生气吧？”王子舟犹豫了片刻，说，“我的翻译有那么不堪吗？要改到这个地步？但是——”她停顿了一会，“把返稿批注看完，又觉得我翻译得简直狗屁不通，紧接着就会觉得自己不行，怀疑自己。”

专制君主独独向谏臣暴露了自己。

谏臣注视着她。

王子舟呼吸都暂停了。

我为什么要和他说这些？我对谁也没有这么说过。这种根本不受控制的剖露欲望，就像是过敏的后遗症。

王子舟内心正煎熬，谏臣又问：“那些是你画的吗？”

相框旁边，还用无痕胶粘贴着二十来张方形纸片，纸片上画着各种规则的图形与线条，都没有上色，只是反复盘绕、堆砌。

“是哎。”王子舟说，“压力大的时候我就喜欢画这种东西，都是乱涂乱画的。”

“你学过画画吗？”

“没有。”王子舟说，“我没有上过兴趣班，也没有什么兴趣特长。”

“我也没有。”谏臣附和道。

“你不是会吹笛子吗？”王子舟脱口而出。

谏臣回头看她。

他微微敛目，眉头也蹙起：“是蒋剑照告诉你的吗？”

专制君主咋舌。

谏臣若无其事地转过头，重新去看墙上粘贴着的那些方形纸片。

王子舟心想，历史上有死于话多的皇帝吗？应该有吧。那就是我。她捧起杯子，把剩下的咖啡喝完了，再看对面，大概才喝了一口。

她也不想提醒他。

只是说："对了，我之前翻译的书都会告诉蒋剑照，《小游园》的事我还没和她说。但她过几天要来，她如果看到了问起来，我要怎么说？可以告诉她《小游园》是你写的吗？"

"不用问我的。"他回过头来说，"你想告诉谁，就可以告诉谁。"

"话是这么说，但我认为事先征得你的同意比较好。"王子舟说得很小声。

"没有那么要紧。"他说着，低头喝了一口咖啡。

"真的不要紧吗？"王子舟觉得自己很啰唆，但她克服不了，索性继续往前求证，"你周围的人除了曼云、谈睿鸣，还有其他人知道你写小说的事吗？比如……父母。"

"没有特意说过。"他捧着杯子道。

这话让人很难捉摸。

没有特意说过，不代表对方不知道；但如果笃定对方知道，就会说"他们知道"。王子舟隐约感觉到，他和家人的关系没有那么亲近，或者说，写小说这件事，在父母眼里恐怕也不是什么值得称赞的好事。

可以理解，王子舟想。

他继续喝咖啡。

王子舟眼看他杯子里的咖啡一点一点地少下去，那种争分夺秒的心情就又发疯似的长起来。

“说到卡尔维诺的《帕洛马尔》——”

人们在找不到新话题的时候，就总是往前回跳。

王子舟说：“我觉得，他在那个书里故意暴露了自己。所以我很好奇，作者是可以控制自己暴露到什么程度的吗？”

“有些暴露是刻意的，有些是不自知的。刻意的部分也许能够控制，其他的不好说。”他回道。

“《小游园》里……”

他又喝了一口咖啡。

“有很多。”谏臣坦白道。

“你会经常头痛吗？”王子舟突然问道。

“会。”他答。

“所以那些是你自己的经验？”王子舟问。

她在看《小游园》时，一直很好奇主角的头痛症，它和一般的疲劳头痛、偏头痛根本不同，首先是症状，周期性发作，涨潮退潮一样，一旦进入发作期，每天就像闹钟一样准时开启疼痛，进入消退期，则能平安无事地度过几个月甚至几年；其次是描述，他对现象的描述真实而具体，如果完全是构想出来的，那也有点不可思议。

她看主角发作的时候，总觉得那个人就是陈坞。

他应道：“是的。”

“原来如此。”她得到了确认，“这种头痛叫什么？”

“发作性丛集性头痛。”

“有什么解决办法吗？”

“没有。”又说，“上了年纪也许会好吧。”

“发作期要来的时候没有任何征兆吗？或者说，没有任何办法可以阻止它发作吗？”

“没有。”

“什么时候开始的？”

“高中。”

沉默了一会，她又问：“止痛药管用吗？”

她在《小游园》里从来没见主角服用过止痛药，连妖怪都看不下去，劝说他，新时代了，医学很发达，吃点止痛药吧，他也固执地不吃。

“不管用。”他回。

“唉。”王子舟长叹一口气。

怎么办？我翻译《小游园》的时候，看到主角头痛，要代入你的脸了。她甚至能想象他蜷缩在坚硬地板上，头发都被冷汗浸湿的样子。

我想捋开他汗湿的头发，抚摸他的额头和紧闭的眼睛。

王子舟吓得打了个哆嗦。

我疯了！这可怕的过敏后遗症！

CHAPTER 10

辛德瑞拉与蓝雀

01

王子舟试图通过喝口咖啡来抑制这种疯狂的念头，咖啡杯却早就空了。她尴尬地喝了一口空气，放下杯子问道：“那你现在是……”

陈坞回：“发作期。”

啊，发作期。

王子舟曾在《小游园》里看到过那样的描述——

说这种头痛就像一个暴君，无法讨好，亦无可能被推翻，能否轻松度日全看它心情好坏。然而它又是极度的任性，你再小心翼翼它也会突然赏你一巴掌。即便这样它也觉得不过瘾，接下来的每一天几乎都会把你拖起来揍一顿，偶尔中午、晚上甚至半夜也会突然发疯揍你，揍到它心满意足，终于肯放你轻松一阵子。

你如释重负，重获自由，但你也不知道这自由能维持多久，可能一个月、两个月、三个月……运气好的话说不定一年、两年……甚至更久，直到你差不多已经忘记了这个暴君，某个清晨，忽然一个巴掌就甩了过来。

啊，原来这个暴君还记得我。

如此重复多轮，说不定已经过去了七八年，你已经很清楚这个暴君的脾气了，你试着揣摩它的心思，用尽办法尝试与它握手言和，却收效甚微。

你疲倦了，偶尔也有些绝望，但总的来说，还是在暴君的千锤百炼中变得更强了一些，毕竟眼眶额颞的一点风吹草动，你都已经能精准捕捉，对接下来要面对的疾风骤雨也都了如指掌，痛就痛吧，你说着，一个巴掌甩了过来。

那是一种什么样的心情呢？王子舟想。

“今天没有痛吗？”她问。

“不知道。”陈坞说，“可能侥幸逃过一劫，也可能来得晚一点。”

王子舟觉得他说这话的时候，仿佛一个等待暴君登门的冷宫妃子——暴君迟早要来，但不知道他几时来，等着吧，只是等着。

太平静了，像在说别人的事。

王子舟又捕捉到了那种微妙的“游离感”。他在接谈睿鸣的电话，在池田屋吃饭时都流露出了这种状态——

我在这里，我又不在这里；我是我，我又不是我。

王子舟有点担心，直觉告诉她这也许不是什么好的讯号。想深究，但又不太敢深究，为摆脱这种纠结不安的心情，她干脆换了话题，说：“你最近在忙什么？”

他说：“看书看论文，做题做饭，跑步走路。”

好单调的生活，和我一样，王子舟想。

她说："做题是……数学题吗？"

陈坞想了想，拿出仅剩10%电量的手机，解锁点亮屏幕，说："帮日本高中生答题，数学和英语。"他说着大方地把手机递过去，王子舟看到了那个应用程序——"モバイル家庭教師"（移动家教），大概猜到了它的用处。

"是学生上传不会做的题目，给出解答是吗？"

"嗯。"他说，"你可以点开看。"

王子舟根本无法克服那种诱惑——拿着别人的手机，点来点去。她同时又想，换成我肯定不会随便把手机给别人看，他为什么让我看他的手机？

她很小心地点进去，里面有显示"解説数"及"ランク（等级）"，居然还有学生给的评价，往下一刷都是五星好评，真是一个好老师呢！

"这个积分是做题挣的吗？做什么用？"

"查看题目要扣除一部分积分，答完之后，对方确认无误，可以返还并累积积分，积分可以兑现。"

"啊做题原来可以挣钱。"王子舟恍然大悟，"我也要下一个。"

她立刻拿起自己的手机，打开App Store下载了同样的程序。

等待下载的时候，陈坞问："你打算做什么科目？"

王子舟说："我也要做数学和英语！"她说完又问，"做好的题目拍照发给对方就可以吗？"

"最好用iPad写。"他说，"过程太费纸了，一张可能写不完。你得让学生明白为什么这么做，不能跳步骤。而且，拍照可能拍不清楚。”

“答不出来怎么办？”

“答题是有限时的，答不出来会扣掉你为了查看这道题目使用的积分。”

“好残酷！那怎么判断我是错的还是对的？”

“学生来判断。”

“可我如果做对了，他非说我是错的怎么办？”

“他判定你做错，这道题会转给下一个人，你们都可以看到这个过程，如果下一个人的结果和你一样，那你可以投诉他，这条错题记录就可以消除。”

王子舟重新看了一眼 App 上的“解説（说）数”，总数已经上千了——做家教，面对的客户就那一个，做这个，可是面对无数个小客户，无数个日本高中生。

难讨好的高中生。

他可真是有耐心。

她问：“做一道题有多少钱？”

陈坞飞快地算了一下：“平均差不多 100 日元一道题。”

这个钱也太难挣了！

真的是为了挣钱下的这个 App 吗？王子舟很怀疑，但她跃跃欲试。她点击手机，让它回归主屏幕，忽然又瞥见一个眼生的 App，遂问：“TABETE，这是什么？”

“食べて[1]，来吃。”他说，“一个拯救剩余粮食的App。”

“嗯？”

“就是一些商店，主要是面包店，会在打烊前发布剩余商品的套餐，你可以点开看——”他仍然大方地邀请她查看，那里面甚至可以看到他自己的每一条购买记录。王子舟一边想着，这样真的好吗？一边无法控制地点开了它。

我也太禁不起诱惑了。

王子舟反思着自己，疑惑地点开了“過去のレスキュー（过去的救援）”列表，里面都是他购买过的一些580日元、680日元的面包套餐，对比近两千日元的原价，这个价格也太划算了。

打着拯救粮食的旗号，口号听起来很环保，但实际就是个处理临期打折商品的平台。她很少去关注这些，总觉得浪费时间，这会她却奇怪地捕捉到了一种社会生活田野调查的乐趣。

“有意思，我也要下一个。”她毫不避讳地表露这种突如其来的兴趣。

笑声。

又来了，那个呼吸一样的笑声。

“你又笑了。”她说。

“是吗？”他说，“好像是。”

王子舟心里滋生出古怪的满足感和空虚感，满足是因为轻而

① 日语发音即tabete。

易举窥探到了对方日常生活的一角，空虚则是因为对面那只咖啡杯里，只剩一口的黑咖啡。

他杯子里的咖啡，就像一个倒计时器。

喝到底，就到了离开的时候。

一到点，灰姑娘总要退场，王子拦也拦不住。

他终于喝完了最后一口咖啡。

辛德瑞拉，你要走了。

王子舟想。

她把手机递还给对方，说："我看手机快没电了，你要充会电吗？"

"没关系，手机没那么重要。"他说，"没有导航我也记得回去的路。"说完，他端起咖啡杯，似乎要送去厨房，王子舟连忙说："啊，这个你就放着吧！"

"好。"他看了它一眼，从地上起身。

王子舟也跟着起身："我找个袋子给你装书吧。"

他拿了书，等她在工作桌的抽屉里翻找。

王子舟找了一个帆布袋出来，说："没有纸袋了，拿这个装吧。"

他说："好。"

王子送灰姑娘到玄关。

辛德瑞拉在玄关穿上帆布鞋，打开门，弯腰点头，说："到这里就好。"

王子点点头，说："路上小心。"

南瓜马车接走了辛德瑞拉，王子关上门，回到屋里，看着茶几上那两只杯子叹了口气。她弯腰端起杯子走到厨房，拧开水龙头清洗，最后把它们放在沥水架上。

辛德瑞拉喝过的那只杯子——

是一个不知名的日本窑口产的，名为“蓝雀”，粗陶白底，上面手绘了一只小小的蓝雀，王子舟一直觉得它很不起眼，但此刻它仿佛活了一般，只是暂时栖居在杯子表面，使得这只杯子也变得诡异起来。

她甚至能回想起辛德瑞拉捧着它喝咖啡时的每一个细节。

贴着膏药的右腕，骨节分明的手指，修剪得很干净的指甲，指腹压在小小的蓝雀身上，微微低头垂目，杯体上抬，对面杯沿刚好遮挡入口的位置——喝得小心翼翼。

啊！我不要想！

王子舟内心叫嚣着，转动沥水架上的杯子，把绘有蓝雀的那一面转到里侧——看不见就好了。

自欺欺人而已，过敏的症状又开始冒头。

她甚至从橱柜里翻出药箱，想找一片氯雷他定。

没有用的，她拿着药片想。

过敏原已经离开了这个空间。

为什么还是过敏？

想起来就过敏。

就算是服用了氯雷他定，也没有一点用处的——

特别地过敏。

现代医学也解决不了，我得自寻脱敏的办法。

王子舟忽然又把杯子上的蓝雀转了回来。

辛德瑞拉，瞧你干的好事。

02

从那天之后，王子舟再也没碰过蓝雀杯，仿佛它就是那双只有辛德瑞拉穿得上的水晶鞋，现在遗落在她的厨房沥水架上。

总不能捧着蓝雀杯满世界找人吧？

“看看吧，这是你落下的蓝雀杯吗？端起来喝给我看看。”

太荒唐了，王子舟每次经过厨房过道，看到它，都要想起这句话——她偶尔也想，辛德瑞拉的故事是不是太过分了？王子凭什么满世界找她？辛德瑞拉干吗要嫁给王子？讨厌这个故事。

论文进展不顺，要看的资料比预想中多，她干脆放缓了进度，但也没有匀多余的时间给《小游园》的翻译工作。她是有节制的那种译员，规定每天译多少字就是多少字，一旦划分好段落，制订好计划，就严格按照日程执行——如果今天做了明天的工作，明天做什么呢？

空出来的一点零碎时间，王子舟都交付给了那个做题 App。

起初解数学题是很费劲的，因为很多知识点都忘记了，她甚至在网上找了高中教材来复习。不过，记忆一旦复苏，也就没那么困难了，解题速度会逐渐变快，她看着不断增加的“解説（说）数”和逐渐到来的五星好评，内心涌起莫名其妙的满足感。

就这么过了几天，蒋剑照到了。

王子舟早早出发去大阪接人，蒋剑照出来一看见她，连行李都不要了，冲过来就一把搂住她：“啊！我的猪！”

王子舟抗议道：“我不是猪！”

蒋剑照瞪大眼：“怎么不是？你不是属猪的吗？”

王子舟愤愤道：“那你也是猪，我们都是猪。”她说完这句，不知道为什么突然就想到辛德瑞拉——辛德瑞拉和我同年吧？辛德瑞拉居然也属猪！

反差带来的滑稽可爱，让她不自觉地笑起来。

蒋剑照拧眉看她：“你笑什么？”

王子舟说：“没有笑啊。”

侦探小蒋说：“笑了，还是很奇怪的那种笑。”

王子舟说：“才没有，我不信。”

侦探小蒋冷笑：“下次我给你录下来，看你怎么抵赖。”又说了一句，“你有问题。”随后转身拖回自己的行李箱，看王子舟还愣着，催她道，“快，领朕出发去京都行宫！”

到了京都，天气愈加不妙，但还是赶在落雨前抵达了公寓。

蒋剑照有一种到哪都像自家的本事，她像回家一样在玄关脱了鞋，一边说着“渴死我了”，一边迈上厨房过道，寻觅烧水壶和杯子。水壶是沉的，说明有烧好的水。她端起水壶，顺手拿过沥水架上的杯子——

好巧不巧，拿了蓝雀杯。

“不准喝！”王子舟刚帮她把行李箱提进来，就看到她往蓝雀杯里倒水。

蒋剑照扭头：“这水有毒吗？”

“水没有毒啦，你换个杯子。”她说着拉开橱柜抽屉，翻出一个蓝白条纹的杯子来，“用这个。”

“偏不。”蒋剑照拿着蓝雀杯不放，“除非你告诉我为什么不能用这个。”

“没洗过。”王子舟说。

蒋剑照朝里看了一眼：“胡说八道。”

王子舟纠结了很久。

最后老实交代：“好吧，那是辛德瑞拉落在我家的水晶鞋。你换个思路，用别人的东西是不是不太好？”

蒋剑照眯起眼：“辛德瑞拉是谁？”

王子舟的脸红到脖子根，看得蒋剑照大吃一惊：“天啊，你问题好严重。”又说，“你居然背着我在京都养灰姑娘。”

她说着放下蓝雀杯，双手往后一背，仿若东巡帝王，打量这个京都地方官给自己准备的临时居所。从厨房过道往里走，就是狭小的待客区域，工作桌和床没了。

“你这个床……”东巡帝王不太满意，“有一米宽吗？”

“没有，只有八十厘米。”地方官回禀道。

“八十厘米？！”东巡帝王难以置信，“学校宿舍的床都有九十吧！你要朕怎么睡？”

“我晚上可以给你表演魔法。”地方官信心十足。

“现在演！”东巡帝王命令道。

“那你帮我把这个置物架抬开嘛。”地方官请求道。

东巡帝王无可奈何，只能上手抬走床边的置物架。这时，地方官说：“你再看这个床，它其实是两张八十厘米的床叠起来的，把上面那张抬下来，就变成两张八十厘米的小床了！你睡一张，我睡一张，正好。”

东巡帝王开眼了：“这哪搞来的床？”

地方官禀道：“宜家的于托克！”

“处心积虑啊，京都没有宜家吧？你还得让人从别处运来。”东巡帝王一边抬床，一边啧啧道，“随便买个正常的单人床不好吗？”

“刚搬来这边买床那会，是你说你以后可能要来京都玩，我才买的这个！”地方官委屈得很，“还不是为了你！”

“好了好了，饶你一命。”理亏的东巡帝王说道，“给你加官晋爵。”

两张床一摆，屋子里就几乎没什么空处了。王子舟给她找床单和毯子：“你睡里面那张。”

蒋剑照托着下巴，看着那张床思索：“陈坞睡过它吗？”

“你在说什么？！”王子舟跳起来。

“干吗这么激动？”侦探小蒋说，“辛德瑞拉难道不是陈坞吗？他来过你家吧？你也不告诉我！”

“不是你想的那样！”

“很难不那么想。”侦探小蒋往单人沙发里一坐，“你现在正是血气方刚的年纪，要勇于承认自己的欲望！何况他又不赖，你对他有企图很正常！”

“你不是说他很奇怪吗？”

“奇怪是什么坏事吗？”蒋剑照抬眼说道，“说明他与众不同啊，你被这种特质吸引也太合理了。”

王子舟咋舌。

蒋剑照气定神闲，支使她：“床单不急铺，快给朕倒杯水来。”

王子舟闷声不吭地去厨房倒水。

外面打雷了，阵雨哗啦啦往下倾倒。

蒋剑照望着雨雾弥漫的阳台道：“我的驿马运啊……”她说着起身，走到王子舟的工作桌前，弯腰一看，“本子上写的这是啥啊？你要重新参加高考吗？”

“啊，那个。”王子舟把水杯递给她，“是帮日本学生做题写的！”

“什么东西？”蒋剑照一头雾水，“你在当家教吗？”

王子舟翻出手机，给她解释那个应用程序。

蒋剑照表露出和她从陈坞那里听到这个 App 时一模一样的好奇心。

“哇，你都做了快一百道题了！怎么样，日本学生难搞吗？”她说着点开王子舟和学生的对话记录，“哇，日本高中生也要做完形填空！你怎么和他说了这么多？快翻译一下。”

“这个啊……”

那名高中生把整篇完形填空的文章都拍了下来，有已经做了的，有没做完的。他问空着的那三个怎么填，结果王子舟一眼发现他第一个空就填错了。

“我就顺便提醒他，你第一道题做错了。”王子舟说。

“他不信你！”蒋剑照边蒙边说。

“对！我跟他说要填 with，他不信。”王子舟把聊天记录往上滑，“然后我跟他说，填 with，请你相信我，我是外国人。”

蒋剑照趴在桌子上大笑。

“外国人？哈哈哈哈。”

“好玩好玩。”她说，“你去铺床单，手机给我玩玩，我也来练练手！”

“你做数学吧，英语真是解释不清！”

“行！”

蒋剑照信心十足地接题做，结果王子舟床单还没铺完，她就傻眼了：“什么啊，这超纲了吧？我没学过这个！”

王子舟撂下床单凑过来，一看题目也愣住了。

“这绝对超纲了啊！”蒋剑照说，“这是大学的数学题吧！日本学生怎么也这么卷啊？答不上来会怎么样？”

“积分会被扣掉。”王子舟捧着手机说。

“积分是算钱的吧？”蒋剑照急中生智，“你马上发给辛德瑞拉，快点。”

“不好吧？！”王子舟这么说着，却很诚实地截了屏，保存了题目。

“你的手可不是这么想的。”蒋剑照催促道，“快发。”

“我怎么说？”王子舟惴惴不安。

“你就说你不小心查看了一个超纲的题目，请他江湖救急。”蒋剑照说，“实在不行你分他一百日元好了！一道题差不多就是这个价吧？”

又是一百日元。

王子舟把题目发给了陈坞，但她没按蒋剑照教的说那么多，只在后面接了一句：“这道题做不出来，对我来说超纲了……”

下一句还没想好怎么发，对面就回了一句——

“我看看。”

“辛德瑞拉很积极嘛！”蒋剑照看到回复,底气十足地说,“我还以为他是那种隔天才回微信的人呢！”

王子舟愣愣地盯着那条“我看看”。

“你怎么傻了？”蒋剑照瞥了她一眼，又顺便瞥了一眼屏幕，上一次聊天竟然还是在好多好多天之前，“你和辛德瑞拉关系不行啊，我还以为你们很熟呢！”

“我们没什么关系。”王子舟放下手机说。

“可你对他有所企图。”侦探小蒋歪起脑袋看她。

“好吧，可能……”王子舟在床尾坐下来，“可能有一点。”

“你想睡他。”侦探小蒋敛起眸光。

“啊？！”王子舟辩驳道，“不是！”

“那是什么企图？”

“我想薅他的头发。”

“那性质差不多啊。”

“哪里差不多？！”

“心理学上管这个叫——”

“叫什么……”

“等我查查再告诉你。”蒋剑照往椅子里一瘫，瞥一眼外面的大雨说，“明天会晴吧？你说好带我去骑车的，还骑得了吗？”

“阵雨，肯定会放晴的。”王子舟说。

“你有几辆车啊？”蒋剑照盯着她道。

“一辆。”王子舟心不在焉地回，“可以租，问我学姐借也可以。”

“干吗找学姐借啊？问辛德瑞拉借！”

“不好吧？”

“你到底想不想薅他的头发？”

王子舟陷入两难，理智和欲望就像天平的两端，一边是正人君子，一边是变态。她不自觉地吞咽了一下口水，意识到自己已经滑落到了变态那边。

我简直不是人。

“我没有救了，我满脑子都是罪孽。”地方官忽然自暴自弃地说，“您还是把我流放了吧，我罪有应得。”

“流什么放！”东巡帝王把瘫倒在床上的地方官拽起来，“来消息了。”

王子舟点亮屏幕。

陈坞发了一张图过来，是 iPad 上写了导出来的，明明没有画线，却一行一行非常齐整，这个人考试的时候肯定沾过书面分的光。

蒋剑照凑过来看。

她看看屏幕，又看看王子舟：“你居然真的在研究题目答案？看得懂吗？”

王子舟点点头：“思路很清楚啊。”

“我真的服了。”蒋剑照坐下来，“难怪高中有人追他，肯定是想让他帮着补课。”

王子舟好奇地抬头：“有人追他吗？”

“你想什么呢？他长得不错成绩也好，当然有人追！”蒋剑照仰头回忆道，“不过追了也是白追，赵老师会把这种事扼杀在摇篮里。”

“赵老师很凶吗？”

“哎呀，怎么说——”蒋剑照拿出手机开始查询高中学校主页，“我给你找一找赵老师的照片。”

她很快找到一张证件照，把手机递给王子舟看。

因为是证件照，所以穿了正装化了妆，拍摄的时候明显用了柔光罩，拍完精修过，所以皮肤质感很好，眼神也非常亮，整个人看上去闪闪发光——她很瘦，脸型稍稍偏长，鼻梁挺拔，唇形非常标致，很像……

“是不是像金瑞亨？”蒋剑照问。

“有一点。”

经蒋剑照这么一比，王子舟内心忽然涌起一点不真实感，灯光和后期的努力，会让人丧失某种粗糙，同时增加奇妙的锐利和戏剧感。

“真人不长这样吧？”王子舟问。

“不哦。”蒋剑照说，“赵老师是我们学校难得一直化妆的中年老师，她总是把自己收拾得很出众，当然了，皱纹会比照片上多，素颜应该也有很多斑和痣吧，这个照片比较早了，现在大概老了很多。”

王子舟一下子就感觉到了那种压力。

有一种人，对自己要求很严格，对其他人要求也很严格，赵老师就给她这样的感觉。

她甚至能想象，赵老师跟陈坞说话是什么样子。

“陈坞喊她赵老师，不管在学校还是在家里。”蒋剑照飞快地补了一句，“我听人说的。”

“家里的事你们怎么知道？”

“竞赛班有几个人经常去他家，他们说的。”

“好可怕。”王子舟咕哝，“赵老师一定对他很严格。”

“必然啊，赵老师可是差点上了 TOP2 的人。”

“为什么是差点？”

“那个年代嘛，先填志愿再出分，实力允许，却因为种种原因没有报上，和梦校失之交臂很正常。这种遗憾最后就会变成执念，甚至影响到学生和子女，我真的非常理解她为什么那样。”

“后来去了哪？”

“当然是省内的 TOP1。”

“那个年代的省内 TOP1 回乡教书吗？”

“她可是专门搞竞赛的老师，再说了，你不要瞧不起江阴，我们高中很厉害的。如果非要找个现实的回乡理由，我怀疑是她当时非要跟陈老师谈恋爱吧。”

“不会吧？”

“你不信问辛德瑞拉好了，陈老师很有魅力，真的。”

“我不敢问。”王子舟说，“他不是你们班主任吗？你说说好了。”

“就不告诉你。”蒋剑照抱臂，“快点，给辛德瑞拉回消息，人家都帮你辅导功课了！”

王子舟想了想，回了两个字：“谢谢。”

蒋剑照看得气死了。

她说：“你回一句谢谢，让别人回什么啊？不用谢？”

王子舟说："他可以不回。"

蒋剑照沉默了一会。

她说："算了，我觉得你和我一样，当一个无浪漫情结无性恋也挺好的。"

王子舟"嗯"了一声，蒋剑照又说："你还'嗯'？快点问他能不能借自行车给你！"又说，"气死我了，世界上怎么还有这种事，让无性恋教异性恋谈恋爱！"

王子舟正在输入框里编辑内容，听到"谈恋爱"猛地抬起头。

"你说什么？"

"谈恋爱啊，你别告诉我不是，鬼都不信，看吧，脸都红成苹果了。"

"我们不是……"

蒋剑照卷起桌上的草稿纸敲了敲她的脑壳："别啰唆，快发。"

王子舟低下头，敲起屏幕上的键盘。

王子舟：对了，你明天要用车吗？

陈坞：不用。

王子舟：蒋剑照来京都了，她想骑车，我的可以给她骑，但是我不放心她一个人骑车，我想……

辛德瑞拉没有等啰唆的王子说完。

他回道：好，雨停了，你来取吧。

CHAPTER 11

一日之差

01

夏季阵雨消停之后，是短暂的湿润与阴凉。虫子只歇息了那么一会，就吱吱吱地又开始乱叫。蒋剑照跟王子舟走在去往东竹寮的小路上，看着人烟寥寥的街道与低矮的小房子，评价道：“京都真像一个小县城。”

“我小时候每年暑假——”她说，“就住在乡下。乡下的夏天就是这样，蝉鸣和树荫、院子和花。鸭川看起来也很像我老家的长江支流，普普通通！”

“苏南乡下这么好吗？”王子舟说。

“苏南乡镇模式你不知道吗？”蒋剑照说，“你们浙南乡下应该也不赖吧？”

“还好吧。”王子舟说，“亲戚都搬到镇上了，发达点的都去了大城市，乡下房子早就没人住了，也就扫墓祭祀什么的会回去。”

“那你现在身份证上地址是哪个？”

王子舟说：“镇上那个。”

“那你迁过户口啊，我还是乡下户口！以后那个大院子就是我的！等我退休了，我就去翻新一下住，过一过田园生活！”

“不用种地的田园都是臆想的田园。”王子舟说道，“假田园！只存在想象里。读书人去搞田园，大概率草盛豆苗稀。”

“那你可太片面了，陈老师种地就很厉害，高中那会他还会带自己种的玉米什么的来学校，给我们分享丰收的喜悦。”

“你是说陈坞的爸爸？”

“对啊，他就是典型的一半在城里，一半在乡下，可能因为父母还住在乡下吧。”

“陈坞祖父母还在吗？”

“应该在吧。”蒋剑照说，“他爷爷奶奶是退休后回乡下的，陈老师说因为早年工作太忙，陈坞是在爷爷奶奶身边长大的。他还读过村小！你敢信？我到学龄就回市里上学了，他居然在乡下上了两年学。”

王子舟都没在村小读过书。

“不过听陈老师说，他爷爷算是他的启蒙老师，写字画画啊都是他爷爷教的。他爷爷还会编故事！羡慕吧？我们小时候只能看故事书，陈坞可以听天马行空的现编连载故事。”

“陈老师怎么和你们说这么多？”

“陈老师就是很随意啊，你问他什么，他觉得可以说的都会说。而且最好的一点是，他把学生当朋友相处，也不会拿老师身份来压制学生。”

“那他和陈坞关系怎么样？”

“不知道。”蒋剑照说，“你问辛德瑞拉吧！”

辛德瑞拉就在几百米外的东竹寮。

王子舟一进东竹寮的前院门，就看到了他。院子里停满寮生的自行车，他就站在停车区域旁边，拿着手机不知道在看什么。王子舟本来想发消息的，可人都在外面等了，也没必要再发，遂直接走过去。

他抬起头来。

蒋剑照忽然“嗬”了一声。

王子舟侧头小声问：“你干什么？”

蒋剑照说：“有点紧张，我其实有点怕他。”

王子舟大跌眼镜：“什么啊！”

陈坞站在原地动都没动，等她们走过来。到跟前了，他才说了一声：“来了。”又和蒋剑照打招呼，“久违。”

客气得要死。

蒋剑照干笑着回了一声：“久违。”

陈坞把自行车推出来。那是辆最常见的城市自行车，男女都可以骑，车轮尺寸大概只有26，也正因为此，王子舟才敢开口借，不然借了也骑不了。

坐垫高度调到最低了。

给我调的吗？王子舟想，上次见明明不是这个高度。

她接过车，说了一声“谢谢”。

一向能说会道的蒋剑照，这会跟个傻子一样，戳在一旁，什么话也不说。她就是这样，面对熟悉的人话多得没边，到了不熟的人跟前，像个文静内向到有点孤僻的小女孩——何况她的外表也非常具有欺骗性，浓密的黑长直发，脸小小的，齐刘海遮去额头，个子又比较娇小，看起来非常乖顺老实。

这个女生看着真好说话，王子舟就是这么被骗了的，于是在大一公选课上找她做了小组作业搭子。

世事难料啊。

“那我们走了。”王子舟推着车说。

“嗯，小心。”他说。

王子舟推着车转身往院门外去。

刚出院门，蒋剑照就像只爹毛兔子一样跳起来了：“我的天啊，你们是马上要庆祝金婚纪念日的老夫老妻吗？”

她声音有点高，搞不好院里面还能听见。王子舟吓得简直想捂她的嘴，可惜双手这会都搁在车把手上，想捂也没法去捂，于是她只能压低声音道：“你在说什么啊？！”

“刚才也太像结婚五十年的气氛了吧？”蒋剑照说，“我爷爷奶奶才会那么说话——那我们走了。嗯，小心。”

她故意学那个语气。

王子舟好头痛。

“那就是正常说话。”

“谁那么说话？我反正不会。”

王子舟握住车把的手心都出汗了。

“你还骑他的车。”蒋剑照摇摇头，一瞥坐垫，“他还给你调到最矮了，知道你腿不够长，真是贴心死了，简直是服务型人格，他是不是在你家做过饭？”

王子舟没好气地瞪她。

“被我说中咯。”蒋剑照得意地说，“照我看，同居算了，反正他们基础学科的专业比整天钻实验室的闲多了，在家给你做做饭真是不错。”

王子舟不理她，推着车气鼓鼓地往家走。蒋剑照也太荒唐了，她这样想着的同时，又难以自控地联想起那些画面，即关于共同生活的愿景。这简直过分到了极点，已经到了不可饶恕的地步。这和路边碰见一个女孩，就肖想她给自己做饭洗衣，有什么区别？真是无耻。

王子舟一边无限放大内心的罪孽感，一边谴责自己，直到把自行车停到公寓楼下的停车场，把它和自己的车并排摆在一起。

好奇怪，它们真像。

并排摆着，就像一家人。

王子舟长长地叹了一口气。

之后两天，这种并排停放，不断地上演——虽然是她和蒋剑照一同骑车出游，但把车停好，就立刻显示出另一种意味。

停止这种想法，但我不想。

就算只是我的妄想也可以。

这种妄想，延伸到了每时每刻，变成了一种条件式的联想。

她无论走到哪里，只要碰到了触发点，都会想起她的辛德瑞拉。

辛德瑞拉没有来，辛德瑞拉却与我同在。

在山上，在寺庙，在集市，在博物馆，在商店街，在纪念品店。

譬如她在寺庙看到头痛御守，下意识地就想到辛德瑞拉日复一日、难以忍受的头痛，于是掏钱买了下来。

又譬如在纪念品商店，她看到一个亮闪闪的猫眼小铜铃，马上就想到辛德瑞拉车把上那只坏掉的车铃——它应该是淋雨生锈了，完全打不出声音，虽然在京都骑车几乎用不上车铃这种玩意，但她还是买了。

送不出去我也要买。

每到这时候，蒋剑照都要一逞口舌之能，编派她和陈坞。

她享用着这种编派，同时也承受着它带来的虚妄与失落。欣喜永远只属于瞬间，下一刻，就能辨识出它仅仅是幻觉。

在这种落差里，王子舟度过了自己二十四周岁的生日。

2019 年 8 月 22 日，二十四岁了。二十代即将过半，再也不能说自己二十出头了。尽管学业、工作都在有条不紊地推进，她还是生出了一种没着没落的虚无和茫然感受。

没着没落。

对着蛋糕，王子舟哇哇大哭。

蒋剑照说：“哭个鬼，你好歹马上能毕业了，我要是博士毕不了业连硕士学位都拿不到，我以后很可能就是个没什么鬼用的历史本科！二十四岁而已，你指望二十四岁能活明白吗？六十岁也不会明白的！”

王子舟说：“你仿佛是个老人家。”

蒋剑照说：“说得好，我其实是1965年生，现在五十四岁，未婚未育，已经退休，但我还是想不明白。我不打算想明白了，反正我们智人这个物种，早晚要灭绝的。”

王子舟听到这里就会破涕而笑。

蒋剑照经常这么安慰她。

智人总要灭绝，世道总会完蛋。

《悟净出世》里的沙虹隐士这么说，《帕洛马尔》在“帕洛马尔的默思”里也这么说，大家在试图想明白时，都生出过这种“自暴自弃”式的粗暴念头——它其实是把个体对未知的恐惧安置于超宏大的叙事框架之下，本质上是对消亡恐惧的一种美饰，带来的安慰与宗教相差无几。

可一想到这点，瞬间身心轻盈。

开开心心吃起蛋糕，坐等着时间虚淌而过。

二十四岁生日，是想不明白、也不打算想明白的生日。

陈坞说最近用不到车，让王子舟不必着急还，王子舟就真的没还。但蒋剑照的京都行程快到尾声，接下来要去奈良、大阪，自行车其实用不到了，王子舟遂打算在去奈良前把车还回去。

生日过后的这一天深夜，她一边洗漱刷牙，一边和蒋剑照商量去奈良的计划，正说道：“东大寺肯定要去吧？”

蒋剑照忽然从床上坐起来，大叫了一声：“我的天！”

王子舟吐掉漱口水："怎么了？"

"陈坞点赞了我发的朋友圈！"

"什么？"

"而且是昨天那条！"

"昨天你发了什么？"

"你过生日啊！"蒋剑照说，"你每年过生日我都会发朋友圈！"

"我知道啊。"

蒋剑照每年都要搂着她发自拍合照，有时候实在过生日碰不到一起，她还要把视频通话的页面截图。王子舟从来不玩朋友圈，所以随便她发，也懒得去深究她发了什么东西。

"你知道个鬼！"蒋剑照的手指在屏幕上戳来戳去，"你鬼都不知道！"

她嘀嘀咕咕，简直停不下来："我还以为陈坞和你一样，是干脆把朋友圈功能关了的那种人！结果他只是不主动发朋友圈！他早就见过你了，必然——他至少每年都要在我的朋友圈见你一次。"

王子舟乍然惊醒。

在池田屋吃饭那天，她说自己有个好朋友和谈睿鸣一个高中，陈坞立刻就定位到了"蒋剑照"——仔细一想，这根本不合理！他们那个高中每年考上J大的起码有几十号人，为什么只定位到了蒋剑照？

他在蒋剑照的朋友圈见过我。

知道我和蒋剑照是好朋友。

“天啊！”蒋剑照又说，“陈坞昨天发了朋友圈。”

“那又怎样？”王子舟握着牙刷傻站着。

“他之前从来没发过朋友圈啊！”蒋剑照分外激动，但马上又垂下脸，“发的这是什么？白纸吗？很多张白纸。他好晦气。”

“我看看。”王子舟凑上前。

发的确实是一沓白纸，但好像又不是普通白纸。

“不要管啦。”王子舟说，“人家的事。”

蒋剑照扔掉手机。

她盘腿坐正，看了一眼对面墙上的石英钟：“王子舟同学，马上就要十二点了，你现在想不想睡觉？”

“想啊。”王子舟说，“明天还要早起还自行车，还要赶车去奈良。”

蒋剑照将视线移向她：“但我觉得你早睡不了了。”

“为什么？”

“你现在去还车吧。”蒋剑照看着时钟指针道，“今天马上就要过去，留给你的时间不多了，十五分钟，够你换身衣服，跑到楼下，骑车飞奔出门，正好能赶上。”

“为什么？”

“哪有那么多为什么？！你们的生日只差一天！”蒋剑照大声道，“今天是陈坞的生日！你是8月22号，他是8月23号，你比他只大一天！只差一天，居然就是两个完全不同的星座！虽然星座在我看来简直是一派胡言，但我还是要说，这太玄妙了，差一天就不是狮子座，差一天就不是处女座——”

她还没说完，王子舟就换好了衣服。

出门前，王子舟拿走了那只金光闪闪的猫眼铜铃，揣进裤兜。

王子舟下楼的时候争分夺秒地给陈坞发了条消息：“你现在可以下楼来吗？我把车还给你。”

没有等到回复，她就骑上他的自行车，飞驰在京都昏暗的夜巷之中。

风声像进行曲。

急迫地捋过每一根刚清洗吹干过的发丝。

椰子味的。

她骑车拐进东竹寮前院。

喘息不定。

陈坞站在楼门口，身后是玻璃门内惨白的光，衬得他像是个面目不清的剪影。

王子舟推车过去，在他面前停好车。

仍旧喘息不定。

然后她从兜里摸出那只铜铃。

“你把手给我。”她喘着气说。

陈坞给出手心。

她把那只没有包装的铜铃放到他手心里——

金属表面还存留着她的体温。

“你的车铃坏了。”她抬眼小心翼翼地说，“生日快乐。”

他的目光似乎闪烁了一下。

像是什么东西要漾出来。

王子舟感受到了。

你现在是你吧？是你。

不是什么置身事外的旁观者。

王子舟抬头看他，他也洗过头，刚刚吹干。

她鬼使神差地说：“我想摸一下你的头发，可以吗？”

他明显愣了一下。

王子舟忽然往后退了一步：“对不起，我胡说的。”

她要逃跑。

他低下了头。

02

我们如何表达喜爱呢？

在没有语言之前。

也许包括触碰与抚摸吧。

王子舟抬起了手。

手指碰到对方发丝的刹那，她才明白，头发——

根本是没有什么实感的东西。

我想触摸的，也根本不是他的头发。

于是她将整面手掌都贴了上去，终于捕获到了一点点微弱的温度，可压根不够，远远不够，这与她想象的——完全是两码事。

她甚至不敢移动自己的手指，也不敢呼吸出声，只一抬眼，就撞上了对方下垂的视线。苍天啊，她想：我居然可以在他的眼睛里看到我自己，我的心脏简直要蹦出来了。

“我可以用两只手吗？”她得寸进尺。

陈坞有些吃惊。

但她已经伸出了另一只手。

他没有拒绝，因此王子舟的另一只手也贴上了他的头发。

王子舟屏住了呼吸，抬眼看着他。

原来你的头发，触摸起来是这样的感觉。在如此近的距离里，我闻到了秋天的爱媛柑橘的香气，还有一些刚洗完澡的热气，它们在夏夜里蒸腾、欢呼，大开派对，但只有我、只有我听得到。

原来这就是妄想的实体。

我的脸烧起来了，我宛若一介狂徒，我简直理智丧尽，我想，我好像明白了那种东西，那种想要更进一步的渴求，那种撕开皮肉咬住骨骼的疯狂欲望。

我被吞噬了，我只是那种欲望的奴隶。

我说不出口，我也行动不了。我只能把双手放在你刚刚洗过的、带着爱媛香气的头发上。管他时间过去多久，与我何干。我只是这么安放着、我不甘如此安放的双手。

我想做点别的。

别、别那样，求求你，王子舟，不要那样做。可以了，停下来，把你的手撤下来，跟他说再见，你还能算是一个好人。

那个一直反对我的声音不断地在我的脑海里响起，它喊我喊得好大声，它勒令我做一个发乎情止乎礼的好人！如果我做了什么，我就不是好人了吗？它凭什么这样评价我？我又凭什么听它的话？

王子舟眼眶通红。

辛德瑞拉，求求你，给我一点反馈。

不要像个木偶一样。

不，木偶不会呼吸，辛德瑞拉在呼吸，王子舟听见了他紧张的呼吸声。

原来你也会紧张。

王子舟觉得自己在发抖，像站在雪山上，立在寒风里——

我只要下移我的双手，踮起脚尖，就可以抱住他取暖，他也确实低头弯腰了，我可以——

我可以把下巴搁在他的肩膀上，贴着耳朵紧闭双眼，跟他说：“我好冷。”

我好冷。

我想要拥抱他，撕开这个人偶服装背后的拉链，把他的心脏剖出来，和我的心脏摆到一起。

你听见了吗？它们此起彼伏的跳动声。

在剧烈的心跳声里，我回过神，发现我的双手仍然只是停留在那没有什么实感的头发上。

你的眼睛注视着我，像一口井。

我趴在井边，望进去。

黑洞洞的一片。

在呼唤我："你要进来看看吗？"

好，我这就跳进去。

我这就跳进去。

双手妄图下移的刹那，十二点魔法生效了——

智能手表忽然发来就寝提醒，王子舟被那振动吓得缩回了双手，她惊愕地看了陈坞一眼，连道别的话也没说，就落荒而逃。

王子不像辛德瑞拉，王子连南瓜马车也没有。

王子只能靠自己狂奔。

就这么跑回了家。

她开锁闯进门，坐在黑洞洞的玄关里，沉默地喘息了一会，紧接着，号啕大哭。

铺天盖地的、巨大的空虚。

百般情绪像佛祖的五指山一样压下来，她比猴子还不如，只能龟缩在底下没用地大哭。

我的心，空落落。

连妄想都没了凭依，轻烟一般四散去了。

好半天，才响起一个声音。

蒋剑照走到厨房过道，看着缩在下沉玄关的她说：“你是十二点魔法消失后的辛德瑞拉吗？来，你坐到厨房来，这样比较符合你烧锅炉的灰姑娘身份。”

王子舟哭着说：“我是王子。”

蒋剑照气不打一处来：“哪个王子会这么窝囊地跑路？！”

王子舟抽噎着说：“我。”

蒋剑照忍不住薅起自己的头发：“你真是要气死我，辛德瑞拉都没跑，你跑个屁！”

王子舟哭得更厉害了。

她是所有版本的仙履奇缘里唯一逃跑的王子。

辛德瑞拉，你不要想着我了，你去追求你的幸福吧，窝囊的王子想道。

蒋剑照抓了包纸巾凑到她跟前，粗暴地擦她的脸：“你最好不要流鼻涕在我手上，不然我弄死你。”

王子舟吓得吸了一下鼻子。

她本来洗完脸就没来得及涂面霜，皮肤有点干，经眼泪和汗水一蜇，再被蒋剑照这么胡乱一擦，脸火辣辣地痛起来。

“不要擦了！”王子舟抢过纸巾盖住脸。

成年人释放情绪，自觉习惯了节制。现实感替代了那种无倚靠的虚空，眼泪这种东西一下子就停下来了。

蒋剑照不再管她，重新躺回了床上。

王子舟借着卫生间的一点光，重新洗了脸，换了衣服，最后也躺上了床。

她交叠双手，贴在自己的心口。

它好平静，此刻。

王子舟望着黑黢黢的天花板，倾诉欲遽增，干脆把自己对陈坞长久以来的窥探，一五一十地倒给了蒋剑照。

结果对方回了一句——

“我早就知道了。”

“什么？！”

“很明显啊。”蒋剑照说，“凡走过必留下痕迹，再说何止是我，你不会以为陈坞不知道你看过他的人人主页吧？”

“为什么会知道？！”

“人人网可以看到访客啊，傻子。”蒋剑照说，“如果有个人三番五次来造访我的主页，却总不和我打招呼也不申请加我好友，这很可疑好吧？”

“那你知道了为什么不揭穿我？”

“为什么要揭穿你？陈坞也没有揭穿你啊。”蒋剑照看她，“世上的事，如果统统都去揭穿，还有什么意思？很妙啊，你的心思，你构筑的世界。你通过他单方面的表达和自己的揣测建构了一个人物出来，而这个人我在现实中又恰好认识，这很奇妙，如果揭穿你，你的建构也会中断，一切都会随之崩塌。”

“你在那个世界很快乐，不是吗？”蒋剑照问她。

王子舟没有说话。

建构出来的世界，随心所欲，怎么可能不快乐？但这也让她意识到，她的一切喜爱与欲望，都只是虚浮不定的空中楼阁。

“喜欢是幻觉吧？”她忽然说道。

蒋剑照翻了个身，背对着她，说：“智人也是动物啊，天生受激素奴役，如果觉得被激素操控，那喜欢也好，爱也罢，当然都是幻觉。”

“是幻觉。”王子舟回味般地重复了一遍。

“但你大可不必这么想。”蒋剑照扯了一下毯子，“人与人接壤，如果都视作幻觉、毫无意义的话，那大家都做孤岛好了。”

“孤岛也很好啊。”

“有时候是吧。”蒋剑照说，“我们势必有想成为孤岛的倾向，但又不想沦为真正的孤岛，于是在岛上搭建机场，飞去别人的岛屿，迎接别人的到访——”

“智人是在聚落中生存的物种啊。”她接着说。

“是啊。”王子舟神思漫游式地附和着。

我总觉得自己是一个人，我渴望又惧怕和其他人接壤，建造机场设立出入境管理处，把它经营得井井有条，是件难事。

“怎么说呢，”蒋剑照忽然说道，“我对陈坞这个人的了解，都是一些肉眼可见的信息，就好像看到了那片岛屿上的树木、植被与溪流，但你不一样，你看到了那片岛屿埋在深海里的东西。”

王子舟吃了一惊。

蒋剑照翻过身在黑暗里注视她。

“我知道你看到了，只有那种东西，才能吸引到你。”

好不容易平复的心跳又澎湃起来。

海面上滔天巨浪。

我看见了吗？深埋在海面之下的那部分。

我只是感觉到了。

感觉有可能是真的，也可能是完全虚构的，所以我忐忑不安，只能先做一个逃跑的王子。

辛德瑞拉，你再等一等我。

这种人为的、强行的冷却，在睡梦里催生出了一种理智全无的狂魔——王子舟梦到了比摸头发过分百倍的事情，她也逐渐回忆起那个场景里，辛德瑞拉抬起的手。

他当时好像也想触碰我的头发。

是我的错觉吗？

分明他邀请了我跳进那口井里看一看。

我听到那个声音了。

那个声音在后来的旅途中，一直在呼唤着王子舟。她和蒋剑照在奈良、大阪待了三天，每天蒋剑照因为疲惫呼呼睡过去的时候，王子舟都辗转反侧，即便好不容易睡着，她也会在半夜被那个声音叫醒——

“你要进来看看吗？”

她在黑暗中打开手机，点开他们最后的对话。

王子舟：你现在可以下楼来吗？我把车还给你。

陈坞：好。

那天之后，他们再没有联系过。

辛德瑞拉在干什么呢？辛德瑞拉今天头痛了吗？辛德瑞拉的手腕还疼吗？辛德瑞拉的梦里……

也会有我吗？

不行，等回了京都，我一定要找辛德瑞拉面谈。

我要把所有的事情全部摊到桌面上，如果他觉得我是个变态，那我支持他去报警，把我抓起来。

这种英勇的情绪，在回程的时候到达了巅峰。

蒋剑照说："感觉你要去自首一样。"

王子舟承认得干干脆脆："我就是。"

到京都已经是晚上了，她和蒋剑照拖着箱子刚到家门口，手机忽然就急促地振动起来。蒋剑照接过她的钥匙，示意她先接电话。王子舟掏出手机，屏幕上显示——

曼云邀请你语音通话。

她和曼云是在鸭川三角洲喝酒那天互加的联系方式，之后就基本没有过联系。为什么突然找她？感觉好像很急切。

她心头忽然涌起不安。

紧张地接起电话，那边果然不太冷静。

"是我。"曼云说，"你在京都吗？"

"我刚回来。"

"你帮我个忙吧，我日语太差了，应付不来——"那边短促地停顿了两秒，然后是疲惫的呼吸声，“你来吧，在学校附属医院。”

王子舟握紧了手机，喉头发哽：“陈坞呢？”

“我联系不上他。”曼云沮丧地呼吸着。

“那医院里的是谁？”

“谈睿鸣。”

CHAPTER 12

〉夷魍〈

01

王子舟经历了一场深夜梦游。

现实断裂成碎片，拼接起来，宛若水中倒影，风一吹过，支离破碎，如梦似幻。一些远离日常的陌生日语词汇，从她口中吐露出来，那一刻，她好像不是自己，而是进入了一个虚构的故事里，发表着那些写好的台词。

曼云给她写好的台词。

她给医生翻译成了日语。

一切暂告一段落之后，王子舟眼睁睁看着曼云进入到濒临失控的状态。曾经那个散漫不羁的曼云好像被放逐了，只留下这个悬崖边上摇摇欲坠的男子。

她甚至觉得，他把她叫来，也不完全是因为外语障碍——他根本无法冷静地跟别人叙述，用日语不行，英语不行，哪怕中文也不行。

王子舟为了听懂他的话，费了很大的劲。

非要跟来医院的蒋剑照，甚至在旁边充当起了母语对母语的翻译。

王子舟产生了待在窗户紧闭的车船里、那种眩晕的感觉。

她终于知道，为什么谈睿鸣是夷魍了。

它连曼云都吞没了。

《小游园》里，唯一在夷魍到来时还能偶尔嘻嘻哈哈一两句的，只有那个厕鬼项天竺，可现在项天竺也垮了。

曼云一言不发地往医院外走。

王子舟心生不祥，蒋剑照马上推她说：“快跟上去！”

王子舟左右为难：“可这里……”

蒋剑照回她：“没事，这有我，日语不行我还能用英语。放心，谈睿鸣是我学长，他见过我，如果他醒了，见到我总比见到陌生人好吧？”

王子舟无可奈何地跟了出去。

在黢黑的夜里，漂流似的，从K大病院前门回到了东竹寮院子。不到一公里的距离，王子舟走得累死了——曼云腿长，且根本不管后面有人跟着，自顾自走得飞快，王子舟简直是跑着追赶。

他进门，她也进门；他上楼，她也上楼。

就在逼近那间宿舍的时候，王子舟捕捉到了曼云身上散发的火药味。

他哐当一下推开门。

直奔床铺而去。

月光从窗户倒进来，万物都铺上了一层薄亮白光，陈坞就坐在床边，没有开灯，没有开电风扇，王子舟只能听见异常沉重的呼吸声。

“为什么不接我电话？”曼云居高临下质问他。

“头痛。”他说。

“现在不痛了吧？”曼云说，“手机给我。”

“出什么事了吗？”陈坞抬头问。

“你说呢？”曼云低头看他。

他头发被冷汗浸湿，整个人似乎十分畏冷，说是坐着，更像蜷缩，短袖领口也都是汗。王子舟觉得他大概还没能完全从疼痛里逃出来，曼云却完全不顾他的处境，凶巴巴的，语气强硬且态度恶劣。

拜托，对我的辛德瑞拉好一点，王子舟在心里恳求道。

空气都凝滞了。

好半天，陈坞才说：“因为谈睿鸣吗？”

“因为谈睿鸣吗？！你怎么能用这种语气说出这句话的？”曼云几乎要把他从床上拽起来了，“像话吗？你还是人吗？你人到底在哪？！”

王子舟觉得陈坞就像个提线木偶。

脑袋和躯体一拔就要断开。

曼云揪着他。

放开我的辛德瑞拉！她在心里大叫。

可曼云就是不放，他愈发凶狠地说：“给我谈睿鸣家长的电话，我知道你有。”

提线木偶说：“你先冷静一下。”

“我、怎、么、冷、静？！”

曼云的声音近乎咆哮了：“每次送他去医院的人是我，是我！你干了什么？你只是去拆掉了他封窗的胶带、拿走了他的炭而已！我呢？你有没有想过我受不受得了？！你见过满地的血吗？你见过完全丧失意识的人吗？你见过吗？你知不知道我每次送他去医院是什么感受？为什么要在我跟前死？！”

提线木偶冷静地看着他。

曼云忽然松了手。

他自嘲地笑了一声，后退了一步。

王子舟听到了流泪的声音。

“为什么要替他瞒着？为什么就不能承认——”曼云深吸一口气，声音也忽然压到了最低，“他就是生、病、了。他需要看医生，需要吃药，需要停下来——”最后简直带上了哭腔，“停下来。”

宣泄而出的情绪，击在了蓬松的海绵上。

陈坞还是那样站着，观看这一切。

王子舟忽然觉得那平静的视线好冷。

“你先冷静下来。”他仍然这么说。

“冷静个屁！”曼云大骂，“你根本不是人。”

说完，曼云突然往外走，王子舟吓了一跳。她下意识要追上去，怀里却被陈坞塞了一个什么东西。她低头一看，愣了一下，随后跑着追上了即将消失在走廊尽头的曼云。

他走，她也走。

他上楼，她也上楼。

这楼梯间啊，真是又黑又窄，夷魍无处不在，连区区楼梯间都不放过。

就这么一路到了天台。

王子舟气喘吁吁。

她好害怕曼云脑子一热跳下去，遂小心翼翼地走过去，凑到他身边，闷声不吭地也伏在栏杆上。

视野里是河对岸的低矮公寓，零零星星亮着灯。

好灰暗的夜景啊，灰暗得可以看到头顶的星星在闪烁。王子舟东看看西看看，上看看下看看，就是不说话。好半天，曼云突然瞥了她一眼："你上来干什么？"

"看星星。"王子舟说。

"谁准你上来看星星？你是寮生吗？"

"就知道凶别人。"王子舟松了一口气，"我偏要看。"

夜风好潮湿，慷慨地滋润因怒气而干裂的脏腑与皮肤。

王子舟敏锐地感知到，那种怒气逐渐消散了，但夷魍仍然盘踞在头顶，压得人喘不过气。她叹了口气，小心地说："可以和我说说看吗？"

"说什么？"曼云有些不耐烦。

他的话带了鼻音。

黑暗中，当然辨不清脸，但王子舟闻到了眼泪的咸味。

她抬头看看，仿佛与夷魍对视了一下。

“说说夷魍吧！”她说，“还有陈坞，你们怎么认识的。”

“紧急联系人。”曼云沉默了半天说道，“谈睿鸣的紧急联系人，我打了那个电话。”

“那个紧急联系人是陈坞吗？”

“对。”

“为什么打电话给他？”

“因为送谈睿鸣进了医院，我想要联系他家里人。”曼云说，“我就打那个电话，一开始没人接，一直打到晚上十点多，才终于有人接。我还想，什么工作啊，忙到电话都不接——”他说着忽然嗤了一声，“想起来真是好笑。”

王子舟歪头看他。

曼云说：“我问他，你认识谈睿鸣吧？他说，是。我又问，你是他什么人？他说，朋友。我说，只是朋友？他说，是。我说，可你是他的紧急联系人。他没说话。我又问，你知道他精神状况不好吧？他反问我，他现在怎么样？我就说，还没死，你来学校一趟吧。他说，我不在北京。我说，那你飞过来啊！他说，我要考试。我说，搞什么？考试？考试有人命重要吗？挂科再补就是了，你大几啊？他说，我高二。”

说到这里，曼云冷笑道：“高中生，不接电话是因为在上晚自习。”

王子舟觉得好笑又难受。

曼云发泄似的说："真的气死了，谈睿鸣的紧急联系人竟然是个高中生，小屁孩，我真的要疯了，那时候我就想，这个烂摊子，我必接无疑了。"

"烂摊子？"

"后来他告诉我，谈睿鸣高三状态就非常不好。他跟谈睿鸣说：如果你下次再有这种危险的念头，告诉我就好了。托他的福，谈睿鸣顺利毕业去了大学，嘿——"曼云咬牙切齿，"来祸害我。"

王子舟安安静静地等他说。

"谈睿鸣大一的时候很糟糕，那时候我也很糟糕，大家都一团糟，你懂吗？我们像扁舟一样被扔进海里，被浪头击翻了——"

王子舟点点头。

"自顾都不暇，所以我根本不想管其他人的事——"曼云皱起眉头，"可他非要让我看见这种事，那我怎么办，我能放他不管吗？我能把他扔回给那个高中生，让高中生给他做心理辅导吗？高中生每晚十点多才上线！该死的晚自习。"

他恶狠狠地说。

"就那样挨过了四年，浑浑噩噩的，不清不楚的，我们三个人——"曼云转过头来看王子舟，"瞒着家长、瞒着老师、瞒着同学、瞒着所有人。"

"为什么不能告诉其他人？"王子舟小声问道。

"其他人会信吗？"曼云冷笑，"你还能考试，还能写作业，还能去参加学会，还能发文章，你说你心里生病了，会有人信吗？

你不要身在福中不知福，你是不是太敏感、太矫情了？”

“情绪是最不重要的玩意。”曼云说，“不值一提，它没办法被量化，也不可能有成绩。”

王子舟贪婪地呼吸湿润的空气。

曼云又说：“你知道谈睿鸣的情况吧？家境不错，长得不错，脑子也挺好用，父母很和善，老师全都小心翼翼地捧着他，最好的朋友——”他特意强调，“陈坞也毫无底线地包容、接纳他。你随便代入一下吧，如果你是谈睿鸣——”

如果我是谈睿鸣。

王子舟又仰起头，注视停留在空中的夷魍。

你是不是在哭啊？她鼻腔里充盈着眼泪的气味。

曼云说：“没有糟糕的家庭关系，没有校园暴力，一直在小心呵护中长大的你，为什么会变成这样？你连外部都没法归咎，只能说——

“是我的错。

“我的问题。

“是我不行，才会这样。

“我没有办法跟其他人解释这一切。

“我只有你们，求你们也不要告诉其他人。”

那眼泪的气味，好窒息。

王子舟感觉头顶下起暴雨。

我连伞都没有啊，谁能给我一把伞。

我不想被淋湿。

救救我。

“他来京都这次很开心，我还以为——”

曼云没有说下去。

雨太大，我们都被淋湿了。

站了好久，我们在天台，望着京都低矮的天际线，站了好久。

视线，名为期待的视线，王子舟反复地想起它。

外部确实没什么可归咎的，外部只是用期待的视线注视着你，甚至是温和的、带着盈盈笑意的。

我们只是希望你好。

可我不好。

我糟透了。

视线，视而不见。

02

王子舟想到了一首诗。

她问：“你知道高村光太郎的《梅酒》吗？”

曼云没说话，她又说：“《梅酒》收尾有一段——”

她念起来：

“あはれな一個の生命を正視する時、

“世界はただこれを遠巻にする。

“夜風も絶えた。”[1]

夜风真的停了，臆想中的雨好像也停了。夷魍呢？王子舟抬头一看，它还在那里。

我们正视夷魍，世界静观我们。

“只要谈睿鸣在那，”曼云也跟着抬头看了一眼，忽然说，“哪怕我难过、歇斯底里，我都觉得没有关系。谈睿鸣这些年就像警示线一样横在我面前，我只要自觉还没有走到那个地步，就能确认自己是安全的。很卑鄙吧？我等于是踩着那条警示线走到了今天。”

他的声音近乎颤抖。

王子舟没有接话，她觉得对方这时候需要的只是擦眼泪的纸巾，于是低头从抽纸盒里连抽了好几张递给他。

曼云吓了一跳，他偏头一看，对着那一大盒纸巾大叫起来:“你上天台就上天台，怎么还会带这种东西上来？！”

王子舟一脸无辜：“陈坞塞给我的，他觉得你肯定要哭吧。”

曼云忍不住咬牙：“这人可真是……”

王子舟问：“怎么了嘛？”

曼云愤愤道：“他不是人。”

王子舟也说：“他不是人。”

“干吗学我说话？”曼云瞥道，“你懂个鬼。”

---

① 引自高村光太郎的诗歌《梅酒》，大意为：“正视一个悲哀生命之际，世界只能远远地围坐静观，夜风亦绝止。”

“我懂啊。”王子舟说。

她抱着那盒纸巾，沉默了一会，叹息般说道：“他在旁观我们，旁观所有的事，包括他自己。”

曼云明显一惊。

“你怎么知道？”

“感觉吧。”王子舟说，“没有人会在刚才那种情况下，给我塞一包纸巾，仿佛之前被你揪起来骂的人不是他一样。”她顿了顿，又说，“我时常觉得他坐在我面前的时候，只有那具身体是坐在那的，他的意识好像飘浮在半空，注视着自己和我。他是不是真的很冷漠？”

“那是他保全自己的策略。”

王子舟仰头看他。

曼云道：“不然你以为他怎么能做谈睿鸣将近十年的情绪垃圾桶？换成一般人早就崩溃了好吗？可他不会，全世界都去寻死，他也不会去死。”

王子舟想起蒋剑照说的，他被叫去办公室罚站一下午，仍能若无其事去买晚饭的事。

他根本拒绝了那些情绪对自己的伤害。

只要我远离自己。

我成为我自己的旁观者。

这种跳脱，这种跳脱——

曼云说：“你知道布洛的心理距离说吧？”

王子舟摇摇头。

“这理论有一个经典的例子，叫海上的雾[②]。”曼云扭头问她，“你现在在船上，船在海上行驶，遇到了超级大雾，你什么感觉？”

“害怕？不安？”王子舟将自己投入到那个情境里，悲观地回道，“感觉要遇难了。”

“可如果你现在不在那艘船上呢？”曼云又问，“大早上的，你正和爱人一起轻松地散步，远远地看到海面起雾了，什么感觉？”

“嗯……”王子舟蹙起眉，“雾真浪漫，真漂亮？”

“对嘛，明明都是海雾——”曼云说，“但只要不在那艘船上。”

只要不在那艘船上。

海雾也好，风暴也好，与我何干。

保持距离，它只是别人的事，我甚至会觉得它具备美感。

我做一个旁观者就好。

“他什么时候变成这样的呢？”王子舟困惑不解，“这是有意识练就的生存策略吗？”

“怎么可能？谁能那么早就有意识地训练自己？最初肯定是无意识的。”曼云瞥她，“你知道他童年日子过得还不错吧？在乡下。”

“我听蒋剑照说过一些。”

② 参见布洛《作为艺术因素与审美原则的“心理距离”说》，载《美学译文》第2辑，中国社会科学出版社1982年版，第93页。

“也许是童年过得太自洽了吧。”曼云说，“和之后的生活落差太大。他封锁了那些童年阶段获得的东西，知道那些东西是真正的自己，之后则只是无意识的角色扮演——离开祖父母，来到父母身边生活，他开始扮演一个好学生、好儿子。他们批评他，对他有所期待，也只是针对这个身份的，与真正的那个他无关。”曼云叹了口气，“真正的他，不对这些事情投入任何感情。”

“你这样说我好害怕。”王子舟忽然接道。

“很正常，谁听了都会觉得这是个精神病患者。”曼云闭上嘴，自鼻腔逸出肺部沉积的废气，他停顿了很久才说，“其实也没那么严重，很多修行，都需要跳出来观照自己，本质上跟这种行为差不多。但享用了这种行为带来的超脱与冷静，也势必要为之付出代价。”

“你想说的代价，是解离吗？”

“不，这种观照意识的发生只是意味着他具备解离的潜质，其实人人都有这种潜质，我们很多人都在有意无意的情况下离开自己、观看过自己，并不是说有这种行为就一定会发展成精神病，但是……”

曼云皱起眉，甚至抬手揉了揉太阳穴。

“你想象一个杯子好了。”他忽然说，“一直放在地上的杯子是不是很安全？但如果这个杯子一直悬在半空，你把他拽下来，他会全部碎掉的。当他被拽回地面的时候，他势必要遭受更大的痛苦，他比放在地上的杯子脆弱得多。”

“我明白了。”

王子舟回想起了那些零星的片段。

他的闪烁，他的惊慌，因为他已经意识到——自己摇摇欲坠。

我在拽那只杯子。

而且拽动他了。

他恐惧我。

我给你铺张海绵垫吧，辛德瑞拉。

我想要你下来。

你别怕，我会接住你。

曼云乜她：“你是不是在琢磨怎么接住他？”

王子舟一怔：“你怎么知道？！”

曼云问：“你很喜欢他吗？”

王子舟咋舌。半天，她问：“很明显吗？”

曼云瞥道：“很明显吗？亏你问得出口。你跟我说话的时候，注意力全在他身上。我看你坐在我面前的时候也只是个躯壳，大郎不必笑二郎，你们都是一路货色。”

“一路货色是贬义词！”王子舟抗议道。

曼云喜欢看她跳脚：“我偏要这么用。”

王子舟不甘示弱：“刚才不知道是谁在哭哭啼啼！”

“你才哭哭啼啼！”

“你好幼稚！”

“你最幼稚！”

“反弹！全部反弹！”

曼云气笑了。

王子舟说：“你现在好了吧？”

曼云扭头望向别处：“好什么好，住口吧你。”

王子舟趴在栏杆上，望向远方，忽然问道：“你为什么不喜欢自己的真名啊？也不难听，要我说，从寓意看，比曼云还更好一点。”

“你去查我！”他咬牙，“你可真是个偷窥狂，变态。”

“我只是不小心看见了！”王子舟底气渐弱，“然后查了一下。”

“那你就是变态。”

“我是变态。”王子舟低头说，“对不起，我罪该万死。”

“你怎么能用这么诚心的语气说这种话的？”曼云瞥了她一眼，“真是大傻子。罢了，放你一马。”又问，“你查到哪了？”

“查到百科词条就没往下看了。”她老实交代。

“往下也没有了。”曼云自嘲似的冷笑。

王子舟警觉地抓到了那种厌恶。

他讨厌那个百科词条。

很简单的词条，像是从新闻里自动抓取生成的，只有一句话——某某某，2011 年某省某县高考理科状元。

高考状元，真是了不起，但也只是那一瞬间的闪耀。

在曼云眼里，这词条根本不是什么旧日荣光，而是行刑柱。

他的名字，被绑在那上面，被油淋，被火烧。

他什么都没说，王子舟竟然理解了那种心情。她明显感觉到话匣不对，竭力地想要挽救，于是两眼一闭，说：“好吧，真的对不起，作为补偿，我也告诉你我最讨厌的一件事好了。”

曼云说：“你跟我共享这种东西不合适吧？你不如留给那个人去说。”

“不要。”王子舟很固执，“他不会懂的。”

“那你真是小看他。”曼云不以为然地弯起唇角，“你是不敢和他说吧？”

“确实，我们还没亲近到那个地步。”

“我们也不亲。”

“我们不一样嘛。”

“是，你根本不在乎我，所以可以乱说一通，对吧？”

“对。”

“对个鬼！我看你要气死我。”

王子舟不管他，自顾自问道：“你觉得我的名字怎么样？”

曼云斜眼：“不怎么样，还行吧。”

王子舟又问：“‘子舟’感觉怎么样？”

曼云不耐烦起来：“你非要别人说声好是吧？”

王子舟却别开脑袋，说：“好个屁。”

曼云被她突如其来的粗口吓了一跳。

她说：“子舟、子舟——儿子坐着船就来了，就是这个意思。”

说完，她扭头看曼云。

曼云的脸仿佛僵了。

空气也凝固了。

夷魍在头顶盘绕不散。

“你——”曼云的声音顿涩得反常，“有弟弟吗？”

“没有！”她眼睛里似乎装满恶意，“他们想要的就是得不到！怎么样？就只有女儿，儿子就是不会坐着船来的！叫子舟也没用！”

曼云第一次在她眼里见到那种东西。

发自真心的，藏在黑黢黢的角落里，可怕又熟悉的厌恶，令他畏惧令他生寒的，那种厌恶。

“你一定很讨厌他吧？”他不安地问。

“讨厌死了，哪怕他不存在！”王子舟恶狠狠地说，“你知道？我叔叔伯伯舅舅姨妈家里都是儿子，只有我家是女儿。所以他们觉得，我只有比我的堂哥表哥堂弟表弟都要更努力更优秀才行。如果我确实不错，那他们就可以理直气壮地说——看吧，女儿也不赖！如果我不行，那我就完了，他们就会觉得——女儿果然就是不行，因为是女儿。”

因为是女儿。

所以背负了更大的期待。

喘不过气，王子舟大口呼吸。

“不错吧？”她扭头看曼云，“比你那个百科词条。”

“你故意的吧？”曼云乜她，“你明知道我有姐姐。”

王子舟没料到这一出，她说不出话。

“她也讨厌我讨厌得要死。”曼云盯着她，声音忽然就冷下来，“她的名字可比你的要赤裸百倍千倍，连我看了都觉得恶心的那种名字。”

“曼玉……”王子舟声音一哽，“果然不是真名啊。”

她小心翼翼地看曼云：“你叫曼云是因为她想改名叫曼玉吗？”

曼云转过身去，望向远处。

王子舟抽了一张纸巾递过去。

“你烦死了。”曼云推开她的纸巾，“你和陈坞一样烦，不，你比陈坞还要烦，你们都是吸人心血的死妖怪。”

“对不起。”王子舟低头说。

“你有什么可对不起的。”曼云小臂撑在扶手上，支起瘦削的肩，鼻息十分沉重，“不止曼玉，我还有一个姐姐。”

“啊？”

“送走了，在我出生以前，曼玉告诉我的。”

“啊？”

“不知道去哪了。”他自言自语般重复了一遍，“不知道去哪了。”

“啊？”

“啊你个头啊！”曼云忽然转过身来，“这有什么可‘啊’的，你没听过这种事情吗？连生两个女儿，又想继续生，就——”

他骤吸一口气，随即咬牙：“我连身份证上的出生日期都是假的！我整个人就是假的！根本就不应该存在！所以那个名字跟我有什么关系？！”

王子舟把最后一声“啊”吞进了肚子。

她张了张嘴。

他又说：“当然了，那狗屁百科词条也是——跟我有个屁关系！”

他对着天台外的虚空说：“去他的百科词条！”

王子舟咽了咽口水。

她也鼓起勇气骂道：“去他的王子舟！”

气球“嘭——”地炸掉了。

莫名其妙地笑起来。

曼云说：“你骂自己干吗？”

王子舟说：“我傻呗。”

曼云说：“真可笑。”

王子舟也说：“真可笑。”

沉默了很久。

厕鬼大王忽然豪迈地说道：“我们结拜吧！”

“啊？”

100

CHAPTER 13

对决

01

谁要和厕鬼结拜啊！

王子舟大呼“才不要”，最后还是被曼云提溜到了陈坞跟前。他对陈坞仍然没有好脸色，公事公办地说：“通报一下，我们是即将要结拜的关系。”然后撇下他们两个说道，“我回医院了。”

曼云一走，空气都凝固了。

宿舍还是没开灯，王子舟知道丛集性头痛发作时会畏光，于是问他：“你头痛好些了吗？”

“好些了。”他说。

他换了一件短袖，头发也吹干了。

王子舟又闻到了爱媛柑橘的香气。

我和曼云在天台被夷魍窥伺着，你居然去洗了头，换了衣服，你可真是置身事外的辛德瑞拉啊——有些羡慕，又有些担心。

摇摇欲坠。

王子舟看到了那只飘浮在半空的杯子。

上次落荒而逃后，她就再没和他说过话。本来预想着回来摊牌，谁知道又碰上这样的事，所有的计划都打乱了，旅途中好不容易积攒起来那份孤勇，也在这个夜晚被彻底冲散了。

“很荒唐吧？”她说，“结拜这件事。”

“不会。”他说，“曼云不是那种四处结交朋友的人。当然，你也可以觉得他是一时脑热，不予理会。但这毕竟不是着急的事，没有必要立刻下结论。”

“嗯。”王子舟应了一声。

“抱歉，把你牵扯进来。”他又说。

“是曼云打电话叫我去帮忙翻译。”她回道。

“猜到了。”他应道。

又没话了。

我的辛德瑞拉啊。

你可真是一个寡言的灰姑娘。

“你没有什么要对我说的吗？”王子舟问。

他张了张嘴，欲言又止。

王子舟感知到了那种“刻意保持距离”的意味。

她盯着黑暗中那只悬浮的杯子，真想一把拽下它来，可她不能。

干站着不动，必然毫无建树，于是她主动开了口：“可我有很多话想要对你说——”

那只杯子晃动了起来。

“我看见你很久了。”她平静地说。

我站在你岛屿入口的管理处，把护照本放上通关柜台，本来预备了一箩子的话术，想要说服关员，但我一眼瞥见了站在关内的你。

你就站在那里，我何必再说那些废话呢?

我看见你，很久了。

我确定你听得懂，也知道你听懂了——那只杯子剧烈地摇晃着，水从里面漾出来。

小心啊，辛德瑞拉，你的管理处关员看见我和你说话了，甚至看到你不慎把水洒在地上的滑稽模样，他随时可能会在我的护照本上敲登陆章。

“你看见我了吗？”她又问。

“看见了。”良久，他回道。

王子舟深吸一口气：“什么样呢？”

我真的好奇，你看见的我是什么样子。

“不协调感。”杯子说。

像是虚空中传来的声音，王子舟吓得跌坐在了管理处地板上。头顶是刺眼的聚光灯，仿佛突然被拽上舞台，根本不知道自己要表演什么，底下却是黑压压一片人头，全是观众，已经开始热烈地鼓掌。

报幕员躲在暗处观看她。

我整个躯体、整个身心，都不协调，他们却要求我跳舞。

要好看的、姿态优美的舞。

我只好穿着破破烂烂的舞鞋，用好不容易学来的蹩脚技术，勉强应付这个光怪陆离的舞台向我递出的要求——

满头大汗，满头大汗，脚尖磨出血来。

台下的人一无所知地鼓掌。

报幕员走出帷幕，在我面前蹲下来，查看我血淋淋的脚和满头满脸的汗，说：“你很努力地在跳，假装自己动作流畅、优美，可你好不协调。”

可你好不协调。

就像帕洛马尔先生在动物园见到的那只奔跑的长颈鹿，乍一看很自然，细细拆解到每一个部位、每一个动作，却是那么不协调。

我现在就是那头奔跑的长颈鹿。

我在动物园跑了千遍万遍，每天都在跑，只有你看见了我的不协调。

还好我躲藏在黑暗中，你看不到我的反应。

王子舟大口地呼吸。

我们之间，有一米的距离吧？就保持在这一米的距离为好，我现在需要充分的冷静，不然我很可能会下令砍了你这个大胆谏臣的脑袋。

居然敢说我不协调。

可我深呼吸到第五下的时候，心底漫上来一种喜悦。

智人真是矛盾的物种。

恐惧被看见，又渴望被看见。

我害怕你发现了我的蹩脚，且为之愤怒，可我又感到震颤般的、无与伦比的兴奋——

哪怕亲近如我的家人，他们都没有意愿、也没有能力看到我的不协调。

可你看见了。

你知道我为了表演协调有多辛苦，你知道我藏在舞鞋里的鲜血。

你把手伸过来，想仔细地查看它。

不，不行，现在不行。

我讨厌那种近乎怜悯、体谅的心情。

手机发出短促的“嗡”声，随后“嗡嗡嗡”，一连几条。

是我的吗？好像是，又好像不是。

双方都拿起了手机。

原来我们的手机都响了。

屏幕上是一连串的群聊消息。

蒋剑照拉了个群，把他们都塞了进去，群名是“猪猪大队（4）”。群成员有四个人：蒋剑照、陈坞、王子舟和曼云。

曼云：为什么叫猪猪大队啊？

蒋剑照：因为我们都属猪。

曼云：我比你们大两岁！

蒋剑照：少数服从多数。

曼云：少数反对。

蒋剑照：反对无效。

王子舟捧着手机，从出入境管理处、舞台、动物园，辗转回到了现实世界。

她回了一句：“你们都在医院，为什么非要在手机上聊？”

曼云：还不是聊给你们看！

蒋剑照：怎么还不来啊？王子舟我们需要你！

王子舟：来了来了。

蒋剑照：陈坞你不来吗？

王子舟抬头看看对面的人。

陈坞也回了两个字：“来了。”

“走吧。”回完消息，他对王子舟说，“刚才蒋剑照给我发过消息，说没什么大问题，洗了胃留院观察两晚就可以了，不用太担心。”

“你有过担心的时候吗？”王子舟看他锁门，忽然问道。

陈坞的动作倏地停顿。

“有过。”他拔出钥匙，转过身看她。

“什么时候？”她问。

“给你写留言的时候。”他说。

“那个共享文档吗？”

“是。”

王子舟想起来，那天她收到“风格指南”的邮件，气得暴跳如雷，在共享文档里写了一长段克制的赌气话，随后他小心翼翼地回了一句“抱歉，请按照您的想法来”，而她看见那条留言，已经是三天之后，期间她什么回应也没给。

“担心什么？”她问。

走廊里没人了，黑灯瞎火的，近在咫尺，可以听到彼此的呼吸声。

“担心……”他开口，又停下来呼吸。

鼻息声很清晰。

紧张的、不安的。

我真想戳穿你，王子舟想，可我沉得住气，我怕你摔碎了——我可真是个了不起的大好人，我暂且放过你。

她先行一步，甚至回头催促：“快走吧。”

于是一起蹚入夜色之中，漂流去往医院。

途中也不是没话可说，但各怀鬼胎的时候，没有一句话是有价值的，王子舟也并不想在被夷魍盯上的今晚搞决斗。

“一会你和蒋剑照先回去吧。”他说。

“回去也没别的事。”王子舟瞥他，“我考过医疗翻译协会的志愿者认证，还是留下来比较好。”

为数不多的得意，浪费在这种时候。

我真是努力地舞动着我不协调的躯体。

你一定在笑话我，想看看我流在舞鞋里的血到底攒了多少，等着吧，陈报幕员。

夷魍好像离开了，那种梦游般的不真实感也随之四散，情绪的发泄告一段落，接下来只是处理各种事情。

人终归还是活在事务之中。

在这些共同处理的事务中，王子舟也具体地理解了陈坞所谓的“置身事外”是怎么回事——可以粗暴地说他理性，甚至可以批评他冷漠，但王子舟清楚，他的触角反而是异于常人地敏锐，如果真的逼迫这只杯子，叫它贴到地面上去感受每一件事，那也太残忍了。

敏锐是一种惩罚。

因为敏锐，所以对一切都敏感，完全放任自己跌入世内，就是灾难。

凡人脆弱、有限，未必承受得起。

王子舟仔细揣摩着那个微妙的平衡——我并不是想逼迫他承认这么多年的旁观是错的，也没有意愿让他剥开自己、贴到地面上去感知每一件事。

我想让他感受的，到底是什么？

琢磨了好几天，王子舟也没得到答案。

她连那个海绵垫也没找到。

说好的要接你下来，我却没做到，我可真是一个夸下海口的骗子。

谈睿鸣出院后，曼云和陈坞没让他回酒店，反而把他接去了破破烂烂的东竹寮。蒋剑照要去看几个博物馆的展，独自坐上新干线去了东京。王子舟的生活一下子被腾空，又恢复到以往的安全状态。

无非是写论文、译稿、看书、跑步、吃饭、睡觉。

其间她都没有联系陈坞。

但她明显感觉到了不同，那种忍耐——

和之前根本不是一个量级。

不知道你是怎样，反正，我为了克制自己联系你，付出了巨大的忍耐力。

熬过去的每个早晨，每个空下来的时刻，每个入睡前的叹息瞬间。

我简直像在做什么修行。

但我也知道，我总得站上那个台子，和你来一场决斗。

决斗日，在那个天气预报说要下雨的午后，到来了。

暴雨要来之前，天气格外闷热。王子舟去研究科的图书馆找资料，她停好车，一反常态地扫了一圈周围其他自行车，然后就看到了它。

她曾经骑着它，游晃于京都的大街小巷。

它的车铃生锈了，打也打不了。

为此她买了一个金光闪闪的猫眼铜铃，在它的主人生日那天，放到了人家的手心里。

那只猫眼铜铃啊。

它如今稳稳当当地被固定在车把上。

买了东西，就是要用嘛。

可是，它被一个透明的塑料袋子遮挡住了光芒。

我的辛德瑞拉，为什么做这种事啊？王子舟站在露天停车场里，简直哭笑不得。

陈坞拿塑料袋把猫眼铜铃罩起来了。

今天要下雨，淋了雨会生锈的。

生锈了，就坏了。

我给你穿上雨衣，请你不要生锈。

好不好?

02

我的对手，他一定在这栋建筑物里。

王子舟展开了搜索。

此刻她简直是一头训练有素的警犬，能从空气里辨别出微妙的不同、捕捉到那种痕迹。从资料室出来，穿过长长的走廊，到楼梯间，一层一层盘旋着往上走。

为什么这么走?就是感觉，只是感觉。

窗外夏蝉在雨前哀鸣，撕心裂肺地喊：“别下雨，别下雨，我要淋湿啦！”可骤起的大风却毫不怜惜地摇晃树枝，涌进楼梯间的狭小窗户。

天色也暗下来。

王子舟闻到了尘土和青草混杂在一起的腥气。

爬啊爬，气喘吁吁。

楼梯真长，我要去往哪里呢?就这样来到了无人的顶楼，在墙的夹角，看到了我的对手。他蜷腿坐在那里，紧闭双眼，头挨着又冷又硬的墙，汗从鬓角淌进领口。

疼痛啊，逼迫我们忍受，又唤起我们对存在这件事的知觉。

他这具躯体的存在，在疼痛到来的时候，是那么地明显，那么地无奈，那么地脆弱，那么地不堪。

王子舟停下来，低头看他。她去查过资料，了解过这种疼痛，有人给这种疼痛打分，夸张地打到了 12 级，她想这一定是男人打的分，他们不知道生孩子有多痛，就敢把区区头痛评分打到爆表——VAS 打分最多才到 10 级，还能痛到哪里去?

她通过文字这种介质与它打照面时，确实觉得不可理喻，但此刻她注视着它的发生，忽然就理解了那些描述——

有人用锋利的冰凿子，在凿我的脑子。

持续不停地，我大叫着“停下来”，可它就是不肯住手。

如果悬崖在我的脚边，我会毫不犹豫地跳下去。

因为持续，因为每一天几乎都会到来，因为憎恶与恐惧，因为意志力被不断消耗，所以才有了发泄式的 12 级爆表评分。

它太冷酷太无情，它毫无由来地惩罚我、折磨我。

哀求一点用也没有，我真想让意识离开我的身体，好彻底地抛弃、旁观这种疼痛，但我做不到，我被囚禁在这具身体里，这一刻，我被拽回了地面。

我只能与我的身体，共同承受。

王子舟仿佛看到了那只杯子，被用力摁在粗粝的地面上，碾出一道又一道的划痕。原来你并不是一直飘浮在半空，发作期的你，每天都要被名为疼痛的暴君拽下来。

那还要海绵垫干什么？你已经伤痕累累了，你现在就在地面上。可这不是我要的那个地面，疼痛只想让你感受疼痛，我想让你感受的，不是那种残酷无情的东西。

王子舟忽然觉得自己是个冷眼旁观的禽兽，这个时候居然还能想这些。

我就是产房外的那个丈夫。

一边心疼，觉得你好痛苦；一边又庆幸，还好不是我，顺便再想些别的事。

人心真是卑鄙。

可我还是想在你身边坐下来，把我的肩膀借给你——比冷硬的墙体，总要好受些吧？王子舟没打算征求他的意见，因为她知道这种头痛发作时畏光、畏声，因此最好连话也不要说。

她直接坐了下来。

然后想到了一个词，叫乘虚而入。

古典神话里，凡人趁着仙女洗澡偷走衣服，让仙女不得不留下来。她一直以来都讨厌这些故事，可她现在几乎是在干一样的事。人真是容易在道德上高看自己，王子舟想，如果仙女这会就在我面前洗澡，我能忍住不偷走她的衣服吗？

报警吧，把我抓走吧。

我只是一个乘虚而入的奸贼。

我揽过了他的头，我们依偎在一起，我甚至抓住了他的手。

他的头好沉，我可以感觉到他的呼吸，闻到洗发水的味道，听到血管的搏动，以及冰凿子砸下来的声音。

疼痛席卷到我了，忽然间，我也感受到痛苦。

在每一次的脉搏、呼吸里。

我没法置身事外了。

闪电闯进来，雷声也轰隆隆地炸响，阴云蔽日，楼梯间昏昧不明。在这个角落里，我做了我一直以来想做的事——捋开你汗湿的头发，捂住你紧闭着的眼睛。

你看我，多么守信。

我真的来井底看你了。

你独自守在井底，很久了吧？

我带着另一个世界跳进来，给你看一看。还不错吧？另一个世界。人们都爱说救赎，但我不爱那么说，我不是来搭救你的，我只是来看看你。

你记住我怎么来的，你哪天想出去，自然可以顺着我来时的路走出去，不必一直守在井底，守着那些被你长久封存的痛苦。

我不小心看了一眼——

那些痛苦也没有被完全封好嘛，封条被撕开过。

离谈睿鸣那么近的时候，你也被那种痛苦席卷到了吧？如果你没有品尝过它的滋味，夷魍这个角色怎么也不会出现的。

夷魍就是你执意要封存、但自己挣脱出来的怪物。

夷魍其实是你。

你的睫毛，有点扎手。我捂着你眼睛，手心里积累着奇妙的触感，湿润温热，还有一点点的颤动着的，扎手。

你畏光，我就帮你遮去光。

再忍耐一会，我们一起等那个暴君离开。

等它走了，我们再决斗。

外面的雨倒下来了，世界潮气翻涌、不得安宁，王子舟却在这个楼梯间度过了异常平静的二十分钟。这期间，她不断地问自己：我想要他感受的，到底是什么呢？

是一种温暖的、和善的，从心底里托出来的珍贵东西。

这一刻，王子舟第一次真实地感觉到自己是个不错的人，不用管那些狗屁证书、狗屁分数，也不用在意那些视线与评价，只是发自内心觉得——

我还不赖。

我心底里的这份东西，就很不赖。

当这种信心达到了巅峰的时候，她感受到，紧挨着她的痛苦退潮一般地平息了。

暴君好像离开了。

又静静地待了一会。

真好啊，王子舟想，辛德瑞拉离我这么近。

是时候了。

她移开自己的手，他睁开眼。

我想要他感受的，到底是什么呢？

我想要他感受的，是我。

这一场决斗，我志在必得。

“你——”他哑着嗓子开口。

王子舟侧过身体，打断他：“把手给我。”

他把手伸出来。

王子舟麻利地解下自己的智能手表，戴到他手腕上，扣好、解锁，点开测量心率，像个勇士一样说：“从现在开始，我想要你感受我，可以吗？”

陈坞的眼眶完全是湿润的，他张了嘴。

不想等了，王子舟吻了上去。

比想象中柔软，比想象中凉——这让她产生了莫大的虚幻感，仿佛置身梦境，急需掐自己一把才能辨别，于是她动用牙齿，一点一点地碾过了对方的下唇。

我可真是一头野兽。

还好把智能手表摘了，我可不想让它记录自己这段异常澎湃的心跳，简直让人羞愧不安——仿佛被指着鼻子说，看吧，你简直发狂了。

我管你感没感受到，我反正感受到了。

王子舟迅速撤离了战场。

我真怕干出什么更奇怪的事，我需要冷静。

这什么狗屁决斗。

心口起伏不定。

雷雨轰鸣，空气里满溢着不安，下一道闪电不知什么时候就要闯进来。王子舟决定起身，离开这个决斗场，可就在她打算撑臂站起来的时候，陈坞抓住了她的手腕。

王子舟愣了一下。

他试图拉近她。

王子舟在那双湿润明亮的眼睛里，再次看到了自己。

随后视线下移，看到了被她牙齿碾过的地方。

她脖颈、耳后通红，但令她更惊讶的是，陈坞的耳郭居然也那么红。

薄薄的、白皙的皮肤，当血液大量流过时，就会诚实地展露出这样的颜色。

我都不用查看智能手表，就可以观测出你心跳的频率。

你，感受到我了。

你想继续感受我吗？我可以再次地吻你。

当然为了公平起见，你也可以动用牙齿碾过我的下唇。

暴雨吞没了这座小城，天黑得仿若傍晚，学校各栋楼里都亮起灯，楼梯间里却晦暗一片，连声控灯都不来打扰安静的我们。

我们在决斗场里拔刀相向，欲争胜负。

最后却分享着彼此的呼吸与体温。

小心地、拙劣地。

管他下多大的雨。

CHAPTER 14

我们

01

雨过天晴，不过一瞬间的事。

楼梯间一下被照亮了，窗外响起清亮的鸟啼声，误入建筑的蜻蜓，宛若无头苍蝇似的寻找出路，王子舟就同它差不多——

她看清楚陈坞的脸，就很想逃跑。那种暗昧气氛助长的盲目式勇敢，在大量光线铺进来的时刻，忽然就消散无踪。

红着脸坐了一会，她突然说："我来找资料的，先走了。"随后不管不顾起了身，把方才决斗的事撇得一干二净，可就在她踏下阶梯的时候，陈坞叫住了她："你的手表，不要了吗？"

他解开表带递过来。

王子舟扭头一把抢过，咚咚咚地跑了。

怎么会这样？！王子舟回到图书室，脸上的温度都没能降下来——太可怕了，是激素的错！在人家最虚弱的时候，我乘虚而入了，快把我抓走吧！可她转念一想，他后来也吻我了，那辛德瑞拉也该抓走！这种倒打一耙式的推卸责任，让王子舟心里的负担掉落了一大半。

非要抓的话，得把我们俩都抓走。

非要审判的话，得把我们关在一块审判。

大郎不笑二郎，我们一路货色，曼云说得好！靠这种荒唐的自欺念头支撑着，王子舟找到了她要的资料，甚至回研究室坐到了傍晚，还写了两页纸的论文，最后跑去生协食堂吃了晚饭，在夜色降临的时候骑车回到了公寓。

到家洗完澡，她才回过神来复盘今日这场决斗。突然吗？很突然，也不算突然，毕竟她预谋这场决斗已久，本来就想今天找机会和陈坞摊牌，谁能想到他恰好就把车停在研究室图书馆附近呢？对，还有那个铜铃上的塑料袋——

王子舟仔细一想，那个塑料袋才是罪魁祸首。

和伊甸园里的蛇一样可恶。

是它引诱我吃苹果的。

但指责它有什么用？说到底还是我禁不住诱惑，我活该被赶出伊甸园。

王子舟换了衣服在工作桌前坐下来，智能手表已经充好电了。她移开磁吸充电头，拿过来往手腕上戴，忽然就闻到了奇怪的柑橘气味。我完了，我不仅幻听，还幻嗅了！她吓得把智能手表撂到一旁，打开了手机上的手表应用，鬼使神差地点开了心率记录，找到那个专属于楼梯间的时间段——

这是我盗取来的，辛德瑞拉的心率。

真是澎湃啊。

她沉醉地看了一会。

这就是证据，如果审判我，我就把它导出来当呈堂证供。王子舟忽然踏实了一点，想着时间还早，要不然再做一会译稿。也不知是什么心理作祟，她一开电脑，就率先点进了那个在线共享文档。

这是我们共有的房间。

我写点什么吧?

她思索着，忽然就看到文档内光标闪烁。王子舟吓了一跳，光标后面立刻跳出来一个“我”字，王子舟张了张嘴，眼疾手快地按下了 delete 键，把那个冒出来的“我”字删掉了，她飞快地打了个“你”字，本来想继续打下去，结果对方把她打的那个“你”字也给删掉了——

嘿!

王子舟的战斗欲瞬间烧起来了。

我就不让你打，我要说我的。

可对面好像也想说话，胆大包天的谏臣在删她输进去的字。

怎么回事？这么大的空地，没别的地方可以打字了吗？非要霸着这一行?

于是一个打“我”，一个打“你”，一个删了又打“你”，一个删了又打“我”……简直一反常态，不讲道理，没完没了。

兴头上的脑子宛若一团糨糊。

王子舟出现了幻觉。

我们简直是在这个共享文档里，交缠、扭打、厮杀，你说你的，我说我的，你删我的，我删你的，最后屏幕上留下来的只有两个字——

“我们。”

带着句号，像休战符。

已经分不清这两个字和这个标点到底是谁打出来的，不重要了。

什么都不必说了，王子舟知道，我的辛德瑞拉，如今平安无事地躺在柔软的海绵垫上，并且感受到了我。这个时刻，她已懒得去琢磨他到底是怎么纠结的，又纠结了多久，反正——

我不用被抓走了，我们都不会被抓走了。

因为你是你，我是我，我们是——

我们。

王子舟睡了一个久违的好觉。

她睡前好像还给陈坞发了晚安，确切地说是互相发了晚安，带着一种“这个聊天框以后可能会变得很热闹”的预期，她醒来时发现枕头上居然有口水渍。

我怎么还流口水？！

王子舟吓得换掉了枕套，然后洗漱喝水，换衣服下楼跑步。下过暴雨之后的天格外晴朗，明明还是清早，却蓝得宛若午后。她拉伸完身体，跑出巷子，就看到陈坞站在那里。

什么话也没说，但王子舟感受到了一种憋笑的心情。

我在强忍着那种叫喜悦的东西。

“你怎么也早上跑步了？”她说。

“你发消息叫我来的。”他说。

“是哎！”王子舟恍然大悟，“是我叫你来的，那你就来了吗？”

“嗯，答应的事。”

你看我，我看你，都在憋笑。

天气真晴朗，是吧？今天跑步我连降噪耳机也没戴，好巧，你也没戴。

“你平时跑到哪里？”陈坞问。

“学校医院西病栋那边。”王子舟说。

“想跑远一点吗？”他问。

王子舟没跑过超过三公里的路，对她来说，晨跑是件速战速决的事，她总是担心跑太久会过分消耗体力，影响接下来要执行的事。

“我没跑过太远，但我可以试试。”她道，“你平时从哪跑到哪？”

“神宫丸太町到下鸭神社。”

“好远！”

王子舟心想，基础学科的人真的这么闲吗，每天跑那么远？！

“可以不用跑那么远。”陈坞说，“累了就停下来。”

王子舟说了声“好”，率先起步出发。遇到宽阔的地方，他们就并排跑，遇到窄路，就一前一后。王子舟原以为会很吃力——毕竟大家步幅不同，平时训练的强度也不一样，但她并没有被甩在后头，那必然是陈坞故意放缓了步速。

“你跑你的，你先到下鸭神社等我吧。”她说。

“你确定吗？”陈坞问。

“我确定！”王子舟斩钉截铁地说。

不就是下鸭神社，有什么了不起？这么想着，王子舟真的以高于以往的速度抵达了下鸭神社——其实没差多久，但她到的时候，陈坞已经买好了水。

找了个树荫坐下来，王子舟接过陈坞递来的水喝了一口。

水真是甘甜，风景也不错。

“今天头痛过了吗？”她忽然问。

“痛过了。”他轻描淡写地说，“五点多的时候。”

“现在怎么样？”

“本来还有些隐痛，现在跑完好多了。”

他仰头喝水，王子舟侧着头看他。

“看什么？”他问。

“没有理由。”王子舟说，“就是想看。”

又听到了那个笑声。

“你又笑了，你总是笑我。”

“对不起，我不是故意的。”

王子舟想，好在是公共场合，不然——

她猖狂地想道，不然你可能会被我吃了，我现在饥肠辘辘，像个饿死鬼。

“走吧。”她起身说，“该回去了，早上的时间，很宝贵啊。”

陈坞跟着站起来。

一路往回疾走，陈坞问："你平时在哪里吃早饭？"

王子舟说："跑完步从西病栋往回走，会路过川端三条的全家，我在那边买早饭吃，你要去试试看吗？"

明明便利店都一个样子，有什么可试的？

可他很有兴致地回道："好。"

于是在川端三条的全家买了蔬菜汁和饭团，并排坐在窗户边上吃。已经九点多了，街上人多起来，阳光也愈发热烈，真是再稀松平常不过的一天，可明明又很不一样。

王子舟吃完饭团开始喝蔬菜汁。

她忽然侧过头问陈坞："谈睿鸣还好吗？"

陈坞说："还好。"

"签证的停留期快到了吧？"

"嗯。"

"他要回美国还是哪里？"

"先回美国吧。"陈坞停顿了一会，"他可能要暂停那边的学习，去办一些手续。"

"真的决定要停下来了吗？"

"嗯。"陈坞应了一声，随后说道，"我想——"

王子舟侧头看他。

他看着人来人往的玻璃窗外。

"我和曼云，是不是接力拖长了他的病程？"他说，"如果早一点停下来，会不会不一样？”

他说完看着她。

王子舟被那种实实在在的迷惘与怀疑惊到了。

原来你也有这样的时刻，且你居然乐意向我暴露这种迷路的心情。

王子舟想了半天说道：“已经过去的事，假设没有意义。我只是觉得……他现在停下来，也许比继续拖下去要好？就算是现在，也还是及时的吧？”

她说这话也觉得非常不安定，所以语气很小心。谈睿鸣的事，很难说有什么正确答案可以获取，所以她的看法未必就是对的，她能做的、试图做的，也只是给陈坞或者同样感到迷惘不安的曼云，一点话语上的安慰。

不要计较是谁的过错了，计较也于事无补。

陈坞沉默着点点头。

“我们走吧？”王子舟提议道。

“你看外面。”陈坞说。

王子舟扭头朝玻璃外一看，吓了一跳。

蒋剑照已经快贴到玻璃上了，简直像贞子一样！

王子舟差点叫出声来。

蒋剑照用口形比画道：“快给我出来！”

王子舟老老实实出了便利店，陈坞也跟出来。

“不是说下午才回京都吗？”王子舟看着她的行李箱问。

“下午回？”蒋剑照哼了一声，瞥了眼陈坞，又看着王子舟道，“下午我哪还能抓到这么精彩的好事？！”

她说完掏出手机：“我要告诉陈老师你们早恋。”

王子舟反驳：“我们不是早恋！”

蒋剑照说：“上学前约着跑步，还在便利店吃早饭，这不是青春期恋爱是什么？形式是就是，跟年龄无关！”

王子舟脑子一热，脱口而出：“那你先不要告诉老师。”

蒋剑照差点笑死。

她假意威胁：“也行，但我有条件！”

“你想吃什么，我给你买。”

“我那么好打发吗？想用吃的收买我？”蒋剑照又举起手机。

“那你想怎样……”

愈是看她着急，蒋剑照心中就愈欢快。

正得意，陈坞冷不丁说——

“你告诉他吧。”

蒋剑照差点咬了舌头。

“当真吗？”

“当真。”陈坞说，“你告诉赵老师也没关系。”

02

只因为这一句话，王子舟忽然意识到——

这个人，自始至终都是刺猬啊！

为什么我靠近他的这段时间，忘记了这件事？抑或只是因为进入头痛发作期，导致他的战斗力被削弱了？

陈坞走了之后，王子舟拖着箱子带蒋剑照回公寓的路上，一直在思考这个问题。蒋剑照则笑个不停，她说："绝了，他说'你告诉赵老师也没关系'的时候真的好叛逆哈哈哈哈。"

王子舟一边开门，一边问："哪里叛逆？"

蒋剑照乜她："哪里都很叛逆，你不会以为他是个乖学生吧？"

王子舟从没这么想过。

乖学生不可能被叫去办公室罚站一下午，不可能当着全班的面被训话，不可能撞见谈睿鸣的事不去告诉老师，也不可能气势汹汹闯进天文协会、因为一句不恰当的宣传语跟人割席——他说话的语气、神态，那种不想与你们为伍的架势，都充分显示了他的性格。

我很较真，我很不好搞。

王子舟忽然就理解了去东竹寮借自行车那次，蒋剑照对他的那种"畏惧感"从何而来——在蒋剑照的印象里，陈坞绝对不是好相处的人。

进了屋，蒋剑照又说："你仔细想想，他来日本，住东竹寮那个破地方，是因为没有钱吗？就是我行我素啊！我不相信赵老师对他的规划和期待是这个样子，赵老师首先就不会允许他住在那种奇怪的宿舍，但赵老师应该毫无办法就是了，天高皇帝远嘛。”

王子舟忽然就看见了他浑身的刺。

这段时间被她忽略掉的刺。

莫名生出不安，一大早累积起来的兴奋，瞬间就被这种情绪覆盖了。她甚至想，如果我们吵架，我赢不赢得了？楼梯间的对决，根本没有结束啊，甚至可以说那只是开场。

开场而已。

“你这么气鼓鼓的干什么？”蒋剑照一边喝水一边瞥她，“要去打架一样。”

“你觉得我打得过他吗？”王子舟认真地问。

“说什么鬼话，两头猪怎么打架，拱来拱去吗？”蒋剑照说，“他不会的，他要是敢和你打架，你可能会把他吃了。”

“这是什么话？！”

“你可是雌螳螂！”蒋剑照说，“性食同类知道吧？他的杀伤力如果是一百的话，那你就是一千，你想要他死，他绝对活不了。”

“我有那么凶吗？”

“我没说你是红背蛛就不错了！”蒋剑照笃定道，“他肯定很怕你。”

“不可能吧……”

“你问问他好了。”蒋剑照搁下杯子，“我都能感觉到你内心那种凶恶，我不信他感觉不到，他感觉到了还敢找上门，那真的——”蒋剑照竖起大拇指，“视死如归，勇气可嘉。”

“真不错，一物降一物。”

蒋剑照说着往单人沙发里一躺，开始玩手机。

王子舟带着疑惑和不安去浴室洗澡。

跑完步洗澡通常都很快，冲冲汗而已，连头发都吹好也就十分钟。她出来一看，蒋剑照已经在沙发上睡着了。

王子舟戴上智能手表，解了锁一滑全是新消息，于是打开手机，消息全部来自“猪猪大队（5）”。

本来的四人群里拖进来一个新人——谈睿鸣。

蒋剑照：本猪猪大队长今晚要摆驾东竹寮进行田野调查，参观一下传说中的日本学生自治宿舍，周知。

曼云：本寮不欢迎封建帝王。

蒋剑照：不欢迎也没用，朕有内应，陈坞刚刚在便利店答应我了。

曼云：他答应你也没用，自治寮少数服从多数，其他寮生反对。

蒋剑照：少数反对！

曼云：反对无效。

蒋剑照发了一个“气死我了”的表情，然后就没有下文了。王子舟刚准备放下手机，弹进来一个私聊消息，陈坞发的：“傍晚见。”

王子舟：东竹寮吗？

陈坞：嗯。

属于少数派的造反，在日暮时分来临了——王子舟和蒋剑照走到了东竹寮院门口，一眼就看到了曼云。

“怎么是你来接驾啊？你不是反对吗？”蒋剑照问。

曼云双手插兜，不屑一顾地垂眼道：“我这就走了。”

“那可不敢耽误您！您请快走吧！”蒋剑照说。

曼云没好气地睨她，转身往里去。

“怎么还敢劳驾您带路啊！”蒋剑照跟在后面说，“真是受不起！”

曼云嗤了一声。

王子舟憋笑，蒋剑照则进了大观园似的四下张望，一会啧啧说：“你们这海报贴得也太放肆了，怎么还敢批评学校？”一会又盯着寮内布告惊奇：“扔垃圾都要开会讨论，不愧是学生自治寮！”最后拽住曼云问：“朕的内应在哪？”

“厨房。”曼云回道。

他说着又扭头看了眼王子舟：“大概是有人喜欢喝酸梅汤，陈内应在煮呢。”

可能是爬山那天有一搭没一搭聊天时说到的，王子舟自己都快忘记了。

她短促地“啊？”了一声。

曼云忽然伸手一指大敞着的宿舍门，对蒋剑照说：“喏。”又转过身来盯王子舟，“你，出列。”

王子舟被军训教官点到名似的，瑟瑟缩缩跟着下了楼。

曼云什么话也不说，抬脚走得飞快。王子舟紧跟在后面，愤愤道："腿长了不起吗？可不可以走慢点？"

"不能。"他简直不讲道理。

"要去哪？"

"买酒。"

"买酒喊我做什么？"

"我怕你控制不了自己，带你出来醒醒脑子。"

"我怎么了？！"

曼云头也不回："你和陈坞在一起了吧？"

"你怎么知道？！"王子舟吓一跳，"他告诉你的吗？"

"傻子也能猜到！"曼云扭头瞪她，"大早上头痛完，居然去跑步了，事出反常必有妖。老实交代，你昨天对他干什么了？"

"不能告诉你。"王子舟咕哝。

"我准你去掉少儿不宜的部分。"

"没有少儿不宜！"王子舟心虚地辩驳道，"我只是恰好在图书馆楼梯间碰见他头痛，我就、就好心借肩膀给他靠了一下。"

"你是恶魔吧！？"曼云忽然停下来，转身震惊道，"你把肩膀借给他？你让他头痛的时候靠你肩膀上？"

王子舟吓了一跳。

她不安地点点头："有什么不对吗？"

"你知道他为什么跑去楼梯间吗？因为可以靠着墙！你知道他平时发作连枕头都不用吗？因为如果挨着软的东西会更痛！居

然强迫人靠你肩膀上，你的肩膀有墙硬吗？你这个大恶魔！”

“啊？”王子舟小声地说，“我不知道，他没有跟我说……”

“他头痛的时候谁都不敢去招惹他，你居然——哇，真是仗着刺猬肚子没有刺，胡作非为。”

王子舟不吭声了。

“怎么，还不高兴了？”曼云瞥她道，“刺猬肯把肚子露给你不是好事吗？”

“不知道。”王子舟沮丧地说，“很难过。”

“你还难过上了，我看他高兴得很！”

“他高兴什么……”

“别人看我是刺猬都离我老远，突然有个恶魔冲过来，说，你好刺猬，我可以摸一摸你吗？刺猬肯定吓了一跳：我浑身是刺，怎么还有人要摸我啊？！刺猬纠结良久，别别扭扭让恶魔摸了自己的刺，没想到恶魔说，你的刺真是可爱啊！刺猬吃了一惊：怎么还有人觉得我的刺可爱啊？恶魔得寸进尺，说，我还想摸你的肚子，可以吗？刺猬心想，好，我最柔软的地方就是肚子了，于是高高兴兴露出了肚子。”曼云两手一摊，“看吧，就是这么一回事。”

“刺猬也太傻了吧？你一定是在胡说。”

“刺猬就是这样嘛。”曼云继续往前走。

“我不信！你肯定在骗我。”

“我骗你干什么？刺猬只有竖起刺的时候不好骗，决定躺下来露出肚子就是傻子了，不信你自己去问他。”

“可照你的逻辑，岂不是随便来个恶魔都能骗到刺猬？！”

“当然不是。”曼云停下来，瞥她道，“骗子恶魔图的只是柔软的肚子，不会真想摸那些刺的。为什么呢？因为在骗子恶魔眼里，那些刺就是扎手无比，恶魔可不想让自己被伤到。实诚的恶魔才真的会被那些刺吸引，抱着会受伤、会流血的心情去触摸，最后发现——不过如此，那些刺不过如此，它们不仅不扎手，还很可爱。刺猬确定了这一点，才会露出肚子。”

王子舟忽然愣住。

在京都的黄昏里，她回忆起了天文协会的那次遇见。从那时起，吸引我进一步观察和揣摩的，不就是那种与周围一切都格格不入的气息吗？

你大胆地将刺暴露在了外面，好像完全不怕吓跑其他人；而我总是期冀讨好周围的人，大多数时候都披着柔软的皮肤，小心翼翼地把那些不太友善的东西藏进了肚子。其实我也很渴望暴露那些东西，只是我藏得太久了，所以看到你，心生向往——

我触碰了你的刺，发现你其实细腻、柔软又可爱。

可我靠你这么近，你迟早也会发现我满肚子都藏着那些已经腐烂的坏东西——我没那么善解人意，没那么好脾气，一点也不好相处，我真实的内里，也许是个不讨喜的糟糕恶魔。

复杂的心情叠加着。

“愣着干什么呢？”曼云远远喊道。

“啊？”王子舟发现他已经走出去老远，赶紧追上去。

两个人买了酒回到东竹寮，天边仅剩的一点粉紫色霞光也彻底被黑暗吞没了。

宿舍里亮起灯，蒋剑照坐在椅子上，和对面的谈睿鸣聊天，很小声，听不清说的什么。曼云提着酒走进宿舍，王子舟也要跟进去，结果他伸长胳膊挡了一下，斜眼道：“去厨房找你的刺猬吧，大恶魔！”

王子舟只好走去公共厨房。

她探头进去，陈坞也看见了她。

厨房昏暗、狭小，酸梅汤的味道随水汽升腾、弥漫。明明早上才见过，王子舟却生出“久违”的心情。她怀揣着糟糕的恶魔内核，走近他，说：“还没煮好吗？”

“快好了。”刺猬一无所知地说。

就这样并排站着，看水雾漫上来。

恶魔张了张嘴：“你看到……”

刺猬看她。

恶魔也转过头看刺猬，想起他对自己说的“不协调感”。

刺猬，你发现了我的不协调，可你看见藏在不协调里面的东西了吗？我自己都不敢翻看、不敢面对的东西，我甚至不知道它到底什么模样。

“你看到了吗？”恶魔鼓起勇气问道，“那些不协调里藏着的……不太好的东西，黑黢黢的、不可名状的、不讨喜的……”

刺猬的眼睛好明亮。

他说："我听到了。"

恶魔大吃一惊："啊？"

刺猬说："就像你能听到我自己都觉察不出的笑声，我也听到了你咬牙切齿的声音。"

恶魔无意识磨牙的声音。

"听到那个声音，我就想笑，然后就被你发现了。

"为什么想笑呢？

"也许是……觉得可爱吧。

"那些东西，没有那么可怕。"

刺猬滔滔不绝，宛若能言善辩的谏臣。

谏臣忽然诱惑陛下："你想……抱我一下吗？"

陛下点点头，伸出双手，拥抱了手里拿着厨具的谏臣，随后摸到了那些刺——原来它们一直存在，我也一直能看见，只是它们确实伤不到我。

真好啊！

不是因为我忽略掉了，是它们不过如此。

而我内心的恶魔，对他来说，也不过如此。

不过如此。

锅里的水潽出来。

03

哧啦——

水潽到灶台上，吓得王子舟慌忙松开手。

陈坞笑着关掉火，取出料包，用勺子舀了一点在小碗里，晃一晃让它稍微冷却一下，递给王子舟说：“你要尝一口吗？不够甜可以再加糖。”

王子舟接过来小心翼翼地喝，咂出味道，回说：“不要加了。”

他伸手把碗接回来，也喝了一口：“嗯，是不用加了。”

王子舟又盯着他看。

恶魔垂涎刺猬，刺猬勤勤恳恳将锅里的酸梅汤倒进玻璃壶。

王子舟要去拿，陈坞说：“烫，放着吧。”王子舟就缩回手。他又说：“应该早点煮的，冰的比较好喝。”

王子舟就说：“没事，放一放就凉了。”

“这个你拿一下。”

他变戏法似的递出一大盘毛豆。

王子舟接过来：“天啊，还有盐水煮毛豆。”

“你先拿过去吧。”他说。

王子舟捧着那盘毛豆回到宿舍，正要说：“看，我们还有毛豆下酒吃。”一看矮桌，登时愣住，“这么多菜！这个接待规格太豪华了吧？”

曼云“哼”了一声：“陈内应忙了几个小时！”

“太腐败了。”蒋剑照说，“这是我们该有的小灶吗？”

“那你别吃了。”曼云呛道，“马上出去。”

“就不！”蒋剑照迅速偷了一片牛肉，吃完说道，“还不赖嘛！”她瞥了一眼王子舟，拍拍身边的位子，“快坐快坐！”

王子舟刚坐下，陈坞就带着酸梅汤来了。

五个人围矮桌而坐，仿佛过节。

真是奇妙，我们居然会坐下来一起吃饭。王子舟在池田屋那晚的预想成了现实，这令她生出一种“既视感”，觉得此情此景已然发生过，眼下一切不过是在重演。

到吃完饭，这种感觉才稍稍退散。

饭桌上只有曼云和蒋剑照一来一往，主要是满足蒋剑照“田野调查”的好奇心，说的几乎都是东竹寮和K大的奇人怪闻。王子舟在边上，偶尔插上几句，另外两个人则基本没开口。

尤其谈睿鸣，一句话也没说。

他存在，好像又不存在。

这个人给王子舟的现实感受，与在阅读过程中体会到的夷魍几乎是一致的，也因为这一点，王子舟觉得他面目都是模糊的。

盯着他的脸看了很久，或许能记住他的样子，可一转身，很快就会忘掉这个人具体的模样，只留下一点余味，如同气氛一样不可捉摸。

陈坞可真是选了个好原型。

饭后收拾好桌子，又重新倒了酒。

王子舟问起室友野口，曼云说："野口这几天回老家去了，今晚肯定不回来，你们多待一会也没事。"紧接着又说，"刚吃完坐地上也太难受了，等着，我去借椅子来。"

他说完起身，不一会就提了两把椅子进来，加上宿舍里原有的，刚好五把椅子，一人一把。

众人不约而同地散开坐了。

矮桌要求我们紧挨在一起，椅子却让我们离彼此老远，每个人都像一座孤岛，气氛顿时就变了——

从过节似的团聚氛围，转向另外的境地。

曼云甚至起身关掉了日光灯，翻出一支不知从哪里得来的蜡烛，摆在桌子中间，点燃它。

"你要作法吗？"蒋剑照说。

"一看你就没读过《小游园》。"曼云搁下打火机，支使王子舟，"小王翻译，快给她补补课。"

"什么？"王子舟骤地回神，仔细一想，转向蒋剑照解释道，"《小游园》里有一个专门开会的场所，因为特别古老落后，没有电器，只能点蜡烛，人到齐了就把蜡烛点上，蜡烛烧到底就散会。"

蒋剑照立刻凑上去观察那支蜡烛："两小时烧得完吧？"

曼云说："放心，烧不完也可以散会。"

蒋剑照端起杯子抿了一口酒，瞥向桌上的杯垫问："这是什么？"

她举起那个圆圆的软木杯垫，对光一照。

曼云说："没长眼睛吗？中间写了那么大的 π！"

"看到了看到了！你说话客气一点！"

借着暗光，蒋剑照端详起来。软木垫最中心画了一个 π，从最外圈往里盘旋的是一串数字，即 3.14159265358979……小数点后有上百位数字。

"好变态！你们怎么还把圆周率印在杯垫上？"

"谁无聊到印这个啊？学校买的。"曼云道。

"这小数点后有多少位？"

"109 位。"

"为什么是 109 位？"

"因为 K 大某校长夸口自己圆周率能背到小数点后 109 位。"曼云回道。

"背这玩意有什么用啊？"

"你有本事背到 109 位，就能把 109 位数字都印在杯垫上，用 314 日元的售价卖给其他人。"

"不是因为他是校长吗？"

"背到 109 位就可以当校长。"

"因果倒置，胡说八道。"蒋剑照揣着那只杯垫坐回椅子里，"那你现在背给我看看，你背到 109 位，我立刻推举你当校长。"

"那你最好说到做到。"曼云一时兴起，抓过旁边桌子上的草稿纸，随手拾了一支铅笔，借着蜡烛光开始写。

王子舟不自觉凑过去，看到数字源源不断从笔尖流淌出来。只是眨眼的工夫，曼云就撕下那张纸递向对面，蒋剑照正要接，他却突然惊醒似的，把稿纸揉成一团，扔进了纸篓。

“你干吗？”蒋剑照讶道。

“太傻了！”曼云拿起杯子喝了一大口酒，“傻到家了简直！”

光线很暗，辨不清脸色，但王子舟判断他应该满脸通红——你要我背圆周率？背给你看啊！这是下意识的条件反射，可只要回过神，就会感觉到窘迫。

成年人在这种事上争胜负。

太奇怪了，像小孩子干的事。

蒋剑照故意说：“你不会默不出来才扔掉的吧？”

曼云不屑一顾：“随你怎么想。”

蒋剑照起身要去纸篓里捡，坐在曼云对面的王子舟拦住她：“不用捡了……我看到了，我可以证明他不是乱写的。”

“天啊，你也背过？！”蒋剑照瞪大眼，“你这个变态！”

“没到变态的地步吧……”王子舟看看对面三个人，又抬头看蒋剑照，“你没背过吗？上学的时候，各种各样的原因……老师或者家长，觉得你能背下来的话就说明脑子好，或者够用功……”

“我就没有刻意背过！”蒋剑照说，“我只背到3.1415926！”她说着转向对面的陈坞和谈睿鸣，“你们也背过吗？我指的是后面几十位几百位那种！”

对面没否认，蒋剑照说："好了，我知道了。可这东西有什么用啊？靠这个真的能证明脑子好或者够努力吗？"

"当然可以。"曼云冷眼回道，"因为可量化，很直观。你听过那个说法吧？日本宽松世代的圆周率是3，普通人是3.14，K大生小数点后100位。这个数字一拿出来，哪个看起来更聪明或者更努力？校长为什么要夸口说自己能背109位？潜台词不就是说自己脑子够好够用功吗？总要有东西证明自己，类似的东西都可以，你的考分、你的等级——"

蒋剑照语塞地坐回了椅子里。

曼云又说："你考上你们省内TOP1的大学是因为什么？是不是因为你的高考分数？你的高考分数是不是证明了你自己？"

蒋剑照盯住他："你认真的吗？"

曼云说："你千万不要告诉我你高考失利了，你应该去更好的学校，所以那个分数没法证明你。"

"恰恰相反。"蒋剑照说，"因为我模考从没考那么好过，所有人都认为我是走了狗屎运，才上得了那个学校那个专业，所以我还得反过来证明，我的能力配得上这个分数。照你的逻辑，如果高考分数就能证明我，我岂不是高兴得要死？连反证都不用了啊！可就算这样，我也不想认可你的观点，我觉得被分数定义太可悲了，你难道能一辈子都抱着那个分数过吗？"

王子舟心中警铃大作：别说了！曼云对这个很敏感！不要提高考成绩！

结果曼云咬牙接道："是很可悲。"

空气里飘浮着咸味。

夷魍在此。

王子舟忽然感觉到恐惧。

蒋剑照也被吓到了——夷魍降临的气氛。

它阻断了每座孤岛之间的连接，让孤岛更孤岛。

名为曼云的孤岛冷酷反问："那你觉得能定义、证明我们的是什么？"

蒋剑照明显没有答案。

她沉默了一会就开始耍赖："反正不是分数。"又说，"再说了，我们为什么一定要寻求定义和证明？智人早晚会灭绝啊！"

王子舟很习惯她这个话术了，她遇到暂时想不明白的事情，统统都会粗暴地推给"智人灭绝"，好像这样一来，什么都不必去想了。

而曼云显然不打算放她一马："既然智人总要灭绝，那你还吃什么饭，还累死累活看文献写论文干什么？也不用担心拿不拿得到博士学位了，反正智人要灭绝，你的博士学位有什么意义？"

蒋剑照乱了阵脚："你在混淆概念！"

"我混淆了吗？告诉我，有什么意义？"

蒋剑照深吸一口气。

王子舟本以为她要说个一二三出来，结果她气鼓鼓酝酿了半天，回了对方一句："意义本来就是建构的、人为赋予的，没有意义，只要智人灭绝了，这些就都不存在了！所以，只要智人会灭绝——”

“你这就是逃避式言论。”曼云冷笑，“和找不到答案就高喊上帝救我、佛祖救我一样，除了得到一点可怜的自我安慰，能解决什么问题？”

“我没有要解决的问题！”

“论文是不是问题？博士毕业是不是问题？毕业后去哪里是不是问题？哪里都是问题，你怎么视而不见呢？”

王子舟感觉蒋剑照要像气球一样炸掉了。

蒋剑照闭上了眼。

过了一会，她说：“你在通过攻击我，攻击你自己。”

王子舟觉得曼云在收紧后槽牙。

“那些问题的答案你也找不到，你心里跟我一样高呼智人会灭绝，你比我高明在哪？”蒋剑照瞥了眼谈睿鸣，又伸手朝身后床铺一指，“学长说你本科就买了那本《人类灭绝》，你不是因为喜欢看小说才买的吧？你就是因为标题那四个字买的，你从本科时期一直揣到读博，真的读过里面的内容吗？”

王子舟想起第一次来这里时，观察到的、属于曼云的床铺。她记得曼云床上放着的那本书就是高野和明的《人类灭绝》，2014 年出的中译本。

曼云闷头喝了一大口酒。

他说：“你说对了，我没读过，标题那四个字就够了。”

蒋剑照也喝了一大口酒。

王子舟忽然感觉这景况不喝好像不行，也赶紧喝了一口。她喝完甚至瞄了一眼对面的陈坞，陈坞于是也拿过杯子抿了一小口。

只有谈睿鸣一直隐藏在黑暗中。

《小游园》里，众人开会的时候，夷魍就算来了也从不出声——没法出声嘛，但因为有事要议，就算夷魍在，大家也必须积极发言，一直说到散会。

沉默肯定不行，蒋剑照于是说："世界上那么多宗教，怎么就没人创立个智人灭绝教呢？"

曼云说："为什么要指望别人？你自创不就好了。"

蒋剑照虚心请教大魔头："怎么自创？"

曼云一本正经道："必须要有一个救世主。"

蒋剑照拧起眉："智人都要灭绝了，还要什么救世主？这个教的存在就是为了向大家宣扬智人会灭绝这个观点，没有救世主。"

"没有也行。"曼云放下杯子，"这样吧，我给你一个封号，你就是智人灭绝教教主，你教下有灭智四大骑士，无非就是科学啊道德啊资本啊……你象征性挑四个就好，四骑士将会为智人灭绝吹响号角，在智人灭绝之日，四骑士会将智人带入永远的深渊——寂界。强调一下，寂界不是一个世界，只是为了方便理解而强立的概念，它是与存在完全对立的。教主的任务呢，就是向世间痛苦迷茫的羔羊传递这样的福音，宣说这个物种终将灭绝的事实。你还可以拉上古往今来一切圣贤给你背书，让我来为伟大的教主您一一解说——老子云，‘吾所以有大患者，为吾有身；及吾无身，吾有何患？’[①]说明身死神灭，一无所有，才是真道！庄子云，‘何不树之于广漠之野，无何有之乡？’[②]所谓无所有，便是一无所有，此乃暗喻永死之境！”

“快停下！”蒋剑照匆忙制止，“你等等，教主我不做了，让给你，你哪天打算成立的话，务必提前一天通知我们！”

“干吗？”曼云端起杯子后仰睨道。

“好让我们跟你割席！”蒋剑照大声道，“你这样很危险，会被抓走的！千万不要连累我们！”

“我又不敛财！何错之有？”

“你不要执迷不悟了！全部给我忘掉！简直一派胡言！解读的什么鬼东西？圣贤听到了都要把你吊起来弄死的地步！”

王子舟没忍住，捂脸大笑。

陈坞居然也在笑。

“是，是我胡说。”曼云说，“刚才的不开心都可以忘了吧？整天想智人灭绝，还不是一样要吃饭，还不是一样要喝酒？还是说点轻松的吧！”

“就是，管他灭不灭绝，管他什么意义。”蒋剑照附和，“此刻能喘气就好！”

---

① “吾所以有大患者，为吾有身；及吾无身，吾有何患？”引自《老子·十三章》。

② “何不树之于广漠之野，无何有之乡？”引自《庄子·逍遥游》。

气氛松快了一瞬。

但只一瞬。

蒋剑照又问曼云："你不愁毕业的事吗？"

"有什么可愁的？想得出来就毕业，想不出来拉倒。"

"拉倒是？"

"延毕啊！"

"真话吗？那你心态真好。"

"不然还能怎样？"

"也是……"蒋剑照默默喝了一口酒，忽然又看向王子舟，"可其他人会在你身上附着期待吧？延毕的话，应该在那些期待以外。"

"关我屁事。"曼云说着侧头扫了一眼坐在最里面的谈睿鸣，"把别人的期待压在自己身上，是给自己上刑。我好好的一个人，凭什么上刑具？我已经做够了我能做的，延毕如果必须发生，那就只能让它发生。何况，延毕这个选项既然存在，那就说明，每个人情况就是不一样，为什么要觉得它很糟糕？"

"可就是存在区别啊。"蒋剑照看看谈睿鸣，谨慎地说道，"这个世界就是很在乎那些区别。虽然智人会灭绝，那些话语体系归根结底什么都不是，但我们现在就是会被卷入这个话语里——不可避免地被卷入，你理解我的意思吗？"

"你说的是竞争、求职、升迁吗？"

"也许吧。"蒋剑照说，"人总要糊口。"

“你问小王吧。”曼云把问题抛开了。

王子舟忽然被带到，愣了一下：“为什么问我？”

“只有你找了工作嘛。”蒋剑照扭头看她，“我还真没认真问过你这个问题——你怎么就那么确定自己要去工作，要去做什么样的工作？”

“我……”王子舟说，“其实也不知道。”

“真话吗？”

“真的啊。”她小声地说，“因为日本文科博士就是很难毕业嘛，大部分人不会接着读的，那我的选项就只有去找工作，校招挑一挑看得过去的，挨个考挨个面试，谁家最终录我，那我就去。”

“你觉得那是你心仪的工作吗？”

王子舟沉默了很久。

她想过很多遍这个问题，去大企业工作，是我想要的吗？

她最终说：“是看起来不错的、合适的工作，能解决很多具体的问题。”

能解决很多具体的问题——可以给父母交代，父母拿出去说也不丢人，同时能有一份不错的薪水，可以在异国他乡立身，以上条件能全部满足，就足够幸运了，甚至应该感激。

这是我努力了二十几年，可以交的答卷。

我满意吗？我不知道。

只是，有一点点的不甘心。

我也不知道那不甘心到底是什么。

我在这个过程里，一定妥协了。

具体妥协的是什么，我很难说清楚。

随波逐流，就是削足适履，成为相似的人——我挤上电车通勤的身影，与周围的人看起来没什么两样，我们明明那么不同，却终归成了相似的人，过着差不多的生活。

差不多的生活。

04

十六叠的宿舍，被四面八方涌来的夏虫夜鸣声包围。

它们真是吵闹，显得我们如此沉默。

王子舟害怕这种沉默——参与谈话，如果气氛是因为“我的发言”而忽然冷下去，她就会冒出自责般的心情，迫不及待地想要做一点挽救。

就在她纠结怎么开口时，陈坞起了身。

他说：“酸梅汤应该冰好了，要现在喝吗？”

之前吃饭的时候都说热酸梅汤不好喝，于是放进了冰箱，此刻它肯定已经到了合适的温度，几个人都点了点头。

陈坞被曼云和矮桌拦住了去路，王子舟见状忙说：“你不用出来了，我去拿吧。”

陈坞说：“还要拿杯子。”

曼云坐在椅子里，没好气地抬头瞪他：“你给我坐回去。”

陈坞问：“那你去拿吗？”

曼云不耐烦地站起来，拖长尾音：“行——”

小冰箱靠墙放着，上面有个木架子。王子舟弯腰打开冰箱，曼云从架子上拿杯子——是饭店里那种可以摞在一起的杯子，不知道从哪淘来的。屋里只有昏黄的蜡烛光，冰箱门一打开，乍然涌出又白又冷的光，曼云垂眼问王子舟：“你明年四月是不是就要去东京工作了啊？”

王子舟愣了一下说：“应该是吧。”

“那没多久了啊。”曼云接了一句，回头看陈坞。

王子舟意识到什么，没吭声。

那边蒋剑照道：“你们拿个东西怎么还说小话呢？”

曼云转身走回去：“什么小话？我们在讨论——具体的问题。”

“又是具体的问题。”蒋剑照咕哝。

从圆周率说到我们靠什么定义自己，再扯到智人灭绝，好像一切都要完蛋，一切都不值一提，最后却又被迫回归到具体的问题——哪怕王子舟没有明说具体问题的指向，但每个人都清楚她的意思。

谈话不会无缘无故掉入沉默的陷阱，就是因为太清楚了，知道具体问题的每一个细节，甚至不必动用到想象的力量，就是知道，就是清楚。

蒋剑照接过一只杯子，坐下来忽然说："那既然具体的问题不可回避，我有个疑问——"

曼云也坐下来，抬眼道："说。"

"解决这些具体问题，存在最优的选项吗？"

"最优的选项？"曼云睨她，"你好贪心，还指望有得选。"

"可事实就是会存在选项——"蒋剑照举起例子，"读这个专业，还是那个专业？毕业了继续读书，还是去工作？回老家工作，还是去别处工作……往更小了说好了，我这个课程论文，是写这个题目，还是写那个题目？人生处处都是选项啊，在那个括号里，填了A就不能填B。"

"没有最优解，只有后悔。"曼云答道，"因为A和B都不能称之为正确选项，你无论选哪个，都可能会为没选另一个而后悔。"

"那正确选项在哪？"

"为什么要当成选择题来做？！"曼云转向陈坞，"你们省这几年的高考数学卷连选择题都没有吧？"

陈坞应道："是，只有填空题和解答题。"

"那不就行了！"曼云说，"卷面上根本不存在ABCD，想它干什么？你能做的，就是在空白的地方写上你的答案，写上什么就是什么！"

"填空题也不能乱写啊，填空题可比选择题更难做！选择题还有概率能蒙对呢，填空题如果不会，那就是做不出来！"

“什么叫对？什么叫错？别说根本不存在什么正确解，就算真的有所谓正确解，错了又怎样？现在这道填空题摆在我面前，我就随便画个爱心画条狗，不行吗？”

“这是不负责任，你如果真的随便画个爱心画条狗，那你必然会为这种随心所欲付出代价，我们这个社会的容错率——”

“你好矛盾。”曼云打断她，“一方面大喊智人要灭绝、凡所见皆是空中楼阁，一方面又对这个物种虚构出来的话语体系如此执着，你想要的到底是什么？”

室内掀起波澜。

蒋剑照深吸一口气。

王子舟感受到了剑拔弩张的气氛。

过了好半天，蒋剑照投降似的说了一句：“好吧，我确实矛盾，我不知道我要的到底是什么。”

曼云叹气。

他把杯子放回矮桌，扯了纸巾递过去。

“干什么？我又没哭！”

“给你擦汗！”

“你好凶！”

“不识好人心！”曼云坐回去，端起杯子喝完了剩下的酒，又说，“你不是不知道，你是想要得太多了。”

蒋剑照瞪他。

“干吗？我说得不对吗？”曼云道，“当代智人就是知道得太多，见识了过于丰富的图景，眼花缭乱，觉得哪个我都可以去试一试，但事实就是，你能求索到的，永远也不如你所见的那样‘无穷’。”

“这我当然知道！我也知道我的人生只存在有限的可能，我只是想弄清楚这有限的可能里，是不是有所谓——”

“正确的道路是吧？”曼云说，“你又绕回去了，绕进那个评价体系里，这完全是优绩主义的陷阱——仰望胜利，蔑视失败，给胜利者制造幻觉，羞辱失败者——胜利者觉得我付出了，一切都是我应得的，理直气壮；失败者连辱骂这个世界都做不到，反过来只能怪自己这里不对那里不对。成功、失败，正确、错误，这些话语到头来根本不尊重每一个人。”

王子舟紧张地吸了口气。

陈坞起身往她杯子里添了酸梅汤，又给曼云倒了一点。

曼云瞥他：“满着呢，倒什么？”

“意思一下。”陈坞应道。

昏暗的空间里顿时响起笑声。

不知道是谁笑的，反正有人笑了。

曼云拿起杯子，也自嘲般地笑了：“我也太傻了。”他看看蒋剑照，“你去博物馆看过那些史前的石器玉器吧？”

蒋剑照闷闷地应了一声。

曼云的语气和善了许多：“我上大学第一次去国博，碰到一个老师。他指着橱窗里的玉器说，你看这块玉磨得多好，他们没有好工具，也许就是靠兽皮砂石和水，要花费巨量的时间，那会儿人寿命又短，这块玉器的制作者，说不定一辈子只干成了这一件事——你现在看它躺在这里，它是玉器，也可能是一个史前智人的一生。磨这件玉器的史前智人，从生理上来说已经和我们没有太大差别了。他看似和我们相隔甚远，但又和我们是一样的人，他会去想你烦恼的那些事吗？"

蒋剑照应道："他当然不会。"

"对吧？他当然不会，因为那些话语、那些叙事还没有被建立起来，他也未必清楚把那块玉器磨出来有什么用——毕竟玉器也不是生产工具，可他就是耗费了大量的时间去做这件事。按照我们现在的话，一辈子除了吃喝拉撒只干了这一件事，是不是太离谱了？"

"很有可能活不下去吧。"蒋剑照说，"他怎么活下去的？"

"你学历史的，听说过原始丰裕社会吧？"

蒋剑照摇摇头："学考古的可能知道吧。"

"原始丰裕社会的观点大意是说，狩猎采集时代的智人也没我们想象中那么可怜——自然资源丰富的时候，狩猎采集者每天工作三四个小时就可以顺利地活下去了，因为他们劳动的主要目的不是交换，是自足。"

王子舟插话道："吃饱就行，是这个意思吗？"

曼云道："是啊，吃饱就行，余下的大把时间干什么呢？晒太阳，看雨，发呆，做自己想做的事——包括打磨那块玉器。”

只是打磨那块玉器，没有人指责我不务正业，也没有人逼迫我创造更多的东西，我只是在自足的基础上，打磨了那块玉器。

他又说：“我们确实困在各种话语体系里，被塑造成了现在这个可怜样子，但谁也不能阻拦我们偶尔去想一想那个史前智人，代入一下他的生活，当那些话语还没有被建设出来。”

只是偶尔，想一想——

那个和我其实没什么两样的史前智人。

这个物种也没那么可憎了。

来来回回，在一些没有问题的答案上徘徊。

好像明朗，又好像跌入了更大的迷雾之中。

烛光摇曳，蒋剑照不说话，王子舟也抿起唇，一直旁观他们发言的陈坞起了身：“要听点什么吗？”

曼云嫌弃地皱眉：“好老套，你只会靠播放音乐来调节气氛吗？”

王子舟示意陈坞坐下：“你不用出来了，我来吧，是连那个音箱吧？”

“对。”陈坞真的坐下来。

王子舟有那只音箱的二代产品，操作起一代来易如反掌。蓝牙配对声响起之后，她举着手机问：“听什么？点歌，还是随机……看看运气？”

“看运气。”异口同声。

王子舟点了随机播放。

清澈、带一点童真的别致女声响起来——很有年代感的歌曲，比他们所有人年纪都大。歌词大意是说，我愿永远是挂在长空的云彩，可最后却还是化成雨落下来[3]。

可最后却还是化成雨落下来。

“等等，这两句歌词怎么回事？”蒋剑照说，“虽然我已变作丝丝小雨，我愿洗净大地所有尘埃[4]——明明之前那么不情不愿，怎么一变成雨落下来，就立刻开始奉献自己了？”

“这就是意义的赋予啊。”王子舟站在音箱边歪头看她，“再不情愿，也变成雨落下来了。既成事实，那只好赋予自己变成雨的意义，这样才能缓解那种不甘心嘛。”

哪怕我们这个物种明天就会迎来末日，可今天的我们仍然被围困在具体的问题里，必须化成雨从长空落下来。

什么意义？不过是突围时必须戴上的一顶高帽，不过是支撑行动时一些必要的理由，不过是——

不过是。

“我们是不是太执着个体的存在了？”蒋剑照说，“伟人肯

---

③ “我愿是那长空一朵云彩，不愿变成雨点飘落下来，逍遥又自在，飞去又飞来，在蔚蓝天空抒尽我的胸怀……春雷在响，声声春雷不该，催我落凡是无奈，虽然我已变作丝丝小雨，我愿洗净大地所有尘埃。”引自包美圣演唱、陈云山词曲的《长空下的独白》。

④ 出处同上条。

定不这么想。”

“所以我们成不了伟人嘛，我们只是被优绩主义洗了脑、同时又笃定智人会灭绝的迷茫羔羊，难道还不允许羔羊质疑自己为什么存在了吗？”曼云说。

蒋剑照夸张俯首：“大教主说的是。”

曼云气笑了。

过了一会，他忽然说：“骗你的，那个杯垫。”

“你嘴里没有真话，你不要说！”蒋剑照制止了他，干脆问陈坞，“那个圆周率的杯垫到底怎么回事？真的是为了炫耀校长能背到 109 位吗？”

“不是炫耀，是嘲笑吧？”陈坞说，“为表达对校长这种说辞的嘲讽，把 109 位数字印在杯垫上。”

“学校还能嘲笑校长？”蒋剑照大开眼界。

“你把它翻过来。”陈坞说。

蒋剑照重新拿起矮桌上的杯垫，翻到背面，上面印着 K 大校徽以及 K 大工房字样。

“是学生团体做的，这是他们第一个产品，也是卖得最好的产品。”

“K 大生厉害啊！”

背到 109 位又如何？又如何？！

又如何。

音箱里的歌曲走到了尾声，局限在这个夜晚，局限在东竹寮这个十六叠的空间里，我们——

停留、彷徨，只关心自己，短暂得像已开封的碳酸饮料里的气泡。

蜡烛熄灭了。

CHAPTER 15

莫雷利的耳朵

01

蜡烛一熄，唯一的光源消失了，宿舍里一片漆黑，彼此面目不可分辨，仿佛置身《小游园》里那个古老的会场。

按照小说里的剧情：妖怪们挨个消失，化身人形，重回喧嚷又缭乱的外部世界，继续它们伪装成为人类的日常。

王子舟从宿舍出来时，就生出这种熟悉又迷幻的感觉——今晚我好像短暂地在会场里恢复了我妖怪的身份，可我现在又变成人走出来了。

她很想和陈坞说一说这种感受，可碍于场合，最后只是打了个招呼，就同蒋剑照一道下了楼，将那些心情暂时压抑下来。

在那些心情中，还包含着一种“垂涎”。

那种无法免俗的垂涎与恋恋不舍。

逐阶往下，王子舟越来越不甘心。到一楼大门口时，这种不甘心升到了顶峰，她忽然说：“对不起，我还是想上去一趟！你等我几分钟！”

蒋剑照有几分微醺，两颊绯红。

她爽快地回道：“我知道你要干什么！去吧！”

王子舟狂奔上楼。

她想，这可是我和刺猬在一起的第一天，我就这么回去的话，要等到明天才能见到他了！恶魔对刺猬垂涎了一整天，却始终没法下手，恶魔的耐心此刻已经耗尽了。

恶魔气喘吁吁地出现在厨房门口。

刺猬戴着家务手套在清洗锅碗，听见动静，侧身看过去，问："有什么东西忘记了吗？"

恶魔喘着气想，对，我惦记的东西就在这里，可惜我带不走。

时间紧迫，直奔重点就好。

那种垂涎，那种渴望——恶魔被这些非理性的欲望冲昏了头脑，完全不顾刺猬还戴着手套，两手湿淋淋的。

她到了刺猬跟前，说："我想……"

我需要一些让我内心平复的东西。

"我需要把手套摘了吗？"刺猬问她。

"不用！"

恶魔说着伸出了手，刺猬配合地低下了头。

恶魔如愿以偿地亲吻了刺猬。

怎么回事？恶魔心想，我原以为得手了就能平息的内心，为何愈发澎湃起来？我恨不得住在这个厨房里，勒令时间都给我停下！可是无情的时间啊——罢了，恶魔找回了理性，昧心地放开了刺猬，交代道："我在你的架子上贴了一个头痛御守，你记得收起来。"

刺猬点点头。

“那我走了。”恶魔说。

“回去给我消息。”刺猬叮嘱。

恶魔到了门口，又扭头说道：“我今天连了你的蓝牙音箱，你下次来我家也可以连我的！”

刺猬笑了笑，回道：“好。”

恶魔自觉完成了今日所有任务，揣着只被填满了一半的心，下楼去。

蒋剑照看到她，揶揄道：“你还舍得下来。”

王子舟说：“我是有理智的人！”

推开门往外走，燠热的夜风吹拂着，带着一点潮意。走进昏暗的巷子，蒋剑照说：“明天不会下雨吧？我的航班可别延误啊。”

“不会的，我看了天气预报。”王子舟说。

“真好啊。”蒋剑照没头没尾地说，“好像逃离了日常，做梦一样。”

“旅行是这样吧。”

“也许吧。”蒋剑照随口应道，“最后还是要回到日常。”

“几号回校注册啊？”

“回去就注册。”蒋剑照说，“秋季学期最烦了，春季学期只是延续，秋季学期就是崭新的开始，一到九月，就要升一个年级，变成更‘大’的人。”

“祝你顺利毕业！”

“你自己先毕业再说吧！”

“好！我努力！”

就这样走回了家，洗漱休息，一如往日。

那些彷徨、不安，似乎都被刻意封存在了那个古老的蜡烛会场里，谁也没有再提起。

蒋剑照上午的航班，王子舟一大早送她去机场。临近中午，她在回京都的车上遇到了曼云。曼云靠车厢站着，揣着书在看，王子舟像鬼一样飘过去，刻意压低声音说：“你在看什么？”

“你有毛病吧！”曼云吓了一跳。

“嘘。”王子舟伸出手指示意他小声。

“你送蒋剑照啊？”曼云垂眼。

“你送谈睿鸣啊？”王子舟抬头，“为什么是你送啊？我的刺猬呢？”

“刺猬有组会。”曼云瞪她，“你能不能去掉那个限定词？他是你的所有物吗？”

“要你管我！”王子舟猖狂地回道。

“谁要管你，我又不是你哥！不对——”曼云说，“你等会下车别走。”他说着收起书，迅速掏出手机给陈坞发了一条消息。

王子舟探头，想看看他发的什么，手腕上智能手表却忽然振了一下。

她抬腕一看，是陈坞发来的消息，问她：“你决定要和曼云结拜了吗？他让我开完组会去知恩寺找你们。”

曼云耷眼睨她：“刺猬通风报信！”

王子舟瞪他："你擅作主张！"

曼云说："我这是履行承诺。"

王子舟压着声音质问："我答应结拜了吗？"

曼云一脸笃定。

王子舟想了想，回陈坞："是的，那你来吧。"

曼云的手机立刻收到了一条回信，他看都不用看，就知道是陈坞回的，干脆连解锁都省了，直接把手机揣回了口袋。

王子舟看在眼里，愤愤说道："瞧你得意的样子。"

曼云反而教训起她："少说话，公共场合！"

王子舟于是闭上了嘴。

到了京都，饭都没吃，就直奔知恩寺。

王子舟也不知道为什么要去寺庙，曼云说："得找个菩萨见证一下吧，日本菩萨勉强也行。"

她问："那为什么还要叫上刺猬？"

曼云答："总要有个见证人吧！"

王子舟一边说："需要那么多见证干吗？"一边又想：真不错，又可以见到我的刺猬了！

曼云一眼看穿她："口是心非，你有本事一会别和刺猬说话。"

王子舟瞪他。

刺猬姗姗来迟。

曼云问："结拜用词带了吧？"

陈坞说："带了。"

“好，随便找个菩萨念一遍就行，磕头就免了吧，在外面拜一拜就好。”

曼云说完，放肆地朝前走。

王子舟到这会还是觉得荒唐，她皱眉问陈坞：“这真的合适吗？”

陈坞一本正经说：“你后悔了可以撤退，我掩护你。”

王子舟“扑哧”笑出声来。

曼云扭头，一眼瞪一个：“说什么小话？”又说王子舟，“鬼祟！来庙里找菩萨做个见证，东张西望、做贼一样，你怕什么？”

“我可没你脸皮厚！”王子舟说，“到底去哪？”

“走到了再说。”曼云头也不回。

说是随便找个地方，最后还是费劲绕到了偏僻的势至堂。正午时分，连香客都没有，曼云在殿门外停下来：“就这吧！大势至菩萨，我看不错！”

王子舟走得满头大汗。

陈坞递了手帕过来，她一愣，陈坞说：“没用过，新的。”

王子舟接过来擦汗。

曼云拽了她一把，示意陈坞：“见证人先吧。”

陈坞摸出一张字条：“要我领读吗？你们打算用什么名字结拜？”

“王曼云！”

“王大舟！”

陈坞各看他们一眼，说道：“我王曼云——”

曼云跟道：“我王曼云——”

陈坞又说：“我王大舟——”

王子舟跟道：“我王大舟——”

陈坞又说：“今日义结金兰，不求同生，不求同死。”

王子舟憋着笑，曼云瞪她。

异口同声：“今日义结金兰，不求同生，不求同死。”

陈坞最后领道：“皇天后土，各路神仙菩萨，共鉴此心！”

曼云实在憋不住了：“叫你好好写的呢！你写的这是什么？糊弄我们！”

陈坞不说话，眼神示意了一下殿内。

曼云咬牙，拽上王子舟一起：“皇天后土，各路神仙菩萨，共鉴此心！”

“礼成。”见证人宣布。

曼云非常不满，威胁见证人：“我回去揍你。”又跟王子舟说，“你要不要给菩萨翻译一下？翻一个好点的版本！”

“才不用！”王子舟说，“菩萨精通各国语言！”

她说完拽过陈坞就要跑，曼云说：“跑什么，不吃饭啦？”

“当然要吃！”王子舟说，“但不要和你吃！”

“行吧，吃完来东竹寮找我。”曼云忽然变了语气。

他单手插兜，另一只手抬起来挥了挥，反而催促他们：“快走吧！”

王子舟觉得曼云怪怪的，她说“不要和你吃”，本意只是想捉弄他一下，结果他真的叫他们走了，搞得她有些自责、有些后悔。

王子舟懊恼地往外走，一脸闷闷的。

陈坞见状，说道：“他需要自己待一会，就让他待着吧。”

王子舟原本以为结拜这件事很荒唐、很随意，但结合曼云突然的变脸，又听陈坞这么说，她意识到，这件事对曼云而言，也许并不是那么轻松的决定。

心情骤然沉重，陈坞朝她伸出了手。

王子舟抓住了那只手。

就这样走下山门，去吃了荞麦面。吃完饭，陈坞要回北部校区，王子舟独自前往东竹寮。

不知不觉，来到了九月。

夏日尾韵悠长，像空中划过的飞机云，久久不散。

碧蓝长空，没什么人的街道，偶尔飞驰过去的汽车，在一声又一声的蝉鸣里，在夏末午后显得寂静又落寞。

王子舟走进东竹寮院内，蓦地想起借书的那个下午。也是这样碧空如洗的好天气，她跟着陈坞走进狭窄的楼梯间，去到那个十六叠的宿舍，第一次见到了日语很差、个性散漫的曼云。

她当时只觉得这个人奇怪。

想要离他远点。

可人与人的际遇啊——

不可捉摸。

在她给曼云发了消息的两分钟之后，曼云双手提着一个纸箱子出来了。

王子舟吓了一跳："干什么？你这个配置，像被解雇了！"

"想象力真丰富，"曼云睨她，"伸手！"

王子舟伸出双臂。

曼云一放纸箱，王子舟差点没接住——

她抬头："太沉了吧！什么东西？"

曼云说："你拿回家去吧，便宜你了。"

王子舟屈膝盖顶住箱子底部，费劲地腾出一只手，移开了盖子。

文具，全都是文具。

可爱的、花哨的，还有简朴的、素净的……

像不同年龄段的学生会喜欢的文具，大概积攒了很久、很久。

王子舟忽然想到陈坞有一次随口说到的："曼云喜欢买文具。"

她没有问为什么。

但此刻，她问——

"这些……你原本买给谁的？"

曼云别过头，不耐烦似的说："问那么多干什么？反正也找不到了，再也不可能了，所以——"

"你就拿着吧！"他凶巴巴地说。

王子舟看到了。

他心里像尖刺一样的——

那个小女孩。

那个在曼玉和曼云之间出生，被送走的、不知去向的、小女孩。

“也不知道她上没上学。”曼云轻描淡写地说，“就算找到了，她也用不上这些了吧……”

太沉了。

王子舟忽然负荷不了，被箱子压得蹲了下来。

捂住脸大哭。

02

小王将军眼泪一开闸，大王将军就傻了。

他愣了会，回过神赶紧蹲下来用手去抹，王子舟拨开他的手继续大哭。

“哎呀！”曼云眉头拧起来，发愁地说，“你哭什么？白得一箱文具应该高兴才对！”

王子舟哭得更厉害了。

曼云束手无策，只好蹲在对面看她哭。路过的寮生投以奇怪的视线，曼云抬头回看看，说：“好了，他们肯定觉得我欺负你了！我好冤枉！”

王子舟开始抽噎，曼云伸手轻拍了拍她的背，又忽然问：“刺猬给的手帕呢？手帕在哪？”

听到“刺猬”，王子舟终于有意识地停下来。

她摸出手帕，曼云抢过来胡乱地给她擦脸：“哎，你这个小孩，这么能共情是要吃亏的！刺猬还能适当抽离自己，你可怎么办？你跟他学学吧！”

王子舟差点又哭了。

“好了好了，我不说了。”曼云说，“带你去吃冷饮！快起来！”

王子舟一边擦脸一边站起来。

太傻了，蹲在人家学生寮门口哭。

好在太阳够热烈，悲伤情绪蒸发得也快，王子舟重新找回理智，让自己平复了下来，可一低头看见那只纸箱，眼眶就又被酸涩包围，仿佛上面坐了一个面目模糊的小女孩，在朝她招手。

曼云两手提起那只沉甸甸的箱子：“走吧！你家在哪个方向啊？”

王子舟吸了吸鼻子，伸手指路。

曼云抱着箱子率先走了出去，王子舟跟上。

这次他难得地照顾了王子舟的步速，走得比平日慢许多。两个人静静地走了一段，路过便利店，曼云说：“走走走，吃冷饮！”随后用肩膀顶开了玻璃门，看王子舟，“愣着干吗？快进去。”

王子舟挤进店内。

走到冷柜，王子舟指着Papico桃子棒棒冰说：“我要吃那个。”

“好好好。”大王将军破天荒地大方起来，“买！”

王子舟推开冷柜拿了一个，走到结账柜台，曼云抱着箱子后知后觉：“我没有带钱包出来！”

他甚至还穿着拖鞋。

王子舟“哼”了一声：“我就知道！”

她从书包里翻出钱包，付好钱，气鼓鼓地坐到临窗的台子前，撕开了外包装袋。Papico 一袋有两支棒棒冰，王子舟撕下一个开始吃，曼云伸手来拿另外一个，她捂住说：“这个也是我的！”

“等你吃完手上那个，它都要化了！”

“我就知道！”王子舟说，“你老这样！你就是骗我买的东西吃！”

“小气鬼！”

小气鬼小王捂了几十秒，最后还是把另外一支棒棒冰递了过去。两个人并排坐在玻璃窗前，默不作声地吃冷饮，一瞬间，仿佛回到了童年的某个夏季，抱着暑期即将结束的心情，吃着这个热烈假期里最后一支水果味棒棒冰。

“曼玉现在在哪？”王子舟忽然问。

“北京。”

“是在做……”

“做舞蹈老师。”曼云说着掏出手机，从相册里找到一张曼玉的工作照，递过去给王子舟看。

“哇，好帅气！”王子舟说，“比你好看多了！”

“乱说，明明一样！”曼云没收了手机。

“她是大学读了舞蹈学院吗？”

“舞蹈学院？怎么可能。曼玉初中就去北京了，一个人。”

曼云看向窗外，用一种很冷硬的腔调说着这些话，“那应该是她最讨厌我的时候。”

王子舟侧头看他。

“我还记得那时候她骂我：你考那么好干什么？你考得越好，家里越觉得我多余、没用！”曼云说着居然笑起来。

几不可闻地，王子舟叹了口气。

很小的时候吧，她也对捉弄她的亲戚说过那种狠话。亲戚说：“你爸妈要是生个弟弟就不要你咯！”她就会恶狠狠地戗回去。

回头想想，那种恶毒的想法，是因为觉得自己的生存受到了威胁吧？她那么小，就能看到大人们张牙舞爪地说“我们想要个男孩”的惊悚面目，并为之感到恐惧，那种……成为曼玉的恐惧。

她终究没有成为曼玉。

可曼玉真实存在。

“我也想过，要不然随便上上学，随便考考试算了。”曼云说，“可分数一滑下来他们就打我哎！后来我想算了,还是好好学吧，如果我不成器，那最后还是要牵连曼玉倒霉，曼玉想骂我，就骂吧。”

“现在你们联系多吗？”

“还行吧。”他说，“在北京上大学那会她反而不想见我。我们明明在同一个城市待着，她当时住的地方离我也没有特别远，但她就是不准我去找她——她说你身上有那所大学的气味，我闻到了就觉得恶心。”

曼云停顿了片刻。

王子舟就在这个瞬间，看到了《小游园》作者写到第三部都没有揭露的、厕鬼项天竺的底色，隐藏在潇洒放荡背后的阴郁底色——

他根本，不喜欢自己。

“其实……”厕鬼忽然偏过头看她，“曼玉骂我的那些，我都能理解，我都能接受，但是直到有一天，她跟我说，你有没有想过你户口本上的出生日期为什么是错的？因为你就是个强盗，抢劫了属于我妹妹的所有，世界上根本就不该有你这么一号人！”

桃子味的棒棒冰真是清爽甜美，王子舟想，我口腔里全是这个味道，可我闻到的却是像眼泪带来的那种咸味。

她忽然就想起昨晚从东竹寮回来后，蒋剑照随口说的：“曼云真可怜。”

她问为什么，蒋剑照说：“说不上来，但有一点我很明确，就是——我们几个人至少还觉得自己是自己，但曼云好像觉得他不是自己，他也不接受自己。这个人看起来云淡风轻，什么都不在乎，但比谈睿鸣还要有毁灭欲，你懂我的意思吧？”

王子舟昨晚不甚理解，现在懂了。

她甚至彻底想明白了那晚在天台，曼云为什么要说自己是踩着谈睿鸣这条警示线走到了今天——他希望得到警示，不只是学业压力，不只是期待，还有摧毁不该存在的自己、那种歇斯底里的欲望。

《小游园》里有个可以吞没一切的泥淖，厕鬼最喜欢在那一带徘徊，但总是会被结界拦住。

他骂过那道结界：“你怎么只拦我？”

结界静默不语。

厕鬼说：“我就是好奇想看一眼里面是什么样子，你为什么不准我看？你可真是小气得要死！”

结界静默不语。

因为结界知道，厕鬼根本不是出于好奇想看一眼，厕鬼是想跳下去。

王子舟想，如果结界会说话，那它一定会说：“诚实一点吧，厕鬼，欺骗我放你进去没有用的，你就是想毁灭自己。”

陈坞为什么要在《小游园》里拦住厕鬼？

谁都被允许走到泥淖旁思索是否要了结自己，可厕鬼不被允许。陈坞单独为厕鬼设置了结界，独一无二的结界，永远不作回答的结界。

没有原因，就是不许。

作者真的很偏爱厕鬼。

无脚鸟、无根木，浮云般飘荡的厕鬼。

王子舟忽然好奇陈坞写这一段的时候是怎么想的，她也同样好奇，作为厕鬼原型的曼云，看到这一段时又作何感想。

因此，她不合时宜地问道：“你和刺猬说过这些吗？”

曼云道：“我跟他说这些干吗？”

“可是《小游园》里……”

“你是想问那个结界吧？”曼云瞥她一眼，忽然骂骂咧咧，“破刺猬就是这样！他会读心术！他写那段的时候，我们甚至没见过面！”

“但你们应该经常联系吧？语音电话、视频之类的。”

“没那么多联系。”曼云捏瘪了空掉的棒棒冰包装，“但他就是可以从只言片语里抓到你，他就是这种人——天生观察家，修习过读心邪术，你防着他点！”

“啊？”王子舟没料话锋又转向自己，“我防他什么？”

“你要是想脚踏两只船，千万不要在他面前想。”

“我不是那样的人！”王子舟辩驳道。

“也是，除了刺猬，你也喜欢不上别人了。”曼云说道。

“凭什么这么说？！”王子舟不服气。

“王子舟，就像没有人会像你一样用那种方式读《小游园》——”曼云忽然喊她的大名，“可能也没有人比陈坞更了解你了，你知道他看过你所有的译作吗？”

“我……不知道。”

“包括你给别人当枪手那本。”曼云盯她道，“你那个大师姐姓黄吧？我看他读过那本书。”

王子舟在池田屋跟陈坞说过给大师姐当枪手的事，可她从来没说过大师姐是哪位，以及那本代笔的书叫什么名字。

“他怎么会知道……”王子舟说，“问了编辑吗？”

如果找丁嫒嫒问，大概也能问出大师姐是谁，那本书叫什么，可这未免太唐突太冒犯，不像是陈坞会做出来的事。

“你应该了解的，他怎么会做那种事？”曼云耐心地说，“当然，肯定根据重点信息做了排除，最后得到一个比较小的范围，在这个缩小了的范围里，他找到了那本书。”

“为什么？”王子舟满头雾水，“我甚至刻意模仿了大师姐的行文风格，大师姐最后还统一润色过！”

“听说过莫雷利鉴别法吗？”

“好像有一点印象……”王子舟于脑海中费劲搜索，“是那个把类型概念引入艺术鉴别的乔瓦尼·莫雷利[①]吗？”

“没错，按照莫雷利鉴别法的观点，画家会在构图以及绘制重要的部位时学习前辈、遵循传统，但在绘制那些不太重要的细节时——比如耳朵和手——会下意识地流露出个人特征，而正是这些不起眼的特征，成了鉴别画作是否出自某画家之手的重要凭据[②]。”

曼云说完看她：“陈坞看那些译作大概也一样吧，他很清楚你会把耳朵画成什么样，清楚哪些耳朵是你画的，哪怕是在署着别人名字的译作里。”

那些耳朵。

① 乔瓦尼·莫雷利（Giovanni Morelli）：（1816—1891），意大利艺术收藏家和鉴赏家、作家、政要。

② 请参考郁火星《西方艺术研究方法论》，北京：中国书籍出版社，2019 年版，第 62 页。

不是我的下意识流露，而是我不甘心的标记，我故意的。

我觉得我藏好了。

可你还是把它找了出来。

你居然明白那些东西。

我担心喜欢只是幻觉，担心回应来得太突然、太意外，担心你不够了解我，担心你说“没有那么可怕”只是无凭安慰，现在我——

知道了。

我确定了。

我们都在别人不曾留意的细节里，寻找彼此。

我们完全是同类。

CHAPTER 16

白纸

01

吃完冷饮，在便利店短暂歇脚之后，大小王继续往家的方向走。

说来奇妙，我们一旦更改了对关系的定义，就会根据定义来调整相应的距离，同样，也势必要接受、承担相应的内在暴露——只是过了一个中午，只是在大势至菩萨跟前说了那一番话，原本两个交情甚浅的陌生人，现在也构建起了家人一般的亲切与信任。

走到楼下，王子舟伸出双手："给我吧！"

曼云竟然有几分不舍，低头看纸箱："哎。"

王子舟没有说话。

留一点时间给他吧！她想，就像《小游园》作者为厕鬼设置那道永不回答的结界，她也想为他做点什么——哪怕只是接受这个沉甸甸的纸箱。

纸箱最终递过来。

王子舟郑重其事地双手接过。

曼云手插兜，说："那我走了。"

王子舟站着没动，等他转过身走了，忽然说："你知道他很偏爱你吧？我是说刺猬！”

曼云顿步，头也不回，半天才道：“你烦死了！”

王子舟大声道：“我们都很喜欢你！拜托你也喜欢喜欢自己吧！”

曼云瘦削的肩膀耷拉下来。

他似乎长叹了一口气。

“走了！”

王子舟看厕鬼逐渐远离了泥淖，看曼云消失在巷口，这才抱着重得要命的纸箱回到了公寓。她把箱子和靠墙的书摆在了一起——那个女孩啊，真希望你过得顺利，有书读，有挚友，有自己喜欢做的事。

想着想着，她坐在地板上又哭了一场。

今天的眼泪真是丰沛，像台风登陆一样，河流里蓄满水，空气里充溢着潮气，随随便便就下起暴雨。

哭够了，她就站起来洗脸，坐回电脑前，打开工作文档。

蒋剑照走之前帮她把拆下来的床抬了回去，置物架也挪回了老地方，一切照旧，什么都看似没有变，但明明又觉得哪里不同了。

譬如她现在对着《小游园》的电子原稿和译文文档，就生出了前所未有的忐忑心情——她很好奇，陈坞怎么看待她作为译员的身份。

大家读译作，除非译者是名家，除非译得太糟糕，一般情况下不会留意到这个中间人。译者就像一个隐形人，多数时候并没有存在感，也几乎不会有人盯着某个译者的译作去看，因为本末倒置嘛。

可陈坞就干了这样的事，不是因为被原作的内容吸引，而是出于那本书是由某位译员翻译的缘故。很难说他最初这么做，是不是为了一探这位担当译员的实力——毕竟我的书要经由她的手转译为另一种语言，我这么做很合理。可之后呢？他还去寻找了她那本“不曾署名”的书，事情发展到这一步，就很难说是为了打探实力了。

你几乎看了我所有的译作，又有什么样的结论呢？

王子舟拿过手机，给陈坞发了消息：“晚上要一起吃饭吗？”

过了一会，他回：“嗯。”又问，“你想吃什么？”

王子舟想了想：“在家吃吧，我下午干会活就去买菜！你晚点从研究室直接过来就行。”

陈坞回她：“你忙工作吧，不必特意出去，我一会顺路买了菜过来。”

九月了，天还是很热，王子舟其实没那么乐意出门，她想了想，快速地回了一个：“好！”

从两点到六点，一条信息也没有，王子舟久违地进入了一种叫作心流的状态，被智能手表催促着起来站一站，她才意识到窗外铺满了晚霞。

去厨房倒了杯水，她站在玻璃门前慢慢地喝，手机推进来一条消息。陈坞问她：“我在超市，你有什么特别想吃的吗？”

王子舟直接回了一条语音："都可以！"

陈坞也头一次用语音回她："那我看着办了。"

王子舟回："那你看着办吧！"

她放下手机，飞快地收拾了一下家里。好在屋子小，平时也不邋遢，整理整理台面，把外面晾晒的衣服收进来就行。

没过多久，可视门铃就响了，王子舟给他开了门禁，预估着上楼的时间又打开了房门——她从没这么做过，但她设想过很多遍。

半敞着门等待的真实心情，原来是这样。

那个身影从电梯里出来时，王子舟露出了笑脸。

"你在等我吗？"他走到门口问。

"当然！"她应道。

陈坞走进玄关，把买来的菜递给她，弯腰脱鞋，随后卸下背包，从里面取出一个包装好的盒子——扁扁的，略有分量，尺寸比明信片稍大些。

"给我的吗？"王子舟接过来，"是什么？"

"本来应该早点给你的，不过也不迟。"他说，"一会再拆吧。饿了吗？"

不说还好，一说就饿了。

王子舟点点头，陈坞又说："袋子里有零食，饿了可以先吃点。"

王子舟翻出袋子里的盐味小仙贝，撕开外包装，像仓鼠一样吃起来——嘎嘣嘎嘣，越吃越饿。

他说："做牛肉炖吧，蔬菜最后放进去一起煮。"

王子舟盲目地点头："那我要做什么？"

陈坞说："洗菜吧，我来切。"

有序地忙碌起来，此般情形，王子舟也设想过。然而想象只是模糊轮廓，与实际发生到底是两码事——气味、温度、声音，以及总是要撞到一起的手肘，都是想象所不能及的。

她仔细咂摸着真实的滋味，把洗好的菜堆到案板上。

牛肉片在锅里变色，料汁煮开，各色蔬菜依次码进去，咕嘟咕嘟，过道里满是食物的香气。

等它煮好的间隙，一下无事可做，王子舟忽然抱住了刺猬。

什么话也没说，刺猬也回抱了她。

今天啊，今天——情绪涌动、难以平复的一天。有点悲伤，有点失落，有点欣喜，又有点忐忑……我揣着这样的心情飞了一整天、一整天，企图找个落脚的树桩，就是这里吧？

什么话也没说。

你又度过了怎样的一天呢？

哎，不用说，你的心跳告诉我了。

应该是还不错的一天吧。

王子舟松开了他，打趣说："哇，你耳朵好红。"然后大胆地伸出手摸了一下，又说，"不要走神，免得潽锅哦！"

陈坞赶忙转回身调小了灶火。

"拿餐具吧，马上可以吃了。"他说。

王子舟拉开抽屉选碗勺，她刚拿出来，陈坞就说：“这是上次那个吧？”

“记性真好，偏不给你，今天我要用这个！”王子舟故意作了调换，她甚至把蓝雀杯据为己用，倒满了冷饮咕咚咕咚喝了半杯，坐下来等饭吃。

外面天完全黑了，茶几上方亮着低色温的暖灯。

陈坞把锅端过来，她又支使对方：“连一下音箱，随便播点什么吧。”

陈坞去连了她的音箱，就像她昨天在东竹寮连他的音箱一样。

属于另一个人偏好的音乐悄悄潜入这个空间，存在感不是太强，但又确实存在着。

难得在家吃了一顿如此热气腾腾的饭，按说该心满意足，可王子舟就是不知足。收拾桌面，清洗餐具，一个人就可以轻松完成的事，王子舟非要凑到一起去，她想这就是难以免俗的“腻在一起”。

餐具洗好，全部放到沥水架上，又洗了桃子。

陈坞说“一会再吃”，她也跟着说“一会再吃”。

“那这会干什么呢？”她侧头问他。

他回看她。

“你想提前看《小游园》译文吗？”

“可以看吗？”他小心地问。

王子舟心想，原作者果然禁不起诱惑！

她坐回电脑前，调出文档，拉到第一页，大方地说：“看吧！”

屏幕有点远，字又很小，陈坞凑近了看。

“你是不是有点近视？”她忽然问。

“嗯。”

“带眼镜了吗？”

“带了，在包里。”

他又去拿了眼镜，戴上之后终于可以轻松地阅读小字。他站着看屏幕，王子舟就坐在椅子里仰头看他，留意着他的表情变化——她可以从那种细微的变化里读出满意还是不满意，除非对方隐藏得特别好。

看了十几页，他都没有说话。

王子舟终于忍不住：“怎么样？”

他垂眼看她：“你很在乎我的评价吗？”

王子舟点点头。

陈坞却说：“别人的评价没那么重要。”

王子舟敞开心胸说道：“这么说吧，我这个人，确实很在意外部的评价，以前我还会去评分网站上特意找那些差评。你知道的，大部分的评论都是给原作者的，给翻译的很少，翻译要么做得特别好、要么特别差才会获得几句评价，我就看见过说我特别不好的，那种难过，天啊，就像被一锤子砸倒的感觉……”

她眼睛亮晶晶的，语气也有点变调。

陈坞悄悄地在桌面上搜寻纸巾盒。

王子舟迅速调整情绪，接着说道："当然也有让我受宠若惊的那种夸奖，真的夸到天上，让人飘飘然。这两年其实已经好很多了，我对自己的水平有了大概还算稳定的认识，我没觉得自己多好，当然也没有那么烂，有些评论我一看就知道是过誉，有些评论一看就知道不用理睬，我已经在努力克服那种依赖外部评价的自我评价了，所以你不用担心你的发言会击垮我。"

她重新看向陈坞："你是别人，但你也是原作者，而且你书面日语很好，所以——我很好奇这个角度的评价。"

"很奇妙。"他说了这三个字。

王子舟与他对视。

他看向屏幕："变成另一种语言，对作者来说，这已经是崭新的文本了，它确实经过了重写，我只能说——"

王子舟深吸一口气。

"你真的很清楚我想表达什么。"

王子舟如释重负，甚至生出一种感激的心情——不是感激你，是感激我自己，竟然真的清楚你想表达什么。

"那再说说其他的，你读过我其他的译作吧？"王子舟紧追不舍。

"那些日译汉的作品吗？"陈坞有些意外，也不那么意外，"我确实读了，原谅我没有提前和你说。"

"读什么是每个人的自由，不用和我说！"王子舟不计较。

他思索了片刻，最后回道："如果我不认识你，我会觉得这是一名有风格有潜力、对文字很敏锐的译者。”

这已经是称赞了，王子舟心跳得飞快。

“为什么加那个前提？”她仍然不安。

“但我认识你，且知道了你为什么成为翻译——”他稍稍放缓语气，视线重新转向王子舟，“那我会觉得，这是一名一直在为自己的初心付出实践的、有所追求的、脚踏实地的译者。”

王子舟用力咬住了自己的下嘴唇。

她觉得自己的身体在颤抖。

“你真的很喜欢翻译这个工作吧？”

“是的。”

哽咽着，眼泪涌出来。

她伸手环住他的腰，大哭。

所有人包括父母都说——

那么多好就业的专业，何必非要去挤那个“性价比低”的专业？

你将来要吃苦头的。

我也确实吃够了这个专业的苦。

很多方面。

做个现实一点的普通人吧，他们说。

你总要吃饭的。

你没有那样的家底。

你得算一算性价比。

你有更优的选项。

可是没有人问过我——

你真的很喜欢吧？

我真的很喜欢。

02

暴风雨真的来临了。

名为情绪的风暴，一旦登陆，便搅得岛上不得安宁。孤岛以往都是默默忍受这种入侵，直到它自行平息，但今日孤岛开始朝另一座孤岛呼喊："你看见了吗？暴风雨登陆了！"

暴风雨当然不会因为这种呼喊而停止，孤岛所有的承受一点也不会少，因为另一座孤岛用无线电回它："我看见了！我看见了！"

孤岛便觉得暴风雨也没什么可怕。

王子舟放肆地大哭。

最后两个人都坐到了地上，一个挨着床，一个蜷腿坐在对面。两座孤岛在暴风雨制造的恐怖气氛里，用无线电零零散散地交换着没什么用的信息。

大约过了二十分钟，王子舟开始抽噎，她想今天真是哭得太多了——这简直用光了她半年的额度！

陈坞就坐在她的对面，他们脚尖碰着脚尖。

"你能不能坐到我旁边？"王子舟哽咽地请求道。

陈坞于是也背靠着床架，在她身边坐下来。

王子舟抓过他的手，说了一声："对不起，我也不想这样。"

陈坞任由她抓着自己的手。

王子舟又说："其实前几天蒋剑照还在的时候，我爸妈打过电话给我，问工作的事，又问到最近在干什么，我说写论文做图书翻译。他们说，你上班以后还做这个吗？我说当然要抽空做，万一哪天就有能力做全职译员了呢。他们立刻把我臭骂了一顿，质问我是不是不想去上班，说人怎么可以没有单位，天天蹲在家里岂不是无业游民，一点保障也没有——"

说到这里，王子舟叹了一口气："我真的没有逃避上班的意思，我只是、只是叙述一种可能。我也理解，他们一辈子生活在小地方的体制之中，认为我描述的某种生活是空中楼阁，这很合理。平时我什么都不会说，但那几天我真的有些烦躁，就辩驳了几句，然后我妈妈就问，你为什么发脾气？我说，我只是在讲道理。她非说，你就是在发脾气，我说不过她开始哭。我爸爸就说，你为什么要哭？哭能解决问题吗？就知道哭。然后说我，你为什么总是那么容易激动？你为什么不能学学男孩子，稳重一点，坚强一点？"

好不容易忍住的眼泪又滚下来。

陈坞递了纸巾给她。

王子舟吸了吸鼻子。

"我真的很不喜欢那样的说法。"王子舟说，"男生难道就不哭吗？曼云就会哭！"她说着忽然扭头看陈坞，"你会哭吗？"

陈坞没忍住笑了，他点点头："会。"

"什么时候？"

"很多时候。"

"可你不是……控制情绪控制得很好吗？"

"也不是时时刻刻。"陈坞说，"再说，哭也不是什么坏事，哭不能等同于情绪不稳定，不能等同于脆弱。哭泣是一种能力啊，我们生下来就会哭。"

"是哦。"王子舟擦掉了眼泪，"可我爸妈不许我哭，我和他们有分歧，一旦开始掉眼泪，他们就要指责我软弱。"

"他们对你有预期吧，哭不在那预期之中。"陈坞停顿了一会，"也许没有几个家长喜欢子代的哭声，婴幼儿时期还可以用食物、玩具哄骗着应付过去，成年子女的哭声，他们可能真的不知道怎么处理，只能僵硬地沿用那些你幼年时就听过的指令式话语，制止你继续表露情绪。"

王子舟仔细一想，和父母的情绪交流，好像在很久之前就停止了。

"成年子女的情绪，他们可能也很害怕，因为没法掌控，也很难去理解——孩子的哭总体比较好懂，成年人哭泣的理由真的五花八门。之所以那么粗暴地进行制止，也许是因为在他们有限的经验里，实在不明白如何细腻地去处理这些问题。毕竟他们自己在成长的过程中，大概也没有被贴心地关照过。人除非后天主动去学习这些，不然很容易把自己经历过的，原样倒给下一代。"他说。

王子舟很少这么去想，她尝试过去理解父母，但每次都说服不了自己——我已经这么努力地去满足你们的期待，温柔一点对我、多爱我一点为什么不可以？

我要求得很多吗？

也许不是多少的问题，是付出与求索的不对等。

世代之所以有划分的必要，也许就是因为每一代人都不同。旧时候，家族长辈还能以丰富的人生经验指导晚辈的生活，毕竟背景、底色相近；而在成长环境相去甚远的两代人之间，这种指导反而变成了干扰、变成了噪音。

因为意识到它们是噪音，我关闭了信号接收台，发送信息的那一端觉察到了我的“忘恩负义”，只能用狂怒与指责来表达不满——

我为养育你付出了那么多，你怎么敢关闭信号台？

因为我要的是爱，你们只需要爱我就好了。

爱很难吗？爱很难，爱最难了。

“你妄图过父母无条件的爱吗？”王子舟忽然问。

“有吧。”陈坞说，“但意识到不可能之后，也就无所谓了。”

王子舟想到蒋剑照描述的他的父母。

她冒进地继续问道：“蒋剑照跟我提过，你在家里也叫她赵老师。”

陈坞不是很意外，他应道：“对。”

王子舟不理解：“为什么？”

陈坞说：“因为她不喜欢那个身份，潜意识里也不希望自己的后代是个男孩。”

王子舟吃了一惊。

“赵老师是长女。”他无波无澜地说起家里的事，“外公外婆有三个孩子——赵老师，姨妈，还有舅舅。外公外婆当然只偏心舅舅，但是舅舅身体不好。赵老师大学毕业那年，舅舅生了大病，赵老师就选择回了老家，因为外公外婆承受不了那种打击。姨妈性格比较软弱，没有什么存在感，赵老师很强势，也一直妄图证明自己。那个年代，如果她不是功课特别出众，她是不可能去读大学的。她一直想向外公外婆证明：我才是这个家里最优秀的孩子，我支撑起了这个家，我付出了一切，可为什么你们最不爱的就是我？你们只是在需要的时候想到我，利用我，要求我牺牲。”

他转头看她。

“赵老师如果是儿子的话，也许……”王子舟感到一种似曾相识的恐怖，“就不需要通过这些方式来证明自己了吧？”

“对，因为是女儿。”他说，“她和外公外婆的关系很病态，所以她认为自己也处理不好亲子关系——我出生后没多久，刚好爷爷奶奶退休了，就和他们一起在乡下生活，小学三年级才回到赵老师身边。那个时候，我已经是一个学生了，所以她可以用对待学生的方式来对待我，那一套她很熟练。”

“那你是让她得意的学生吗？”

“从某种程度上来说，我算是辜负了赵老师的期待吧。”陈坞试图解释，“她预想中我应该要更珍惜自己已得的东西——类似生产资料的那些东西。她认为我吃够了独生子女和性别的双重红利，有过良好的教育，物质上也不匮乏，应该有更好的产出。但问题就出在‘更好’，更好就是永远不满足已经取得的东西，这其实是她对自己的要求，但我不是这样的人。说这种话难免有站着说话不腰疼的嫌疑，毕竟我的性别不需要像她一样来证明自己。我理解她吗？也许吧。但没有经历过她承受的那种家庭内部长期的不公正对待，也许很难真的理解。”

“你爱她吗？”

“当然。”陈坞说，“但我不会因为爱她就无条件服从她，我只能尽我最大的努力去理解她，在最小的冲突范围里解决那些必须要面对的问题。她看起来很强势，其实很脆弱，我曾经告诉她我看到了她的脆弱，她却突然就失控了，歇斯底里地大哭，可从那之后我们再也没有争执过。后来我来日本，她给我写了一封长信，没有任何和爱、喜欢相关的字眼，但我还是能感觉到，她没有能明确表达出来的那些感情——”

“她是不是感谢了你的拆穿？”

“是。”

“那就是她认可那种东西被分担了。”

陈坞看她。

“被看到，被拆穿，被分担，就算解决不了实际的问题，也无法填补以前制造出来的那些空洞，但会带来莫大的慰藉——忽然就平和了。”王子舟侧过头回看他，“我现在就是这样的心情。”

陈坞难得地叹息。

“你爸爸呢？”她又问。

“嗯？他啊——”陈坞笑了笑，“他是‘聪明’人。”

“怎么说？”

“他知道赵老师比我可靠，知道赵老师才是他的第一顺位，一旦确认了我能自己处理那些问题，一旦确认了我还算安全，他就撒手不管了——这个孩子不用我救，他自己就能救活自己，如果我强行介入，赵老师反而会对我不满，那就偷个懒吧，大概是这种心态？”

“很难批评他的不作为吧？”

“但他确实不作为。”

“其实我爸爸也差不多。”

两个人不约而同地笑起来。

“我的不协调——”王子舟忽然说，“其实是满足他人期待、还是随心所欲做自己的这种矛盾造成的吧？”

“他人的期待，也可能会转变为你对自己的期待。父母希望你出人头地，你在证明自己的过程中，也会把这种期待内化，认为自己就应该与众不同，但现实和人群又时刻提醒你，你没有那么与众不同。”

“是啊，我没那么与众不同。”王子舟低头咕哝，“我真是普通。”

我真的接受自己是个普通人了吗？

每次我说自己是普通人，都有迷路一样的心情，像是把自己弄丢了。

我弄丢了那个引以为傲的自己。

可那其实什么也不是，没什么特别。

王子舟深吸一口气，眼眶鼻腔潮气泛滥。

暴风雨的尾声，还是要响一两声闷雷，下几滴小雨。

“你要现在拆礼物吗？”陈坞忽然问。

“嗯。”带着浓重的鼻音，王子舟应了一声。

陈坞把那个包好的、明信片大小的礼物拿过来。

用一层白纸包着，连蝴蝶结和丝带也没有。

王子舟接过它，小心翼翼地拆开包装纸——一个白壳抽拉式纸盒。抽出来一看，她惊道：“这是你发在朋友圈那一叠白纸吧？！”

“对。”他说。

100 张白纸。

对光摊开，是裁切成明信片大小的——100 张产地不同、质地不同、制作工艺都不相同的白纸。

乍一看都是白纸，但它们却是不同的白纸。

世上不存在完全一样的两张白纸。

哪怕从同一个盒子里抽出来的。

放大了看那些纤维，看那些纹理，它们就是不同。

只是它们都叫白纸，普普通通的白纸。

你很普通，我也很普通，我们被压缩在这个小小的纸盒子里，放眼一看差不多，但你是你，我是我，我们是我们。

王子舟忽然想明白了。

陈坞没有跟她说这些，他只是说：“上次来你家，看你喜欢在卡片上画那些图形，之后我路过卖纸的商店，看到了这个，觉得很适合你就买了——而且100这个数字……”

“你想说最开始那个100日元吗？”

“嗯。”

“你早就知道我的生日比你早一天。”

“对。”

“为什么那天没有送呢？”

“因为胆怯。”

“你也会胆怯吗？”

“会的。”他的眼睛很亮，“所以我很感激那天你来了。”

“我说想摸你的头发，你当时……”

“我很害怕。”他难得地深吸了一口气，“那些东西在我的身体里剧烈地摇晃，感觉要漾出来。”

“可是我跑了。”

“你跑了。”

“我不跑了。”王子舟说，“我想要摸你的头发，不是那样的——”

她伸出双手，拿掉了他的眼镜。

“你可不可以留下来？”

100

CHAPTER 17

再见小游园

01

没什么理由，不是外面下雨了，也不是赶不上末班车，只是单纯地想要另一个人留下来，直接开口问就好了。

如此简单，真是意想不到。

意想不到的还有，亲吻居然这样让人着迷，王子舟根本不甘心放开他——心无旁骛地，手指探进对方的头发里。

对方的手也轻柔地捋开她的头发，托住她的侧颈，大拇指触碰着她薄薄的耳垂。王子舟整只耳朵都烧起来，发红，甚至发麻，与此同时，她也感受到了对方热烈的心跳与鼻息。

王子舟心想，我们的学习能力果然不赖，进步很大！

有性恋的亲密表达，其实千篇一律、乏善可陈，但人们就是乐此不疲，甚至还喜欢旁观别人的亲密表达，真是匪夷所思。

王子舟从前在书本、影视作品里旁观过那些表达与描述，大多数似乎都是干柴烈火、顺水推舟，但落实到个体的实践，好像是另一回事。

她住手了。

她知道剧情不会那样发展。

按照陈坞的性格，他一定会说："那我们准备一下。"按照她的性格，她也一定会说："那我们准备一下。"

显然不是毫无准备的今天。

为什么要他留下来呢？王子舟想，暴风雨过后的孤岛，平静得如同一望无际的荒原，只剩下一点寂寥和潮湿的风，正适合与另一座孤岛互诉衷肠。

哪怕不说话，只是相依偎也不错。

被情绪的暴风雨扫荡过的孤岛，疲惫非常。

王子舟说："我好困，现在就想睡觉。"

她耍赖一样爬上了床，坐在床上把手伸给陈坞："你也上来。"

八十厘米的小床，明明拆下来就可以变成一米六的双人床，她非不干，也不告诉对方这种可能性——一方面也许是因为搬来搬去太麻烦，还要重新铺床单；另一方面，她想离他更近些，哪怕床小局促，伸展不开。

我非要折磨折磨我们，恶魔想。

刺猬犹犹豫豫。

恶魔知道刺猬有洁癖，不换上居家的干净衣服，别说床了，连椅子都不会随便坐的，于是她说："没关系，我也没换睡衣，可以直接坐到床上来！"

她伸出去的手在半空晃荡。

刺猬抓住了她的手。

他坐到那张床上，问她："你喜欢侧哪边睡？"

“右边！”王子舟说。

“那你睡外面吧。”他说。

“那你呢？”

“侧左。”

“你不会骗我的吧？”

“真的。”

于是正好面对面躺下来。

孤岛碰到了一起，在八十厘米的小床上。

真是狭窄，都不好翻动身体。王子舟想调整一下睡姿，一抬头忽然“咝”了一声，陈坞居然一愣：“怎么了？”

“你压到我头发了。”

“啊？”

闷声笑起来。

不知道是谁先笑的，反正最后都笑了。

王子舟笑得发抖，她把头整个埋进了他的颈窝，带着笑意闷闷地承诺：“我什么也不会干的！”

“可是很痒，你的鼻息……”

王子舟仰头看他一眼，继续笑，最后稍稍后撤一些，说：“好啦，我真的太困了，晚安。”

内心充满渴求，但又无比平静，也许是因为双手已经拥住的实感吧，她难得地睡了个没有梦的觉，哪怕屋子里灯没关，哪怕床狭窄到无法翻身，哪怕醒来时胳膊简直麻了。

晨光一如既往热烈，陈坞的手搭在她后背，她稍稍仰头就可以看见对方的睡颜——睫毛蛮长的嘛，让我来偷一根。

恶魔伸出罪恶的手，还没探抵目的地，刺猬忽然说：“我要假装睡着吗？”

“啊？”恶魔吓得坐起来，“你什么时候醒的？是不是又头痛了？”

“没有痛，睡够了就醒了。”他也坐起来，回头看一眼背后的窗户，“真是好天气，你今天要做什么？”

“去研究室，早上有个组会。”

“我也要去研究室。”

“今天还跑步吗？还是……”

“你是不是不想跑？”

“对……睡得肩酸背痛，你呢？”

陈坞也点点头。

“对不起，这个床——”恶魔跳下床，老实交代，“其实可以拆开的。”

“猜到了。”刺猬说。

“那你还假装不知道！”

刺猬无辜地敞开怀抱，恶魔没经受住诱惑，扑上去，就这么安静地在晨光里拥抱了一会。

“真奇妙。”他说。

“真奇妙。”她也说。

我们好像打破了彼此城堡的围墙，现在共筑了一条新的护城河。

“几点了？”王子舟忽然问。

“八点了。”

“八点了？！”她惊道，“手机闹钟怎么没响？”

“昨天晚上是不是没有充电？”

“是哦！”王子舟走到工作桌前，轻触屏幕，果然毫无反应，她迅速给手机充上电，又问陈坞，“要不要充电？我有多余的线！”

陈坞把手机递给她，问她吃什么。

“你看看冰箱里有什么吧，实在不行去学校吃。”

有鸡蛋，还有半颗卷心菜。

他扭头看正在拿衣服的王子舟：“有面粉吗？”

王子舟说：“有，在上面吊柜里。”她抱着衣服挤进浴室，探头说，“你要做卷心菜饼吗？”

他回头说：“嗯。”

她说：“那我先洗澡哦，你做好了再洗漱吧。”

“好。”陈坞应道。

浴室里响起水声，厨房里也响起油烟机的声音，夹在中间的狭窄过道，被两重动静热闹地包围起来。这边卷心菜饼淋上酱汁刚出锅，王子舟也吹干头发从浴室里出来了。

她说：“我给你拿了牙刷，蒋剑照来之前我刚好买了一盒新的。”

“嗯，先吃饭吧。”他顺手推了水杯过来，“刚烧的，放了一会温度应该下来了，还是小心烫。”

王子舟捧着水杯慢慢地喝，抬眼瞥他：“你好像一个田螺姑娘。”

陈坞俯身把筷子递给她：“田螺姑娘一会儿就走了。”

她耍赖：“田螺姑娘不要走。”

又笑起来，他坐下来说：“田螺姑娘要回去换衣服。”

她顺着说：“那田螺姑娘干脆放一点衣服在这里吧！”

田螺姑娘没有扭捏，应道：“好。”

快速吃完了早饭，陈坞正要收拾桌子，王子舟说：“你去简单洗漱下吧，我来洗就好了，这样可以快点出门。”

陈坞应声去洗漱，王子舟去厨房清洗餐具，最后收拾了包，拿到玄关，陈坞从浴室出来了。

“你骑车来的吗？”王子舟在地板上坐下来，从下沉玄关捞过帆布鞋，一边往脚上套，一边抬头问他。

“嗯。”陈坞也在旁边坐下来，开始穿鞋。

他迅速系好鞋带，王子舟忽然说：“等下！”

陈坞侧头：“怎么了？”

她道：“你这个鞋带怎么感觉和我系得不一样？你这个好端正！不都是打了个蝴蝶结吗？”

他说：“我看看你的。”

王子舟表演了一个系蝴蝶结——折两个兔耳，打结，一个歪歪扭扭的蝴蝶结就出来了。

“我知道了。”他说，“你确定要学我的打法吗？”

王子舟伸手拽了拽他的：“你的不容易散哎，我要学！”

他重新拆开自己的鞋带，王子舟也拆开自己的，跟着对方的分解动作，她一遍就打好了。

“原来这么简单，只是多折了一道。”王子舟高兴地说，“走吧！”

“走吧！”他也说。

走吧——

走出这扇门，继续出发。

去学校，去研究室，去食堂，去图书馆，去更远的地方。

生活照旧，又不那么如常，从此平静的湖心掠过飞鸟，带来崭新的问候与涟漪。

虽然是迷信，但也许头痛御守真的管用，没多久，陈坞的头痛便退潮一般地结束了——长达 82 天的发作期，几乎覆盖了整个夏季。

下次发作期什么时候来呢？谁也不知道。也许是三个月后，也许是半年，运气好的话，说不定两年、三年、四年，也不会再发作。

一直到毕业，名为头痛的暴君都没有再来。

其间从短袖换到长袖卫衣，再到穿上厚厚的羽绒服，又因为突如其来的新冠疫情，陈坞搬出了东竹寮，就这样一路走到了次年春季。

毕业季，陈坞选择继续在K大读博，王子舟则决定去东京工作。曼云得知后一点也不意外，说她："你终于还是要去做人了。"

在《小游园》里，有一个设定。

妖怪们离开"小游园"的范围，就必须化身人形，做人去。

虽然作者本人不同意，但无论是曼云、王子舟，还是蒋剑照，都认为这是一个巨大的隐喻——

"我们真是一群奇形怪状的妖怪。

"特别的、独一无二的、不完美的。

"只有在小游园里可以露出自己本来的面目。

"一旦离开小游园，就必须以主动或被迫捏造出来的面目，恰当地作为人活下去。

"可是，小游园在哪呢？

"它并不具备实体。

"地图上根本没有小游园这个地点，它是由妖怪们共同想象、构造出来的——以为可以回归的彼岸与本乡。"

这是他们三个人抛弃原作者之后的阅读理解。

王子舟之前做这个阅读理解时还没有任何实感，在那一天来临的时候，她才真正意识到什么是"离开"。

陈坞和曼云送她到车站。

她和陈坞说了很久的话，曼云等得都不耐烦了，扯了扯口罩说："你们可真烦，不知道的人还以为东京和京都隔着十万八千里呢——就两个小时的车程，在我老家都出不了省！有必要这么难舍难分吗？”

他又催促王子舟：“快走吧！赶不上车了！”

王子舟抱了一下陈坞：“那我走了。”

他只应了一声。

就那一声，王子舟就不敢回头了。

还好戴着口罩，不小心掉出来的眼泪，都会藏进口罩里。

她选择继续去工作，确实经过了深思熟虑。首先，工作机会来之不易，虽然不确定会不会喜欢，但将它视为离开小游园的第一站，似乎也不错；其次，她也从来不是一时脑热要和父母对着干的人；再次，如果说不去就不去，还会连累学校声誉——

看吧，我就是这样的人。

这样想着，踏上了远行列车。

玻璃窗外的京都，在不断地消失。

离那个并不存在的彼岸与本乡，也愈来愈远。

再见了，小游园。

02

2021 年冬。

十二月，临近圣诞和新年，空气里都浮动着过节的味道。王子舟下班回家的路上突然想起来，这一天是冬至。

冬至该吃什么呢？陈坞在就好了，他肯定知道要吃什么。

王子舟想着想着，摸出手机给陈坞发了个信息："你今天打算吃什么呀？"

陈坞发了一张图来，视角是购物袋内部，一堆食材，看起来像是要做一顿大餐，真是让人羡慕。

王子舟边走边回语音："好羡慕，我还不知道吃什么。"

陈坞没回她。

他好奇怪，一整天都好奇怪——其实没什么明显的异常，但直觉总是先于逻辑，抢着报告肯定有哪里不对劲。

王子舟走到楼下，和往常一样进门按电梯，上到十五楼，电梯门一开，她一下子愣住了，这是谁坐在我家门口？！

那个人穿着黑色的长羽绒服，蜷腿坐在门口，口罩遮去大半张脸。

她走过去。

对方听到动静，仰起头看她。

王子舟说："你为什么会在这里？！"

他回道："我来开会。"

王子舟不可思议道："线下的会议吗？你可不要骗我。"

"真的。"他说，"不然我穿成这样做什么？"

羽绒服里是黑色正装，陈坞确实很少穿正装，王子舟这才信了。

她说："早上来的吗？就开一天吗？"

"明天还有一天，有安排酒店，我没去。"陈坞仰头看她，"今天是冬至，我想过来和你一起吃饭，所以来的路上去买了菜。”

“你……”王子舟哭笑不得，“万一我在外面吃了怎么办？你岂不是白准备这个惊喜了？”

“那就是我擅作主张，咎由自取。”他笑着说，“怪我自己。”

“好了好了，你快起来。”王子舟把手伸给他，“为什么在外面等啊？外面那么冷，我又没改过密码。”

“没和你说要过来，还是在外面等比较好。”

“可我如果突然杀回京都，就算没和你说，也不会在外面等的。”

“在外面等不一样。”

“哪里不一样？”

“哪里都不一样。”

“真是说不过你。”

王子舟故意瞪他，可即便是按密码开锁，也始终拽着他的手不放。

门锁打开，王子舟率先挤进玄关，陈坞也跟进来。

要在往常，门一关上，王子舟肯定是放了东西，立刻摘掉口罩脱下外套去洗手，今天却反常地转过身，把手伸进了对方的羽绒服里。

真暖和，她发出一声叹息，随后把头也埋进去。

能听到心跳声。

就这么安静地待了一分钟，王子舟仰头，说：“你帮我把口罩摘了吧。”

陈坞摘掉她的口罩，然后摘下自己的。

他低头，她仰头，站在玄关亲吻。

头顶的感应灯忽亮忽熄，面对这种似曾相识的场景，从容地捣乱。

“它好烦。”王子舟仰头，“我要换掉它。”又对陈坞说，“你帮我把大衣也脱了吧。”她的手仍然停留在对方的羽绒服里，窃笑着说道，“作为报答，我也可以帮你脱外套。”

感应灯乍亮。

王子舟帮他解领带，陈坞帮她解围巾。

“围巾暖和吗？”他问。

“暖和！”王子舟说，“没有比它更暖和的了！”

“给你打了一条新的。”

“在哪在哪？”王子舟雀跃地问道。

“在京都家里，回家给你。”他说。

“好吧！”

将外套都留在玄关，踏上室内地板，两个人挤在同一个洗漱池里洗手——疫情把王子舟也逼成了洁癖，在这个方面，两人倒是奇怪地同步了起来。

她洗好手就跑去卧室换衣服，换好之后提了一件白色的卫衣和一件灰色运动裤出来：“来，田螺姑娘，换上你的衣服！”

因为陈坞每次来东京都要做饭，田螺姑娘这个称呼就再也摘不下来了。

田螺姑娘换好衣服，就在厨房忙起来。

王子舟凑过去说："我也好想帮田螺姑娘做事，可是我还有一个文件要处理，怎么办呢？"

田螺姑娘大度地说："快去。"

王子舟心安理得地坐到了电脑前。

虽然还是一居室，但比她在京都的那个公寓大了一倍，卧室和客餐厨也完全分隔开，甚至能在客厅安置大工作桌——毕业刚来东京那会，她为了省钱也住过公司每月不到一万日元的单人宿舍，有食堂、洗漱间、独立卧室，各方面其实都很不错。但疫情时代，并不是每个案件都需要出勤，居家工作的时间反而越来越久，各方面稳定下来之后，她最终搬出了局促的宿舍，换了个可以舒服工作的环境。

遇上长假，陈坞也会来东京久住，所以买工作桌的时候，她干脆选了一张大的，两个人使用也不会拥挤。

不用出勤就一起在家工作，也让王子舟发现一些习惯上的差异——譬如她用时间追踪应用来记录自己各项工作的时间，陈坞则靠点蜡烛来计时，这也让她明白了《小游园》里为什么会有那个蜡烛会议；又譬如她几乎已经无纸化工作了，陈坞还在靠纸笔、靠手写解决很多问题，不论是写大纲，还是看资料。

所以有时候，她觉得自己是《小游园》里与时俱进的妖怪，陈坞则是那个傻乎乎的落伍术士——

按照她的要求，陈坞把她写进了《小游园－Ⅳ》。

在故事里，她是一个垂涎术士的自创妖怪。这个妖怪看着小小的，像仓鼠一样无害，一遇到术士就会放狠话说：“我要把你吃了。”术士则会离奇地接受这种嚣张的要求：“那你吃了我吧。”

别的妖怪觉得术士说出这种话完全是疯了。

术士我行我素，过段时间就会去看看那个妖怪，妖怪有时候也来找术士。

就这样延续到了《小游园－Ⅴ》。

《小游园－Ⅰ》日文版上市之后，王子舟继续担任《小游园》后续翻译工作。陈坞写《小游园－Ⅴ》那会，她就坐在旁边的电脑旁翻译《小游园－Ⅲ》，但两个人从来不会互相查看进度。

生活关系轻易延伸到工作范畴，很容易产生冲突，当然——讨论和互助则不算在此内。

王子舟把文件给合作 PM 发过去之后，客厅已经被食物的香气占满。她朝工作桌前的窗户望过去，天完全黑透了，格子般的光排布在建筑外立面上，是其他人家。王子舟忽然想，其他人朝我家窗户远远看来，也是一样的光景。

普普通通的光景。

但她感觉很不错，于是起身离开电脑桌，去厨房帮着做完最后的收尾，把饭菜端上了桌。

饭桌上，陈坞说：“开完会，我可以在东京待到你放新年假。”

“这么久？今天才 21 号！”王子舟嘴上惊讶，心里却是很高兴，“那我们 31 号上午回京都好了。”

为什么要回京都过新年呢？明明东京更热闹。王子舟也说不上来原因——也许是在京都待的时间更久、更亲切些吧。

其实也有更亲切、更想回的地方——譬如温州下面那个小镇。那才是她二十几年人生中最显眼最漫长的注脚，十几岁、二十出头的时候一门心思想要远离它、摆脱它，可现在似乎很难再回去了。

也许不仅仅是因为疫情。

人的心思啊。

晚上睡觉，王子舟久违地梦到了那个小镇，梦到了一些日益模糊的、青少年时期的片段——梅雨天从宿舍走去教室，总要湿透的帆布鞋；食堂既无诚意也无新意的难吃菜色；天都没亮的早读课；高三每天晚自习前永远做不完的测试卷；吃坏了东西胃不舒服，只好趴在课桌上等待那种疼痛离开、满头大汗的瞬间。

然后就醒了，哭醒的。

陈坞拍了拍她，她把头埋进他的颈窝，继续哭。

她不怎么在陈坞面前压抑这些看起来有些负面的情绪，好像从前父母强迫她咽下去的那些眼泪，终于可以肆无忌惮地流淌出来。陈坞也不会随便问她原因，这让她少了很多负担——我们哭必须陈明理由吗？也许不必。

哭够了就安静地继续睡去，早上醒来，一切照旧，把自己投入看似重复但确实崭新的一天。

12 月 31 号，两个人按计划回了京都。

属于 2021 年的最后一天，好像也没什么特别，连那种新年前的大扫除活动都没得做——陈坞平时把房子维持得太整洁了。

去年初，趁着王子舟那间公寓到期，他们搬去了一个 3LDK 的老式小独栋，离京阪电车出町柳站步行大概十分钟，去学校也很近。曼云住楼下那间改造过的和室，他们两个住楼上朝南带阳台的那个房间。

楼梯上来右手边的屋子，改成了一个工作室，从工作室的窗户望出去，刚好可以看到一楼入户小庭院里种的竹子。

工作室虽然是共用的，但曼云平时不太高兴上楼，他的房间又刚好是最大的一间，所以楼上基本只有陈坞和王子舟在用。

曼云今天不在。

这人毕业之后想办法解决了签证问题，就基本在家工作。陈坞虽然还没毕业，但也差不多。王子舟知道他们还会在类似 Upwork 的自由职业工作平台上接到专业相关的项目，但从来没有具体了解过，也不关心他们能有多少收入——反正没饿死，那就行了。

家里不需要收拾，王子舟和陈坞就去了一趟市场。吃了东西，买了晚饭要用的食材，又去百货店买了蛋糕，回到家已经是傍晚。

冬天黑得早，进屋就开起灯，王子舟坐在一楼客餐厅的大桌子上支起 iPad 看邮件，后来又点进那个根本无人浏览的自建博客，看起谈睿鸣写的日记。

年尾，她突然好奇谈睿鸣的乡居生活。

此事说起来也诡异，谈睿鸣今年年初搬去了陈坞老家，开始和陈坞的祖父母一起生活——最初只是曼云胡乱出的主意，后来竟然真的顺利实现了。

生活温柔起来，也蛮温柔的。

他想放慢脚步想一想，真的就慢悠悠地散起步来。

他在日记里写的，零零散散，没什么头尾，基本是想到哪里写到哪里，大部分都是随手一记，很不流畅，但细节倒也有趣，王子舟甚至能够从中捕捉到陈坞幼年时在那里生活的痕迹。

“五点多天就黑了，只有狗叫，外面灯也没有，院子里会留一盏灯，吃过晚饭，早早洗漱，我会上楼看会书，爷爷奶奶爬不动楼了，住在楼下。”

“村子里有一家卖羊肉汤的店，在桥头，上个坡就到了，撒上葱花，倒一点镇江醋，很暖胃很好吃。”

“最近太冷，冻得手僵，不去钓鱼了。”

“西门的水杉树长得老高，一整排，像戍卫队，很挺拔，试着画下来，最后还是一团糟，素描对我来说太难了。”

“最近学会了熬猪油，原来那么简单，水不断蒸发，猪油块收缩得越来越小，本来浑浊的液体，变得清透无比，等它凝固，就又变成洁净的乳白色。”

“原来的村小学拆了大半，变成村办事处了。”

“今天爷爷去帮村里去世的老人写了挽联，我也跟去写了一点，我的字真是局促。村里的葬礼，真是热闹，到晚上都能听见那些乐器的声音，乌拉乌拉。”

“狗也去世了。冬天是这样的季节。”

“曼云半夜打来电话，吵着要回国，他干吗？”

“今日冬至，想到苏轼的一句诗——我生几冬至，少小如昨日[①]。”

“在村里的小商店买到了京枣麻饼，隐约记得小时候吃过这些东西，大约是在腊月或者正月里。离过年还有一阵子，奶奶说买这些太早了，腊月二十四才用得上，说是要拿来送灶神上天庭，还说当天要做米粉团子。我曾经吃过这种东西吗？应该有吧。”

王子舟继续浏览，忽然听见楼梯处有动静。

陈坞拿着东西下楼来。

“那是什么？围巾吗？！”

“刚才去收了个尾。”他说着递给王子舟，“你试试。”

王子舟隔着桌子接过来，往脖子上一围，忽然看见底下缀着个什么东西。

“这是什么啊？”

她嘀咕着翻过来，上面居然用毛线织了一个立体的小刺猬。

“你怎么还会打这么复杂的东西？我还以为你只会织上下针！太可爱了吧？我戴着去上班没问题吧？”

“位置缝得很下，压在大衣里面看不出来的。”他说。

“好哎，这样只有我知道里面有一只刺猬。”王子舟顿时很

① “我生几冬至，少小如昨日。”引自苏轼的《冬至日赠安节》。

得意，拿起手机拍了一张照片，发到猪猪大队的聊天群里。

没有人理她。

过了几分钟，曼云弹了一个群视频邀请。

王子舟接起来。

曼云说："好丑的刺猬。"

王子舟大度地说："罢了，嫉妒的话语。"她看看屏幕里面，"你怎么连头发也不洗，在酒店隔离就可以这样随心所欲吗？"

月末的时候，曼云回了国，开始了住在隔离酒店的生活。

他说："不见人洗什么头？"

王子舟对着 iPad 说："你是不是很无聊？看起来好颓废。"

曼云把摄像头转了个向："老大，麻烦你看看我的工作台，你觉得我会无聊吗？"

"你怎么隔离还有这么多工作可做？"

"数字游民，懂？"曼云说完，话锋一转，"对了，我昨天做了个梦，梦到你和刺猬，一个住在城里一个住在乡下，你在城里上班，刺猬住在乡下的独栋房子里当数字游民，每周五带着院子里的新鲜蔬菜开车去东京送给你。然后你们跑去大使馆登记了，领完证又去居住地役所登记，再然后你因为有稳定工作居然是'世带主'（户主），我就吓醒了——这年头居然做户主也要有稳定工作！王子舟居然也要当户主！"

"什么啊……"

王子舟抬头看了一眼桌子对面的陈坞。

“你不要以为我乱说，你如果想当户主当家长，就最好趁他还没毕业把这件事情搞定。”曼云完全不知道陈坞在场，跷着二郎腿，捋了一下头发，继续胡说八道，“登记之前你最好检查一下他的户头，不要不好意思！我跟你说，还有一个办法——你去检查一下他的Upwork主页，看看简历，看看等级，看看他接的活，再看看时薪，预判一下。”

又问：“你是不是从没看过？”

王子舟当着陈坞的面拿起了手机。

她看着陈坞，故意问：“怎么可以搜到？”

曼云说：“笨蛋，这都不会？直接搜，平台要求必须有照片，看到重名的就核对照片！”

王子舟努力憋笑。

陈坞忽然起身递了手机过来。

王子舟直接看到了后台数据。

曼云意识到画面里忽然伸进来的手和手机，后仰骂道：“陈坞你有毛病吧？为什么要偷听我们家庭内部谈话？”

画外音懒得理他：“我去做饭了。”

曼云骂骂咧咧，又问：“他是不是把Upwork后台给你看了？”

王子舟看看后台数据，放下了手机：“没错，他能养活自己，本户主放心了。”说完又咬牙切齿，“早知道我也学数学！”

曼云说：“干吗？学数学又做不了户主。”

“说得也是。”玩笑开完，王子舟又问，“你吃过饭了吗？”

他刚说完“隔离餐还没送来”，蒋剑照也加入了群视频聊天：“朕是不是错过了什么？”

曼云说：“好好弄你的论文吧，怎么还有时间视频？”

蒋剑照戗道：“那你开什么群聊？真好笑。”

聊着聊着，谈睿鸣也上来了。

妖怪们的线上会面，在这个年尾莫名其妙地开始了，大家要么吃饭，要么做着手头上的事，有一句没一句地闲聊，持续了好几个小时——叙述有关生活的细节与感受，谈论处境，中途一度聊到那个互联网热词。

曼云嗤了一声说：“小镇做题家，可真是五花八门的话语，智人也太喜欢往自己身上贴标签了吧？”

蒋剑照则说：“这个物种就是这样啊，天生爱干这样的事，你又不是第一天才知道。”他们照例用那一句粗暴的“反正都要完蛋”来做结论，把这个词带来的所有思绪都赶走了。

无论贴上什么标签，生活也都只是生活。

关掉视频群聊，新年近在眼前。

王子舟忽然起身上了楼，下来的时候她也带了一个礼物——书本大小，用素纸简单地包起来。

陈坞刚收拾完客厅桌子，拆开了蛋糕。

他们每年都会吃一只蛋糕，连生日都不吃的蛋糕，只在新年到来前吃。王子舟说因为生日得分开许愿，但新年蛋糕就可以一起许愿。

许愿不过是一种积极的心理暗示。

有时候也许很重要。

陈坞点起蜡烛，王子舟把那个礼物放在旁边。

“许愿之前，你也拆开看看吧。”

“是《小游园－Ⅲ》的日文版吗？”

王子舟佯装气馁：“哎呀，怎么就这样猜到了，我还包装了一下呢！”

陈坞笑着拆开了包装。

再见《小游园》——

封面上并列印着他们的笔名。

排在一起。

对视了一眼。

王子舟忽然说：“我们的本名也可以排在一起，在其他的地方，你意下如何？”

“那就许这个愿吧！”陈坞应道。

“那就许这个愿吧！”王子舟也说。

那就许这个愿吧！

蜡烛吹熄了。

——全文终——

赵熙之 于 2021 年 12 月 31 日

Postscript · 后记

这几年陆续有人来问我，为什么《夜旅人》之后你不再写了？

其实我一直在写，只是没有发表。

在《夜旅人》之后，我似乎掉进了一个陷阱——那就是属于创作者的、名为贪心的地狱，最终的结果就是，什么都不满意，什么都写不来。

写《夜旅人》的时候，我刻意使用了一种“收着写”的方式，确保自己足够克制，确保把所有东西都摁进了那个我想要的小小范围里，尽管最后的呈现不甚如意，也遭遇了许多批评，但它好歹完成了。

某些状况下，完成才最重要。

追逐不存在的“完美”非常要命，本质是用当下不具备的能力来要求自己，这就是毫无疑问的贪心。

逐渐摆脱那个状态，就是从不在乎开始的，也许就是一念之间，想通了就不再执着。所以到《小镇做题家》的时候，我已经决定随心所欲。我不再去计较措辞，也不关心节奏，爱怎么样就怎么样，角色带我去哪，我就去哪——铺张地、浪费地去写。

对我而言，以这种方式写这个故事，说是重新出道也不为过。一来我已经在这个领域消失了好几年，二来即便换个笔名，大家也未必能从文本中找出我来，最后，我在这个故事里找到了久违的“直觉写作”的感觉，我似乎放弃琢磨技巧了——虽然我的技巧也不怎么样——完全是被角色摁在键盘前在写，常常一个下午、一个晚上就过去了，仿佛无知无觉。

当然，也有属于自主的、故意的部分，也许是故意地使用一种类似翻译腔的文风，故意地进行暴露，故意地制造割裂感……无论如何，过程很开心，最终也顺利地完成了，这不就很好了吗？

这是我几年来写得最快的一个故事。

2019 年春天在京都的时候，我完全没能料到，我要在 2021 年尾写一个和京都有关的故事，不然我一定多做一些记录。我没有多喜欢京都，但我认为京都很接近我对一个不急不躁的、小城市的想象，让它作为故事的发生地，很符合我预期中主角需要的那种远离本土的被放置感。

这个故事的核心，在于内察，在于诚实地剖白，因此角色之间不存在滔天误会，也没有多么跌宕起伏的剧情，我对它的预期就是如此——故事本身并不打算解决什么问题，它仅能看作一个人生片段的截取，它肯定不会太“重”，可能会变重的部分，我也只是“扫”过去了。

坦白地说，我最近时常有一种感觉，过去的几年仿佛没有实感，尤其这两年，人也停滞了下来，但我又确实在此期间毕了业，进入了新的阶段，中途写的两部历史悬疑题材小说也几经曲折地交了稿，此外也做了一些其他的尝试。有过茫然，有过虚无的感受，然而回望，也只能品尝到一点模糊不清的余味。

我揣着这样模糊的余味，在一个短暂的休息期里，写完了这个故事。

拿它来给 2021 年画一个句号吧。

最后，感谢诸位师长、亲友对本文完稿提供的帮助，也感谢我的老搭档——《夜旅人》的初版编辑王婷递来的出版邀请，得以实现我“出一本小书”的愿望。

以上。

新年快乐。

下个故事见。

赵熙之
2022 年 01 月 01 日

陈坞 & 王子舟

奇遇不属于当时，只属于重逢。